청년,

연암을

만나다

청년, 연암을 만나다: 함께 읽고 쓴 연암 그리고 공동체 청년 이야기

발행일 초판1쇄 2020년 11월 20일(庚子年 丁亥月 丁卯日) | **지은이** 남다영·원자연·이윤하
펴낸곳 북드라망 | **펴낸이** 김현경 | **주소** 서울시 종로구 사직로8길 24 1221호(내수동, 경희궁의아침 2단지) |
전화 02-739-9918 | **팩스** 070-4850-8883 | **이메일** bookdramang@gmail.com

ISBN 979-11-90351-38-6 03800 | 이 도서의 국립중앙도서관 출판예정도서목록(CIP)은 서지정보유통
지원시스템 홈페이지(http://seoji.nl.go.kr)와 국가자료종합목록 구축시스템(http://kolis-net.nl.go.kr)에서
이용하실 수 있습니다.(CIP제어번호: CIP2020046808) | Copyright © 남다영·원자연·이윤하 저작권자
와의 협의에 따라 인지는 생략했습니다. 이 책은 저작권자와 북드라망의 독점계약에 의해 출간되었으므로
무단전재와 무단복제를 금합니다. 잘못 만들어진 책은 서점에서 바꿔 드립니다.

책으로 여는 지혜의 인드라망, 북드라망 **www.bookdramang.com**

청년,

남다영, 원자연, 이윤하 지음

함께 읽고 쓴 **연암** 그리고 **공동체 청년 이야기**

연암을

만나다

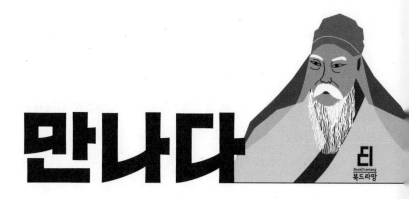

티
BookDramang
북드라망

서문
─스승과 벗 그리고 텍스트와 청년 등에 관한 농(弄/濃)담

문성환(남산강학원 대표)

1. 사우(師友) 연암

장면 하나. 음력 6월의 어느 여름밤, 이서구(李書九)가 연암(燕巖)을 방문했습니다. 연암과는 무려 열일곱 살의 나이 차가 있었지만, 어려서부터 이웃에 살았던 이서구는 연암과 인연이 깊(었)습니다. 연암에게 자신의 서재 '소완정'(素玩亭)의 기문을 부탁하기도 했고, 자신의 문집인 『녹천관집』(綠天館集)을 들고 와 서문을 요청한 적도 있습니다. 참고로 이서구는 훗날 조선의 최고위급 공직까지 역임하게 되는 준재 영걸입니다.

이서구는 이날의 방문을 「여름밤 벗을 방문한 이야기」(夏夜訪友記)라는 제목의 글로 기록했습니다. 덕분에 우리는 200여 년이 지난 지금에도 연암과 지인들의 일상적 교유의 한 장면을 되새길 수 있게 되었습니다. 그런데, 이 제목이 멋있습니다. 이서구는 무려 열일곱 살이나 차이 나는 연암을 찾아가 만난 이야기를 '벗을 방문한 이야기'라고 표현했습니다. 번득이는 제목이고, 당연하게도 금세 고개가 끄덕여지는 제목입니다. 그렇습니다. 아니 정확하고 당연합니다. 이서구에게 연암은 이웃한 어른이고 선배이고 또 스승이었지만 그에 앞서 벗이었기 때문입니다. 그러니까 사우(師友) 연암입니다.

2. 텍스트 연암

이서구는 관직에 나아가기 전이었고, 이후의 이력으로 본다면 이 시기 그는 한창 과거시험 등에 매진했던 때입니다. 그렇다면 좀 더 확실하고 든든한 뒷배경이 되어 줄 사람들을 만나러 다니는 편이 나았을지도 모르겠습니다(속된 현대인의 눈으로 보면 그렇다는 뜻입니다^^). 예를 들면 권세 있고 부유하고 정치적 인맥이 풍성한 인물들 같은?

　　하지만 집안 좋고 능력도 빼어났던 청년 이서구는 자주, '별 볼일 없는' 연암을 찾아 들락거렸습니다. 이서구의 기록이 흥미롭습니다. 마침 이서구가 방문했던 그날, 연암은 여러 날 끼니를 거르고 있는 상태였습니다(사흘이나 식사를 걸렀다고 되어 있습니다). 그리고 연암은 "버선도 신지 않고 망건도 쓰지 않은 채 창문턱에 다리를 걸쳐 놓고 행랑것과 문답하고" 있었습니다. 여기까지는 소탈한 연암의 일면 그대로입니다. 그런데 흥미로운 건 그다음부터입니다. 방문한 이서구를 본 연암은 방으로 들어가 의관을 고쳐 입고 나와 앉습니다. 그러고는 (방금 전까지 행랑 사람과 농담하던 것과는 사뭇 다르게!) '고금의 치란 및 당세의 문장과 명론의 여러 종류 혹은 같은 점과 다른 점 등에 대해 거침없이 이야기'하더라는 겁니다. 순식간에 강학(講學)이 이뤄진 셈입니다. 이서구 자신도 그 장면이 "신기하게" 여겨질 정도였습니다. 참고로 정작 연암은 과거시험을 스스로 포기한 것으로 유명(?)한 분이었습니다.

언젠가 『연암집』(燕巖集)을 읽다가 이 장면에서 뭔가 통쾌하달까, 묵직한 체증 같은 게 뚫리는 시원함을 느꼈던 기억이 납니다. 제게 이 일화는 조선의 사대부 선비(士) 무리에 대한 재인식과 연암이라는 특별한 권위에 대한 강렬한 인상으로 남았습니다. 이서구는 왜 중요한 많은 시간을 연암 어른과 교유했을까요? 저는 그 이유가 연암이라는 텍스트 때문이었을 거라고 이해합니다. 오늘날 우리가 보는 『연암집』이라는 텍스트가 아니라, 연암이 곧 텍스트였던 것입니다. 연암이 텍스트라니, 그럼 대체 어떻게 연암은 텍스트가 될 수 있는 걸까요? 그것은 그가 사대부 선비(士)였기 때문입니다.

선비란 어떤 사람들일까요? 선비란 기득권 양반 귀족을 가리키는 말 이전에 읽고 쓰는 존재적 삶을 지향하는 동아시아 지식인 그룹을 가리키는 말입니다. 이를 위해 선비는 최소한 지식과 교양 그리고 도덕성을 자신의 무기로 저장하고 읽고 쓰는 삶에 접속합니다. 오백 년간 사대부의 나라였던 조선에서 기억하는 사대부 선비가 영의정, 좌의정, 병조판서 등을 지낸 인물들이 아닌 퇴계, 율

곡, 화담, 정암, 성호 등인 것은 어떤 핵심을 가리킵니다. 선비란 읽고 쓰는 존재인 것입니다. 그러니 연암이 관직에 뜻을 두지 않았다는 사실은 연암에게 고금의 치란, 당세의 문장 및 명론에 관한 공부가 필요 없다거나 무관했다는 뜻이 아닙니다. 선비는 늘 세상을 텍스트로 읽는 존재이기 때문입니다. 그리고 그런 한에서 연암이라는 텍스트와 접속하려는 이서구와 같은 청년 후배들은 언제나 있게 마련입니다. 그러니 과거시험을 보지 않고 관직을 욕망하지 않는 선비는 있을 수 있어도, 책을 읽지 않고, 문장을 쓸 줄 모르고, 도덕성을 갖추지 못한 선비는 있을 수 없습니다. 이것이 바로 찢어지게 가난했고, 직책도 지위도 없었으며, 권력이나 부귀영화 등과는 까마득하게 거리가 먼 삶이었지만 연암이 조선 최고의 사대부 지식인이자 문장가로 불리는 배경이자 이유입니다. 존재 자체가 텍스트였던 연암!

3. 청년, 연암을 읽다 vs 청년연암을 읽다

여기, 남산 턱밑, 필동에 웅거한 청년들의 왁자한 공부공동체 '남산강학원'에 연암을 읽(겠다)는 청년들이 있습니다. 이 글을 쓰는 지금, 때는 2020년이지만 계절은 마침 이서구가 연암을 방문했던 그날처럼 음력 6월입니다(아! 무리한 연결입니다만ㅅㅅ). 이 청년들이 지난 몇 년간 무단으로 연암 어른을 방문해 '텍스트=연암 어른'을 읽고 쓰고 다듬…었다가, 다시 읽고 다시 쓰고 다시 다듬어 또 하나의

'벗을 방문한 기록'을 묶으려 합니다. 그 시간들은 『연암집』을 텍스트 삼아 연암이라는 텍스트를 읽는 데까지 나아가는 과정이자 강학원 청년들이 읽고 쓰는 공부공동체의 선비로서 연암 어른에 접속해 배움을 구한 시간들이기도 합니다.

그런데 사실 이서구의 연암 방문은 이서구가 청년이었기 때문이기도 하지만, 연암이 청년이었기 때문이기도 합니다. 연암은 늘 성숙한 어른이었지만 기존의 권위나 관습, 허울뿐인 명문, 관념 등과는 자주 긴장 상태에 있었고, 그런 점에서 언제나 청년의 기운을 잃지 않았습니다. 연암의 청년성!

상기해 보면 열세 살 어린 박제가(朴齊家)와 처음 만났던 장면은 또 얼마나 눈부셨습니까. 물소뿔 이마를 가진, 세상에 약간의 냉소와 회한을 품고 살던 지적 재능이 충만했던 서자 박제가. 그는 이덕무(李德懋)의 소개로 당세의 어른 연암을 찾아왔지만 문앞에서 머뭇거렸습니다. 그런데 기척을 느낀 연암이 박제가를 알아보고 버선발로 뛰어가 그의 손을 잡아 방으로 이끕니다. 이미 문장으로 이름을 날리던 연암은 자신이 쓴 글들을 가져와 어린 박제가에게 읽어 봐 줄 것을 정중하게 요청합니다. 그러고는 박제가가 글을 읽는 동안 손수 쌀을 씻어 밥을 안치고 술상을 준비해 서로를 위해 축수하며 건배합니다. 적어도 그 순간만큼은 아무리 꽁꽁 맺혀 있었던 마음이라도 눈 녹듯 풀릴 수밖에 없지 않았을까요?

여하간 여러 인연을 엮고 맺으며 여기 남산강학원 청년들(자연, 다영, 윤하)이 연암을 읽습니다. 무엇을 읽었든 어떻게 읽었든, 그것은 청년으로서 연암을 읽은 것이었습니다. 무엇보다 먼저 그 용기와 그 뚝심에 애정과 성원을 보냅니다. 뭐가 됐든 그것은 이들 청년들이 읽어 낸 연암의 청년성인 것입니다.

개인적으로 저는 이들 청년 저자들과 함께 연암의 글을 읽고 떠들고 글쓰기하고 토론했던 강학의 시간들을 즐겁게 되새길 추억으로 기억하고 있습니다. 우리는 '함께' 때로는 스승과 제자로, 때로는 선후배로, 때로는 동료(벗)로 연암을 만났습니다. 읽어야 할 것은 글자지만, 정작 글자를 읽을 때는 글자가 아니라 글자 너머를 읽어야 한다는, 그것은 어떤 의미에서 글이 아니라 글로 표현된 '마음'이라는 연암의 가르침을 공통 감각으로 삼게 될 때까지 꽤 여러 시간을 조금씩 그리고 조심스럽게 좇아 배우고자 했습니다. 물론 그렇다고는 해도 연암이라는 날렵하고 우뚝 준엄한 봉우리를 올라 보았노라고 혹은 제대로 탐사했노라고 말하기엔 여전히 쑥스러운 형편일 것입니다. 하지만 충분했다면 충분한 대로, 부족했다면 부족한 지금 이대로가 더할 것도 덜 것도 없는 2020년 여름밤 벗(스승)을 방문한 청년들의 공부 기록입니다. 이 청년들의 공부가 연암 어른을 벗(스승) 삼아 더욱 씩씩하고 유려하게, 솔직하면서도 따뜻하게 나아가기를, 같은 길 위에서 그저 조금 먼저 서 있었을 뿐인 벗(선배)의 이름으로, 감히 기대하고 응원합니다.

2020년 희한하게 덥지 않은 여름을 통과하면서
남산강학원 연구동 스튜디오 나루에서

목차

4부

우리, 공부하는 공동체(2) : 연암에게 배우는 공부

프롤로그

prologue

무기력한 청년의 연암 읽기

이윤하

어떻게 살아야 하는가, 하는 질문은 나이가 어떻든 모든 '청년'들의 것일 테다. 그런데 나는 그런 질문을 가지기까지도 오래 걸렸다. 귀찮고, 모르겠고, 어차피 마음대로 안 될 것 같은데 그냥 어떻게든 되는대로 살면 되지 않을까, 사실 별로 살고 싶은지도 잘 모르겠고…라고 생각해 왔으니 말이다.

　'별로 살고 싶은지도 잘…'이라는 말이 나온다는 건 운이 좋다면 참 좋게, 힘들이지 않고 편하게 살아온 것이라 할 수 있겠다. 연구실(남산강학원)에 공부하러 와서도 이미 무기력한 신체는 어떤 책을 만나도 잘 일으켜지지 않았다. 재작년, 연구실에서 1년 더 공부하겠다고 마음먹은 이유도 이 몽롱한 상태가 어떻게 규정되거나 해결되지 않았기 때문이다(라고 사후적으로 생각한다).

　그렇게 1년 더 공부하기로 한 뒤 만난 공부가 바로 동양철학이었다. 동양철학과의 인연이라면 그보다 몇 년 전 『논어』를 읽어 본 것이 다였는데, 서양철학과 의역학(醫易學)을 피하다 보니 우연찮게 맞닥뜨린 것이다. 게다가 『논어』를 읽고 난 뒤 나는 도(道), 인(仁), 덕(德) 같은 너무 밍밍한 말들에 질려 '동양철학'은 나이를 한참 먹고 나서야 펴 보든지 해야겠다고 생각하던 차였다. 그런데 얼떨결에 동양철학팀(이하 '동철')이 되어 『전습록』, 『대학』, 『맹자』를 읽으며 감동하고 있었고, 이젠 연암으로 글까지 쓰고 있다.

자기 삶을 감당하는 어른

작년 넉 달 동안 '동고동락'(東古同樂)동양고전 함께 즐기기 세미나을 하면서 사람들과 『연암집』, 『열하일기』를 읽고 떠들었다. 물론 쉽지는 않았다. 책을 처음 열었을 때엔 온갖 고사와 한자어로 범벅된 문장들에 난감했다. 두세 문장 읽다 보면 모르는 단어가 우르르 떨어져서 인터넷 사전을 켜야 했기 때문이다. 게다가 연암은 얼마나 비약과 중첩의 대가인지, 앞문단과 뒷문단 사이의 너른 허공은 뛰어넘기 어려웠고, 한두 바닥밖에 안 되는 글 안에서도 끝 부분을 읽다 보면 앞에 나온 말은 까먹기 십상이었다.

　불평이 길었다. 그런데 사람들과 함께하는 세미나는 이런 연암을 '읽게' 해줬다. 동고동락 세미나에는 동철 청년들 외에도 중년 샘들이 여럿 계셨는데, 샘들은 연암을 당신의 삶에 좀 더 가깝게 붙여 읽으실 줄 알았다. 동고동락 한 달 차, 형수님 묘지명과 큰누님 묘지명을 읽은 날이었다. 샘들은 그 글에서 당신의 어머니와 할머니를 보시곤 연암이 여인들, 사람들을 대하는 태도에 깊은 감동을 받으셨다.

혼자 읽을 땐 밋밋한 종잇장이었던 글들이 샘들의 눈을 통해 절절하게 다가왔다. 연암은 사람을 진정으로 아낄 수 있는, 만날 줄 아는 사람이었다. 나는 그때부터 연암을 '좋은 사람'이라고 굳게, 덥석! 믿게 되었다.

글을 더 읽어 가다 보니 그런 '좋은 사람'의 면모가 연암이 삶에 대해서, 타자와의 관계에서, 글을 쓰는 데 있어서 가지고 있는 자기 윤리-원칙으로부터 나온다는 것을 알게 되었다. 그는 '구차하게' 자기 이익을 챙기지 않았고, 그런 이익 싸움을 해야 하는 정치판으로 가지 않기 위해 눈앞에 활짝 열린 출셋길을 거부했다. 그 길과 관련된 일에는 일절 관심을 두지 않았다. 관직에 나가진 않았지만 자기가 살아가는 세상에 대한 관심을 끄지 않았고, 성인의 학문을 게을리하지 않았다. 친구들과 공부하며 글을 쓰고, 사람들과 깊이 만나며 시대와 불화하는 독특한 영혼들에게서 번뜩이는 빛을 알아보았다. 그렇게 깊이 만난 세상과 사람에 대해 썼고, 진실되지 않은 글은 쓰지 않았다. 밍밍했던 도, 인, 덕이라는 단어들이 어느 순간 연암을 통해 매력적인 것으로 다가왔다.

작년은 공부의 강도와 함께 생활의 강도도 높아진 때였다. 친구들과 더 부대끼고, 연구실과 더 엮이고, 내 행로가 다른 이들과 연결되어 있다는 것이 더 느껴졌다. 그때 '좋은 사람' 연암은 내게 '살아야' 한다, '잘' 살아야 한다고 가르쳤다(내가 죽으려 했다는 말은 아니다).

그렇다 할 윤리 없이, 억압되지 않고 싶다는 느낌만으로 살아온 나에게 연암은 큰 어른이었다. 자기 윤리에 따라, 자기 말을 하며, 자기 길을 내는 연암은 한 사람이 '땅을 밟고 하늘을 이고' 스스로 선 모습과 같았다. 자기 삶을 자기가 감당한다는 것은 이런 것이구나. 사람들 속에서 연암을 읽으며, 사람들과 같이 살고 공부하고 싶다는 생각을 했다. 그러면서 내게도 그런 욕망들이 자라났다. 이젠 내가 나를 감당해야겠다!

연암과 나, 그리고 글쓰기

동고동락 한 시즌이 끝나고, 이제 연암과 헤어지는 줄 알았는데 역시 또 우연찮게, 연암과 다시 함께하게 되었다. 가을 즈음 연구실의 동그란 탁자에서 신근영 샘과 서양철학팀 글 이야기를 하고 계시던 곰샘고미숙 선생님께서 지나가던 나를 발견하셨고, "동철동양철학팀도 글 써야지!" 하셨기 때문이다. 연암의 글을 씨앗 삼아 짧은 글이라도 쓰라는 말씀에 "네!" 했고, 정신을 차려 보니 일주일에 한 편, 한 페이지의 글을 MVQ*에 연재하게 되었다(이 빈도 때문에 처음에 나는 동철 언니들에게 지탄받았으나 다들 열심히 쓴 것으로 미루어 보아 겉으로만 걱정했던 것이라 생각한다).

---

* MVQ: 'Moving Vision Quest'의 약자로 길 위에서 삶의 비전을 탐구하는 학인들의 글이 게시되는 온라인 플랫폼. mvq.co.kr

『연암집』을 다시 읽고, 글 쓸 것을 찾아 뒤적이고 하는 동안 처음보다 연암의 말에 익숙해졌다. 매주 18세기에 담가졌다 나오면서 느껴지는 연암과의 차이에서 나는 내가 모르던 나의 생각을 발견하고, 생겨나는 고민과 어렴풋한 느낌을 글로 풀게 되었다. 그렇게 이런 글, 저런 글을 매주 쓰다 보니 연암의 어떤 모습 앞에 자꾸 서게 되는 내가 보였다. 과거 공부를 그만두고도, 어딘가를 향해 달려가지 않음에도 느껴지는 삶의 밀도, 일상을 담담하게 지켜 나가는 연암의 태도 같은 것을 나는 종종 놀라워하며 마주치고 있었다.

가난 때문에 서울에서 산골로 이사하게 된 백동수를 바라볼 때에도 연암은 다른 이들과 달리 그가 '쓰이지 못했다'고 안타까워하지 않았고, 개성의 한량 같은 선비 양현교를 볼 때에도 그 게으름과 여유를 나쁜 것으로 보지 않았다. 홍국영을 피해 은거할 때에도 사람들이 많이 찾아오던 지난날을 아쉬워하지 않았다. '출세하지 않아도 상관없는' 연암이 곳곳에서 느껴졌다.

그동안 나를 구체적으로 구성하고 있던 욕망에는 무언가 되고자 하는 욕망이 있었던 것이다. (그 무언가란, 정말 '무언가'로 실체는 딱히 없었고, 뭐든 지금보단 나은 무언가였다.) 그러니 '무엇이 되려' 하지 않으면서도 충실하고 충만한 삶을 사는 연암이 신기할 수밖에 없었다. 이것은 내가 가지는 허무함에서 나오는 냉소, 곧 무기력과도 연결되어 있었다. '무언가 되지 못한다면, 삶은 가치가 없는 것이 아닌가…'

연암은 십대 후반, 우울증 비슷한 것을 앓았다. (어쩌면 과거 공부를 하기 싫으셨던 건지도.) 밥맛도 잃고, 잠도 잘 못 잤다. 집에 이야기꾼을 불러 재밌는 이야기도 들어 보고, 풍악도 벌여 보고, 거문고나 서화집 등에 취미를 붙여 보기도 했지만 쉽게 나을 병은 아니었던 모양이다. 그런데 한나절 만에 이 병을 고쳐 준 이가 있었다. 기이한 말재주와 괴벽한 성격으로 유명했던 '민옹'이라는 노인이 그다. 민옹이 "머리가 아프냐", 연암이 "아니요", "배가 아프냐", "아니요" 했더니 "그럼 병이 아니네" 했다는 「민옹전」(閔翁傳)에서의 대화는 유명하다.

이어서 민옹이 방문과 창문을 열어 주자, 연암은 가슴이 후련해지는 것을 느낀다. 민옹이 눈앞에서 밥을 맛있게 먹자 연암도 덩달아 밥맛이 돌기 시작했고, 민옹이 한밤중에 책 한 권 외우기 내기를 걸었더니 연암은 글을 외우다가 꼴딱 잠이 들어 버렸다.

연암의 병은 창문을 열어 바깥 공기를 쐬고, 밥을 같이 먹을 친구가 생기자 쏙 나았다. 어쩌면 중2병스러운 내 무기력도 그런 것이 아닌지. 삶의 의미를 찾거나, '무엇'이 되어야 할지 확신하고 달려가기 시작한다고 해결될 일이 아니다. 연암처럼 눈앞에서 일어나는 일들이 재밌고, 주위 사람들과 사는 것이 즐겁고, 매번 사람들에게서 각각의 빛깔들을 읽어 낼 수 있다면, 그러니까 내가 지금 여기에서 이렇게 사는 것이 온전히 내 마음에서 비롯된 일이라면, 무엇을 그렇게 냉소한단 말인가?

스물네 편의 글을 쓰고, 스무 편의 글을 고치면서 나는 유례없이 많은 시간을 연암과, 또 나와 함께 보냈다. 그 길에서 얻은 배움과 도반과 스승에, 감사하고 놀라워하는 마음이다.

우리는 인연이로소이다

원자연

우리의 만남은 우연이(아니)야

수많은 우연의 순간들이 갑자기 필연적으로 느껴지는 순간이 있지 않은가? 운명적으로 이렇게 될 수밖에 없었구나 싶은, 그런 순간 말이다. 합리적인 이유를 가져다 붙이는 것이 오히려 더 이상한, 그런 순간 말이다!

이를테면 지금 이렇게 프롤로그를 쓰고 있는 순간 같은? 내가 18세기 조선의 문장을 읽고 있으리라고는, 연구실에서 친구들과 선생님과 함께 이렇게 공부를 하고 있으리라고는, 정말 상상하지 못했다. 비디오를 되감듯 지난날들을 살펴보아도 글쎄, 잘 모르겠다. 어느 순간 보니, 연암을 만났고, 연암과 만난 이야기로 글을 쓰고 있었다.

내가 어떤 운명의 소용돌이 속으로 빨려 들어가는지도 모른

채, 나에게 이런 일들이 다가오리라고는 상상도 하지 못한 채 '결정'
이란 걸 했던 순간이 있었다. 하지만 그 결정이 나에게 이런 삶을
선물해 주리라고는 전혀(!) 생각하지 못했다. 그 결정은 마치 강물
에 내맡긴 뗏목처럼, 어떤 흐름에 나를 던지는 일이었다. 2018년 어
느 겨울날이었다.

　'공부를 삶의 비전으로 삼고 싶은가? 혹은 그것을 실험해 보고
싶은가?' 당시 내가 마주한 질문이었다. 좀 더 전면적으로 공부를
해볼 것인지 고민해야 할 시점이 온 것이다. 사실 나는 확신이 없었
다. 분명 공부가 재밌고 좋았지만, '공부를 평생 업으로 삼을 수 있
을지'는 여전히 좀 자신이 없었다. 먹고사는 일도 걱정이 되었고, 고
민할수록 뭔가 더 확실한 게 있어야만 할 것 같았다. 확실한 것을
찾을수록 불안한 상황에 놓이는 아이러니한 상황! 결국, 나는 재밌
고 좋은 마음, 한번 해보고 싶은 마음을 믿고, 그 마음에 집중해서
가 보기로 했다. 어떤 일들이 찾아올지 전혀 알지 못한 채로.

　사실 그렇다. 우리가 어떤 '결정'을 할 때, 뭔가를 알고, 심사숙
고해서, 아주 합리적으로 결정하는 경우는 거의 없다. 우리는 우리
의 결정으로 인해 따라올 수많은 인연과 사건을 미리 알 수도 없을
뿐더러, 알고서는 아마 선택할 수 없을 것이다. 어쩌면 우리가 믿어
야 할 것은, 아주 비합리적이게 보이는 우리의 '느낌'일 수 있다. 공
부가 재밌고 좋은 마음. 그 느낌으로 이 여정이 시작된 것이다. 우연
히, 아니, 운명적으로!

동양철학을 공부하는데, '연암'이라고?

나는 이 결심으로 연구실의 청년프로그램인 '청년공자스쿨(**청년**이여! **공부**로 **자립**하자!) 스페셜' 과정에 입문하게 되었다. 공부하는 삶을 살아 보겠다는 청년들이 모인, 그 실험의 장에 발을 내디딘 것이다. 이 프로그램에서는 서양철학, 동양철학, 의역학——이 셋 중에서 각자 심도 있게 공부해 볼 텍스트를 선택하기로 되어 있었다. 나는 그중 '동양철학'을 공부해 보기로 했다. 그 이유는 함께 공부하고, 배우고 싶은 스승을 만났기 때문이다.

청년공자스쿨 마지막 에세이 현장, 그날의 기억이 아직도 진하게 남아 있다. 우리는 에세이를 쓰고, 그 글을 공유함으로써 공부를 마무리했다. 각자 책을 읽으며 만났던 자신의 문제 지점과 책 속에서 길을 찾아 나간 여정을 친구들과 나누는 것으로 말이다. 그런데 잘못하면 이 공부의 장이 서로의 문제만을 들추다가 끝나기도 하고, 의미 없는 질문과 위로만 하다가 끝이 나기도 한다. 하지만 이날 겪은 에세이 현장은 달랐다. 좀… 감동적이었다.

함께 글을 본다는 게 이런 거구나, 글을 통해 서로의 삶을 함께 고민한다는 것이 이렇게 즐겁고 충만한 일이구나, 하는 것을 깨달았다. 지금까지 공부하면서 이런 걸 몸으로 느낀 건 처음이었다. 선생님께서는 우리가 스스로의 문제를 잘 풀어 갔으면 하는 마음으로 피드백을 해주셨다. 정말 멋졌다. 누군가의 삶에 이렇게 정성스럽게 개입할 수 있다니!

글을 함께 본다는 것은, 단순히 '글' 자체를 코멘트하는 것이 아니라 우리의 삶을 '함께' 고민하는 차원의 일이었다. 글을 쓴 친구가 어떤 마음 위에서 이 글을 썼는지, 어느 지점에서 나아가지 못하는지를 같이 고민해 보는 것이었다.

에세이 현장을 이렇게 이끌어 주신 선생님이 계셨다. 세심하게 글을 보고, 생각의 길을 탐사해 가는 선생님을 보며, '아! 이 마음을 배우고 싶다. 함께 공부해 보고 싶다'는 생각이 들었다. 그렇게 운명처럼, 선생님과 함께 공부할 기회가 생겼다! 그리고 동양철학을 함께할 다른 친구들(다영과 윤하)도 생겼다. 서로의 삶의 문제를 같이 고민하고 나눌 도반이 생긴 것이다. 그렇게, 동양철학팀이 꾸려졌다! 얏호!

그런데 우리가 공부할 텍스트는 『논어』도, 『맹자』도 아닌 박지원(朴趾源)의 『연암집』이었다. 뜨악! 동양철학 공부를 처음 시작하는데, 사서(四書)가 아닌 18세기를 살았던 선비의 문집이라니…. 물론 연암이야 연구실에서 정평이 나 있었다. 유머와 패러독스의 달인, 연암! 그래도 동양고전 공부의 시작이 연암이라니, 좀 실망스러웠다. 이 마음을 숨기고, 동양고전 공부에 첫발을 내디뎠다.

쓰기 위해 읽어라!

그렇게 『연암집』을 펼쳤다. 유머는 고사하고, 연암이 어떤 말을 하고 있는지, 어떤 문제를 제기하고 있는지 알 수 없었다. 분명 한글로 번역된 것을 읽었음에도, 조선시대의 말은 마치 외국어 같았다. 눈에 들어오지도 않고, 머릿속에 남는 것도 없이 획획 지나가는데, 큰 일이 났다 싶었다.

한데 함께 공부하는 중년 샘들은 연암의 글에 깊이 공감하고, 어떻게든 자신의 삶과 연결해서 이야기를 가지고 오셨다. 내가 어렵다는 이유로, 바쁘다는 이유로 게으름을 피우고 있는 동안 말이다. 그래서 '동고동락'(東古同樂)동양고전 함께 즐기는 남산강학원 세미나에서 『연암집』을 읽는 동안 아쉬움이 많이 남았던 것 같다. 스스로 책을 잘 읽고 있지 못했고, 세미나 시간에 선생님께서 읽어 주는 연암을, 함께 공부하는 중년 샘들이 읽어 주는 연암을 만났기 때문이다. 이 정도로는 읽었다고 할 수 없을 것 같았다. 이런 아쉬운 마음을 누가 알기라도 했는지, 연암을 다시 만날 기회가 생겼다. 바로, 연암의 글들로 씨앗문장 쓰기!

"벌써 글이라니요! 게다가 MVQ에 연재를 하라니요!" 우리 모두 외쳤지만, 소용이 없었다. 밥을 먹으면 화장실에 가듯, 책을 읽으면 글을 써야 하는 게 연구실의 생리였다. 그렇게 우리의 연재가 시작되었다.

우리는 읽고, 또 읽고, 일주일에 한 편씩 글을 썼다. 역시! 과연! 오호라! 글을 써야겠다고 생각하니, 단 한 편이라도 힘을 써서 읽지 않을 수 없었다. 매주 한 편의 글을 골라 필사를 하고, 나의 일상에 연암이 건네주는 말을 귀 기울여 들었다. 그리고 들은 만큼 글을 썼다. 비록 한 쪽짜리 글이었지만, 연암을 읽고 내가 만난 만큼, 딱 '그만큼' 글을 쓴다는 게 스스로 기특했다. 내가 만난 '그만큼'을 글로써 확인하는 이 작업이 왠지 좋았다. 마치 흙을 파고, 그 땅에

씨앗을 손으로 꾹꾹 눌러 심은 기분이었다. 언제 싹을 틔울지는 알 수 없지만, 내 안에 생명의 씨앗을 품은 느낌이랄까?

어쨌든 손사래를 치던 '그 일' 덕분에 나는 연암을 다시 만날 수 있게 되었다. 그것도 글로써, 아주 '찐'하게!

연암이 보여 준 지극한 세상

나는 연암 덕분에, 가 볼 생각도 못했던 18세기로 여행을 떠나게 되었다. 그 여행 속에서 연암과 그의 벗들을 만났다. 18세기 조선, 한양 도성 인근 운종가에 살았던, 아니 그곳에 살아 있는 사람들을 보았다. 생생하게 움직이고, 관계 맺는 사람들을. 서로에게 온 마음을 다하던 조선의 선비들을.

그곳에서 나는 17살이나 차이 나는 벗을 두고 그 벗과 밤새도록 책 이야기를 하던 연암을 보았고, 행랑 사람과 함께 농담을 주고받는 연암을 보았고, 백성 구휼 문제에 열을 올리는 연암을 보았다. 또 세상 만물에서 글을 읽어 내는 연암을 보았으며, 부끄럽지 않게 살아가려는 연암을 보았다.

기린협으로 들어가는 백동수를 붙잡을 수 없었던 연암의 안타까운 마음을 느꼈고, 가족과 벗의 죽음을 애달파하는 연암의 마음을 느꼈다. 먼 중국에 있는 친구의 죽음에 애사(哀詞)를 지어 보낸 홍덕보 홍대용의 마음, 백성들의 삶이 도타워졌으면 하는 박제가의 마음도 함께 느꼈다.

18세기 조선 선비들은 누구보다도 지극하게 세상과 만나고, 서로를 대하고 있었다. 서로에게 마음을 다해 성심성의껏 만나는 이들이 너무도 멋졌다. 가난도, 신분도, 그들에겐 중요하지 않았다. 이렇게 절절한 마음은 조건에서 나오는 게 아니란 걸, 연암은 몸소 다시 알려 주었다. 우리도 친구를 이렇게 사귈 수 있다면, 우리의 삶이 얼마나 풍요로워질까!

그리고 연암은 사람뿐만 아니라, 세상 만물도 이렇게 만난다. 우주 만물에서 글을 읽어 내고, 문장을 짓는다. 세상 만물을 접할 때 이렇게 온 마음을 다하면, 정말 진하게 세상과 소통할 수 있을 것 같다. 연암은 내게 이런 세상이 있음을, 이렇게 마주하는 세상이 얼마나 다채롭고 아름다운지를 가르쳐 주었다.

『연암집』을 통해 '박지원'이라는 사람이 세상을 어떻게 보고, 느끼고, 사람을 어떻게 대했는지 알게 되었다. 지극한 마음으로 세상과 만났던 사람! 이런 마음으로『맹자』를 익히고, 『주역』을 공부한, '연암의 글'을 읽을 수 있어서 좋았다. 지금 나는 연암을 통해 '맹자'를 만나고, 『주역』을 공부하고 있다. 연암이 익혔던 그 책들이 궁금해진 것이다. 그리고 연암이 고사(故事)를 가져오던 『사기』도 읽고 있다. '명색이 동양철학을 처음 공부하는데 연암이라니!'라고 생각했던 지난날이 부끄러워질 정도로 연암 덕분에 공부의 연이 이어지고 있다.

'공부를 삶의 비전으로 삼고 살아갈 수 있는가?'라는 질문에 맞닥뜨렸을 때, 우연처럼, 운명처럼 그 길에 서 있던 연암을 만났다. 공부하며 살아가던 연암의 길을 따라, 나도 이 삶을 충실히 살아가려 한다. 인생에 스승을 갖는다는 건 그 무엇보다 든든한 일이라는 것을 이제는 알겠다. 연암은 내게 멋진 어른이면서, 스승이고 선배이다.

흉내가 아닌 닮아 감

남다영

1.

20대 초반에는 지금보다 훨씬 더 스스로에 대해 자신이 없었다. 상대와 약속 시간을 정할 때도 일정이 겹치면 선약이 있다고 말하기보다 내 일정을 먼저 포기하는 것이 당연했고, 내 느낌과 생각은 별것 아니라고 넘기기 일쑤였으며 다른 사람들이 하는 것을 따라하는 것 외에 다른 상상력이 없었다. '왠지 난 못할 것 같아'라거나 '나는 별거 없어'라며 겁을 내고 있었다. 이 상태에서 벗어나 스스로 당당해지고 싶어서 선택한 것이 공부였다.

　연구실에서 5년쯤 공부하게 되면서 점점 할 수 있는 것들이 많아졌다. 아니라고 생각하는 것을 이야기할 수 있게 되었고, 순간적으로 드는 느낌을 중요하게 여길 수 있게 되었다. 하지만 여전히 나는 남들이 하는 정도에서 안전하게 머물고 싶어했다. 친구에게 싫은 소리를 할 때에도 모두가 동의할 만한 선 안에서만 말을 했고, 글도 흔히 쓰게 되는 좋은 말들로 결론을 짓는 데 머물렀다.

나는 다른 사람을 따라하는 것이 안전하다고 느꼈지만, 언젠가부터 이런 내가 지겨워졌다. 비슷하다는 말은 가짜라는 뜻이라며, 다른 사람의 말을 흉내 내지 말고 자신이 만나는 세상을 곡진히 그려 내라는 연암의 말이 마음에 콕 박혔다. 나는 스스로 내가 만나는 세상을 인정하지도 못하면서, 누군가가 알아주고 인정해 주길 바라고 있었다.

2.

자신이 만나는 세상을 곡진히 그려 내려면 어떻게 해야 할까? 나는 안일하게도 연암의 글을 읽으면 그것이 자연스레 이루어질 거라 생각했던 것 같다. 그런 기대를 가지고 작년 봄, 동고동락 세미나에서 『연암집』을 함께 읽게 되었다. 하루는 동고동락 세미나에서 연암의 큰누이 묘지명에 대해서 이야기를 나누고 있었는데, 한 중년 샘께서 눈물을 훔치셨다. 그런데 옆에 앉아 계시던 다른 중년 샘들께서도 눈물을 닦고 계셨다. 같은 묘지명을 읽고도 그냥 지나쳤던 나는 한 방 얻어맞은 기분이었다. 연암의 글을 그냥 데면데면하게 읽고 있다는 것을 딱 걸린 것 같았다.

분명 내가 연암을 공부하는 데 쏟는 시간은 적지 않았다. 동양 고전을 공부하는 청년 셋(자연 언니, 윤하, 나)인 우리는 동고동락 세미나를 하는 기간 동안 매주 『연암집』으로 글도 한 장씩 쓰고 있었고, 그 글을 가지고 따로 시간을 내서 문성환 샘과 함께 합평도 하고 있었기 때문이다. 합평을 할 때는 글에 대한 피드백과 질문이 오고 갔는데, 나는 나의 글에 대한 질문을 받으면 질문에 대한 답보다는 눈물부터 나왔다. 중년 샘들처럼 연암에게 감동했기 때문이 아니었다. 내가 쓴 글임에도 불구하고 무슨 말을 하고 있는지 몰라 느끼는 답답함에 나오는 눈물이었다. 이 상태를 전전하다 동고동락 세미나의 연암 읽기 과정이 끝났다. 끝나서 후련하기는커녕 아쉬운 마음이 제일 컸다. 아직 연암에게서 배우지 못한 것들이 많이 남은 것 같았기 때문이다.

마침 자연 언니와 윤하도 이대로 연암을 떠나보내기 아쉬워하고 있다는 사실을 알게 되었다. 그리하여 우리는 동고동락이 종강된 후 다시 연암을 만나기 시작했다. 우리끼리 『연암집』에서 '이건 읽어야 돼 목록'을 짜고, 차례로 한두 편씩 뽑아 함께 낭송도 하고 어떻게 읽었는지 이야기를 나누었다. 아주 기본적으로 연암이 쓰는 단어가 어떤 뜻인지를 추리해 보기도 했고, 내용이 안 이어지는 듯한 단락이 있으면 어떻게 연결이 되는지 이야기를 나누기도 했고, 우리의 생활과 글을 연결시켜 보기도 했다. 덕분에 글이 더 생생하게 다가왔고, 두세 쪽의 짧은 글임에도 한 시간이 후딱 갈 정도로 이런저런 이야기가 계속 나왔다. 이렇게 짧은 글이 우리에게 많은 이야기를 불러올 수 있다는 점이 놀라웠다. 하지만 이 놀라운 만남도 다른 일정들에 밀려 오래가지는 못했다. 여전히 읽어야 할 목록들이 많이 남아 있어 아쉬웠지만, 이젠 정말 연암과 안녕이라고 생각했다.

그런데 두번째 작별인사가 무색하게, 연암과의 만남은 그 후로도 쭉 이어졌다. 우선 작년 여름, '나는 왜 『열하일기』를 읽는가'라는 주제로 한 쪽짜리 글을 쓰게 되었다. 6개월간 한 쪽의 글을 고치고 또 고치며 여름 내내 연암을 만났다. 덕분에 글을 완성하며 연암을 떠나보내게 되었을 땐 아쉬움이 덜했다. 그런데 글 마지막 부분에 쓴 '연암의 호기심 어린 그 눈을 배워 나가고 싶다'라는 말이 씨앗이 되었던 것일까? 또다시 연암을 만날 기회가 왔다.

소문에 의하면, 곰샘고미숙 선생님께서 '동양고전팀은 글 언제 쓸래?'라고 지나가는 윤하에게 물으셨고, 윤하는 '한 달에 한 번씩 쓰겠습니다!'라고 대답했다고 한다. 그러자 곰샘께서는 무슨 씨앗문장을 한 달에 한 번 쓰냐며 되물으셨고 윤하는 바로 태세를 전환하여 일주일에 한 편씩 쓰겠다는 공약을 내걸었다는 것이다. 그 소문을 듣자마자 나는 "윤하야 난 못 쓴다"라고 단언을 했다. 6개월에 겨우 글 한 쪽을 썼는데, 매주 한 쪽의 글을 쓴다는 것은 말이 안 되었다.

하지만 얼마 뒤, 우리 셋은 씨앗문장을 매주 쓰겠다고 곰샘과 약속했다. 곰샘께서는 우리가 연암 씨앗문장을 쓰면 『열하일기』의 배경이 된 중국 열하에 보내 주겠다는 뜻을 비치셨고 자연 언니와 나는 "열하에 가고 싶어요!"라고 말하며 못 쓰겠다는 태도를 냉큼 뒤집었기 때문이다. 심지어 우리는 일사천리로 그 자리에서 연재 요일까지 정했다. 그 모습을 본 윤하는 "언니들이 쓰겠다고 한 거다"라고 우리의 자발성을 확인시켜 주었다.

3.

매주 연재가 시작되었다. 글을 쓰려고 하면 막막함이 먼저 올라왔다. 그래서 글을 쓰는 날이면, 씨앗문장을 복사한 종이 한 장과 볼펜을 들고 남산 산책길로 나섰다. 산책을 하다 생각이 정리될 때도 있었고, 아닐 때는 계속 걸으며 씨앗문장을 읽었다. 산책을 해도 영 글을 못 쓰겠다 싶으면, 필사를 했고, 필사를 해도 안 되면 다시 책을 읽었다.

의외로, 연암의 글을 여러 번 읽다 보면 나의 일상과 겹쳐질 때가 많았다. 첫 수염이 나던 때의 감회 어린 연암을 보면서는 새롭게 하게 된 알바에서의 내 모습이 떠올랐고, 불면증에 걸린 청년 연암에게서는 늦게 잠이 드는 내 모습이 보였다. 연암이 스승과 함께 실개천에 놀러간 모습을 보면서는 내가 선생님을 어떻게 대하고 있는지 돌이켜보게 되었다.

그러나 막상 글을 쓰려고 하니 막힐 때가 많았다. 나는 '연암이 살았던 시대는 조선시대니까', '그는 선비니까', '그때는 유교 국가니까'라는 이유로 그의 삶이 요즘 사람들에게는 통하지 않는 것으로 여겨지기 때문이라고 생각했다. 하지만 정작 연암에게 납득이 안 된 사람은 나였다. 나는 연암의 말이 좋다고 말하면서도 어떻게 선행을 베푸는 것이 자식을 위한 삶이 될 수 있는지, 돈에 끄달리지 않는 삶이 어떻게 충만할 수 있는지, 어떻게 천하 사람들이 글을 읽으면 천하가 무사할 수 있다고 말하는 것인지 등등에 대해서 내가 가진 논리로는 설명할 수가 없을 때가 많았다. 글만 읽을 때는 연암에게 동의하고 있다고 생각했는데 글을 써 보니 아니었다. 그냥 연암에게 들었던 말을 내 생각이라고 착각하고 있었다. 알아들은 것처럼 얼렁뚱땅 넘어가려고 하니 말도 막히고 자신도 없어지는 것이었다. '왠지 이래야 할 것 같아서'라는 말은 글을 쓸 때 더 이상 통하지 않았다.

그렇다면 글을 쓰기 위해서는 어떻게든 연암에게 가닿는 수밖에 없었다. 일상에서 연암의 상황을 구체적으로 상상해 보며 어떤 심경일지 느끼려 하고, 내가 보고 듣는 것 중에 어느 하나라도 연암과 연결이 될까 싶어 귀를 세웠다. 그러다 보면 끝끝내 스스로를 납득시키지 못할 때도 있었지만, 때로는 전혀 이해가 안 되던 것이 딱딱 들어맞으며 세상이 달라 보이기도 했다. 결국 나에게 연암을 만난다는 것은 입으로만이 아니라 마음으로 머리로 몸으로 터득해 가는 과정이었다. 그리고 그럴 때에야 나에게도 자연스럽게 할 말이 나왔다.

다른 사람의 말을 따라하는 게 아니라 자신의 세상을 곡진히 그려 낸다는 것은 남들이 안 쓰는 희귀한 단어를 골라 쓰겠다는 말이 아니다. 같은 단어를 쓰더라도 진심을 담는 일이었다. 그러려면 먼저 내가 납득하지 못하고 이해하지 못했다는 것을 솔직하게 인정하는 것부터가 시작이었다. 스스로에게 찝찝함이 없어야, 자신 있게 세상을 만날 수 있기 때문이다. 나는 뜻을 곡진히 그려 낸 연암을 말로만 따라하는 것이 아니라 마음을 다해 닮아 가고 싶다.

1부

나, 청년

: 연암을 통해 보게 된 나

쓰자, 반세대적으로!

이윤하

요즘 한국에서도 뜨고 있는 1998년생 미국의 팝가수이자 유튜버인 코난 그레이(Conan Gray)의 노래 중에 이런 노래가 있다. 「Generation Why」, 의역하면 '너희 세대 왜 그러니'. 혹은 'y세대'라는 이중적 의미로도 읽을 수 있다고 한다. 제목으로 이미 느낌이 오는 이 노래의 훅(hook) 가사를 해석해 보면 이러하다.

왜냐면 우리는 무기력하고, 이기적이고, 별난, 참 죽고 싶어하는 밀레니엄 세대니까. 우린 흐린 눈빛으로 거리를 걸어 다니고, 쓸모없이 넘쳐나는 시간에 시달려. 문제가 생기면 정신을 놓아 버리지. 살면서 이 말을 백만 번은 들었어, "너희 세대는 왜 그러니?"

이 가사는 그런 말들을 비꼬고 있기도 하지만, 실제로 우리 청년들은 좀 무기력하고 이기적이고 죽고 싶다고 난리인 것 같긴 하다. 그런데 문득, 왜 '우리'가 되었을까 싶었다. 어쩌다 '우리'는 이 가사에 공감하게 된 걸까. 참 '세대적'이다! '우리'는 이래야만 하는 건가? 우리는 덜 이기적이기 위해 덜 죽고 싶다고 생각하기 위해 노력하는 것밖에 못하는 건가?

박제가의 벗 중에는 이름 하나 짓는 걸로 반'세대'적도 아니고 반'시대'적이었던 선비가 하나 있었다. 남들이 『논어』의 유명한 구절에서 따온 '사물'(四勿)예가 아니면 듣지 말고, 보지 말고, 말하지 말고, 움직이지 말라는 내용이니, '삼성'(三省)증자가 날마다 세 가지 조목으로 자기를 돌아본다는 내용이니 하는 말을 호(號)나 당호(堂號)로 삼을 때, 이유동(李儒東)은 자기 누각에 '취미루'(翠眉樓)라는 이름을 붙였다.

이게 얼마나 이례적인 일이냐 하면, 남산 밑의 집 이름은 죄다 '공신'(拱辰)『논어』「위정」에 나오는 구절, 북촌의 집 이름은 모두 '유연'(悠然)도연명의 시 「음주」에 나오는 구절이라고 짓던 시절이었기 때문이다. '사물재'(四勿齋)는 또 오죽 많았는지, 중국에는 조선 사신들이 갈 때마다 '사물재'라는 글씨를 써 달라고 부탁해서 그 글자만 엄청 잘 쓰는 선비가 있을 정도였다.

호나 당호만 따라 짓는 게 아니었다. 중국의 '남양'과 우연히 지명이 같은 경기도 남양지금의 화성시 일대에서는 제갈량의 「출사표」에 '남양에서 밭을 갈았다'는 말이 있다는 이유로 제갈량의 사당을 지었다. 황해도 황주에서는 송나라 왕우칭(王禹稱)이라는 선비가 (중국의) '황주'로 좌천되었을 때 죽루를 짓고 쓴 「황주죽루기」(黃州竹樓記)를 따라 죽루를 지어 올렸다.

유동의 '취미루'는 '물총새 취' 자에, '눈썹 미' 자로, '미인의 아름다운 눈썹'이라는 뜻을 가진다. 누각에 올라서면 보이는 먼 산봉우리들이 아름다운 눈썹 같아서 붙인 이름이다. 이런 식의 누각 이름은 아마 그때 조선에서 유일한 것이었지 싶다. 유동은 어떻게 이리 대담하고도 신박한, 반시대적인 이름을 생각해 냈을까? 사람들은 '취미루'가 미인 안방 이름 같아 괴이하다며 '이러쿵저러쿵' 해댔다. 답답했던 유동은 자기를 알아줄 수 있을 것 같은 연암에게 사람들의 오해를 풀어 줄 기문(記文)을 청한다.

연암은 젊었을 때 몇 길손들과 임진강을 거슬러 올랐던 이야기를 꺼낸다. 마침 강가 수십 리 절벽에 붉은 단풍이 한창이던 때였다. 그런데 같이 가던 사람 중 하나가 갑자기 정색을 하더니 적벽(赤壁)은 그대로인데 세월이 '임술년'이 아니고 '기망(旣望)의 달'음력 16일에 뜨는 달이 없는 것이 한스럽다, 하였다. 소동파의 시 「적벽부」에 '임술년 가을 기망에 길손들과 적벽 아래에서 노닐었다'는 내용이 나오기에 한 말이다. 이에 연암은 이렇게 답한다.

> "지금부터 임술년을 기다리자면 내 나이 예순여섯 살 먹은 노인이 될 것이니, 가을 강의 찬 바람과 이슬을 견디기 어려울 것이오. 게다가 그대는 '소'씨(氏)가 아니요, 나 또한 그대의 노래에 화답하여 통소를 불지 못하니 이를 어찌하겠소?"「취미루기」(翠眉樓記), 『연암집』(하), 111쪽*

임술년이 되어 여기 오려면, 내 나이가 예순여섯이 될 텐데 그때 우리가 지금처럼 이 적벽을 즐길 수 있을까요, 게다가 당신은 '소'씨도 아니고, 그 시 뒤쪽에는 '통소를 부는 손님'이 나오는데 나는 통소를 불 줄도 모릅니다만….

따라한다고 정말 똑같아질 수 있을까? 오히려 소동파의 시를 떠올리며 아쉬워하는 길손은 무언가 놓치고 있지 않은가. 적벽도 통소도 없고 기망의 달도 없는, 다만 지금의 임진강 단풍, 예순여섯이 아니어서 시원하게 느껴지는 강가의 찬바람과 이슬 같은 것을. 집 이름을 사물재라고 짓는 선비들은 무언가 보지 못하고 있지 않나. 다만 지금의 자신이 세우는 학문의 비전, 집 앞의 풍경 같은 것을. 코난의 가사에 절절히 공감하는 '우리'도 무언가 질문하지 않고 있다. 다만 지금 내가 느끼는 것이 무엇인지, 일상에서 무슨 일이 일어나고 있는지 등을.

연암은 「취미루기」에서 유동에게 이렇게 말한다. 당신이 남을 따라하기 좋아하지 않는 사람이고, 시문을 짓되 진부한 표현을 반드시 없애려 노력하는 사람이라고 알고 있다. '취미루'라는 이름만으로도 그것을 알 수 있으며 이는 족히 기록할 만한 일이다. 그렇지만 연암은 남을 따라하지 말고 나'만'의, 나의 '고유한', '특별한' 무엇을 찾으라고 말하는 건 아니다. 유동은 남들을 따라 이름을 짓는 대신, 집 앞 풍경을 들여다보고 그 신박한 이름을 떠올렸을 뿐이다.

연암은 '진부한 표현을 없애 버리려고' 할 때 생겨나는 공간에

---

* 이 책에서 『연암집』을 인용하는 경우, 돌베개 판 『연암집』(상·중·하, 신호철·김명호 옮김, 2007)을 저본으로 하였으며, 인용 문장 뒤에 글 제목, 권호, 쪽수만을 명기했다.

다가 지금 내가 느끼는 것에 제일 맞는 단어를 넣어 보자는 것이다. '죽고 싶다'는 진부한 표현 대신, '무기력하다', '이기적이다'라는 말 대신, 다른 단어들을. 다만 지금의 나와 나의 일상을 조금 더 세심하게 지켜보자. 그런 단어들이 빠진 빈자리에 '취미루' 같은 단어를 넣어 보자. 그럴 때 우리는 조금 다른 시선을 가지게 되고, 미세하게 반'세대'적(어쩌면, 잘하면, 반'시대'적)이 될 수 있다.

시간이 부족하다면

이윤하

1778년, 연암은 급하게 서울 살림을 정리하고 황해도 금천군의 깊은 산골, '연암골'로 들어간다. (이제 막 즉위한) 정조의 신임을 받으며 조정에서 권력을 잡은 홍국영이 연암을 해치려 했기 때문이다. 정계에 나가지 않은 연암이 홍국영과 직접 부딪힐 일은 없었다. 다만 연암 스스로는 자신의 평소 지론이 권세가의 비위를 거스를 만하고, 그것이 사람들에게 퍼질 만큼 자신의 명성이 높았던 것이 화를 부른 원인이라 생각했다.

연암이 자신의 호를 따온 '연암골'은 사람이 살지 않는 깊은 산골이었다. 그럼에도 그곳까지 연암을 찾아오는 이들이 있었다. 그중에는 개성의 부유한 양반 집안, 남원 양씨 집안의 양호맹·양정맹 형제도 있었다. 연암은 개성에 있는 양호맹의 별장에 머물기도 하고, 둘을 통해 양씨 집안사람들과 교유하기도 했다. 「주영렴수재기」(晝永簾垂齋記)의 주인공, 호맹의 육촌 형제인 양현교도 그때 만난 청년(당시 스물일곱)이다.

「주영렴수재기」는 연암이 양현교의 초당집 옆에 작게 짓는 집채 '주영렴수재'에 지어 준 기문이다. '푸른 절벽 나이 든 소나무 아래'에 있는 이 초당은 작지만 세심하게, '갖출 건 다 갖추어' 지어졌다. 마루가 환하도록 창살은 성기게 만들었고, 집 오른편엔 둥그런 창을, 왼편엔 채광창을 냈다. 다락과 아늑한 곁방도 두었다. 집 뒤에는 배나무가, 사립문 안팎에는 연홍색 꽃이 피는 살구나무와 붉은색 꽃이 피는 복숭아나무가 서 있고, 집 앞에는 샘물을 끌어들여 만든 네모난 연못이 있다. 연암이 묘사하는 초당의 풍경을 보면 주인의 섬세함과 뛰어난 감각, 이 집에 들인 공을 알 만하다. 이어서 연암은 양현교가 이 정성스럽게 만든 초당에서 뭘 하는지 이야기해 준다.

양군은 본성이 게을러 들어앉아 있기를 좋아하며, 권태가 오면 문득 주렴을 내리고, 검은 궤 하나, 거문고 하나, 검 하나, 향로 하나, 술병 하나, 다관 하나, 옛 서화축 하나, 바둑판 하나 사이에 퍼진 듯이 누워 버린다. 매양 자다 일어나서 주렴을 걷고 해가 이른가 늦은가를 내다보면, 섬돌 위에 나무 그늘이 잠깐 사이에 옮겨 가고, 울 밑에 낮닭이 처음 우는 것이었다. 그제서야 궤에 기대어 검을 살펴보고, 혹은 거문고 두어 곡을 타고 술 한 잔을 홀짝거려 스스로 가슴을 트이게 하거나, 혹은 향 피우고 차 달이며, 혹은 서화를 펼쳐 보기도 하고 혹은 옛 기보를 들여다보면서 두어 판 벌여 놓기도 한다. 이내 하품이 밀물이 밀려오듯 나오고 눈시울이 처진 구름처럼 무거워져 다시 또

퍼져 누워 버린다.「주영렴수재기」, 『연암집』(하), 330쪽

한마디로, 이 선비는 게으름을 피운다! 놀라운 것은, 그는 온갖 게으름을 다 부리고 한참 누워 자다가 밖에서 객(客)이 찾아오면 그마저 느릿느릿 일어나 객을 맞이하는데, 이 글은 "나무 그늘과 처마 그림자를 바라보면 해가 여전히 서산에 걸리지 않았다"「주영렴수재기」, 330쪽라는 문장으로 끝난다는 것이다. 아무리 게으름을 피워도, 아직 낮(!)이라는 말이다. 이 초당의 이름은 긴 낮 동안(晝永), 주렴이 드리운(簾垂) 집!

그래서인지 연암이 묘사하는 이 선비의 '권태'에서는 놀랍게도 아무런 결핍이 느껴지지 않는다. '이렇게 게을러도 되나?'라든가, '벌써 또 하루가 다 갔네'라든가, '뭐라도 더 했어야…' 하는 이 시대 청년들이 늘 달고 사는 말이 그에게는 어울리지 않는다. 우리에게 낮에 주렴을 칠 새가 어디 있나?(주렴은커녕 밤새 불을 켜고 있다.) 권태롭다고 초당에 들어앉아 검이나 살펴보고 있는 이 선비가 위태로워 보일 뿐!

우리는 늘 열심히 공부를 하거나 일을 해야 한다. 누가 시키지 않아도 계속 '무언가를 해야' 안심이 된다. 그러다 힘이 빠지면 다시 무언가 열심히 하기 위해서 쉰다. 그런데 그마저도 견디지 못해 SNS와 채팅창 속에서 부유하고, 아니면 음악(새로 나온 앨범이라면 더 좋다)이라도 듣거나 유튜브에서 영상을 찾아보고 있는 것이다. 도무지 '아무것도 안 하고' 가만히 있는 시간은 견딜 수가 없게 된다. 그러니 저렇게 "퍼져 누워" 있으면서도 길고 긴 낮을 향유하고

있는 저 선비의 내공이 궁금해진다.

진지하게 생각해 보자. 내게 아무리 시간이 주어진다고 해도 양현교처럼 혼자 거문고를 두어 곡 타고, 향을 피우고 차를 달이며 앉아 있을 수 있을 것 같지 않다. 갑자기 떨어진 체력 때문에 '하루 한 시간 반 산책하기' 미션을 스스로 부여했을 때에도 그랬다. 나는 혼자 가만히 걷기만 해야 하는 '한 시간 반'을 견딜 수가 없었다! 할 일도 많은데 '아무것도 안 하고' 걷고 있을 수는 없었다. 결국 나는 책을 들고 나와 읽으면서 걸었다.

그에 비해 이 선비는 정말 급할 게 없어 보인다. 늘 어딘가 더 나은 곳에 도달해야 하고, 시간을 쪼개서 '알차게' 써야 하고, 그러니 시간이 부족하다고 동동거리는 우리에게 묻는 것 같다. 대체 '무엇'을 하는 데에 '부족'하다는 건지?

양현교의 집안이 있는 곳은 개성이다. 고려의 도읍이었던 이곳을 조선왕조에서는 '내버린 땅'으로 간주했다. 그래서 개성 선비들은 관직을 얻기도 어려웠고, 학문을 업으로 삼는 대신 주로 장사를 했다. 연암은 청년 시절 자발적으로 과거를 포기했지만 학문은 놓지 않았던 선비였다. 그런 연암이 그리는 양현교의 게으름은, 그저 자신을 놓아 버린 선비의 모습이 아니라 어떤 정해진 길(더 열심히 공부해서 출세를 하겠다 혹은 장사를 해서 돈을 벌겠다)로도 가지 않고, 머무르는 이의 모습이다.

연암의 「주영렴수재기」를 읽을 때면 내리쬐는 햇볕 아래 혼자 고요히 앉아 있는 기분이 들면서 평온해진다. 우리는 어디로, 왜, 그렇게 급히 가는 걸까? 우리에게 필요한 시간은 그곳으로 달려갈 시간이 아니라, 오히려 '어디로, 왜' 가는지 혼자 깊이 사유해 볼 시간이 아닐까? 그렇게 해도 늦은 길다. 아니 그래야만, 늦은 길다.

속박이 아니라 필연이 되는 이름

이윤하

조선시대 선비들은 이름이 많았다. 태어날 때 부모님께서 정해 주신 이름, 성인이 되어서 정하는 자(字)와 관명(冠名), 친구들이 지어주거나 자기가 만들어 붙이는 호(號), 또 관직 앞에 성만 붙여서 부를 때도 있으니 종류도 여럿이다. 연암의 가까운 친구였던 이덕무는 호를 많이 지었던 탓에 그중에서도 이름이 꽤나 많았다. 젊은 시절에 쓴 호만 해도, 삼호거사·경재·정암·을엄·형암·영처·선귤헌·감감자·범재거사 등 아홉 개나 된다(그 밖에도 청음관, 탑좌인, 재래도인, 매탕, 단좌헌, 주충어재, 학초목당, 향초원, 청장관 '등'이 있었다고 한다).

어느 날 이덕무가 호를 또 하나 지었다. 당(堂) 하나를 짓고 '선귤당'(蟬橘堂)이라는 이름을 붙인 것이다(거처에 붙이는 당호는 이름 대신 쓰이기도 한다. 일례로 사임당이 있다). 그런 뒤 연암에게 기문을 하나 써 달라고 부탁했다. 연암은 그에게 또 이름을 지었느냐며 '왜

그리 어지럽게도 호가 많은가' 하고 살짝 핀잔을 준다. 그러곤 있지
도 않은 『대각무경』(大覺無經)을 인용하며 '이름'에 대한 이야기를
하기 시작한다.

『대각무경』엔 말이지, 자기 원래 이름을 버리고 법명을 받으
려 하는 승려가 나온다네. 그런데 그 승려의 스승은 이렇게 말해, 이
름이 '있어야' 버리지! 이름은 풀어 버릴 수도, 벗어 버릴 수도, 팔
수도, 씻어 낼 수도, 토해 낼 수도, 떼어 낼 수도 없는 거라네. '너의'
이름이라고는 하나, 남의 입에 달려 있는 것이지. 남이 부르기에 따
라 귀하게도 천하게도 되고, 그에 따라 기뻐지기도 두려워지기도
하지 않는가.

이를테면 이름은 바람 같은 거라네! 바람은 본디 실체가 없는
데 나무에 부딪혀서 소리를 내고, 나무를 흔들기까지 하네. 이름도
실체가 없으면서 우리 몸을 칭칭 감고, 겁박하고, 억류하지 않는가.
또 울리는 종소리 같은 것이지! 종 치는 막대를 멈추어도 종소리는
계속 울리는 것처럼, 우리 몸이 죽어도 실체가 없는 이름은 계속 남
아 없어지지 않는다네. 그러니 이름은 우리를 구속하는 무엇이 아
닌가? 살아서도, 죽어서도.

네 몸이 얽매이고 구속을 받는 것은 몸이 여럿이기 때문이다.
이는 네 이름과 마찬가지여서, 어려서는 아명(兒名)이 있고 자
라서는 관명(冠名)이 있으며 덕(德)을 나타내기 위해 자(字)를
짓고 사는 곳에 호(號)를 짓는다. 어진 덕이 있으면 선생(先生)
이란 호칭을 덧붙인다. 살아서는 높은 관작(官爵)으로 부르고

죽어서는 아름다운 시호(諡號)로 부른다. 이름이 이미 여럿이라 이처럼 무거우니 네 몸이 장차 그 이름을 감당해 낼지 모르겠다.「선귤당기」(蟬橘堂記),『연암집』(하), 101쪽

　　연암이 보기엔, 이름은 마치 인연과 같다. 처음 태어났을 때엔 이름이 없다가, 부모가 아끼어 이름을 지어 준다. 이때엔 몸이 부모에게 딸려 있다. 자라면 자기 몸을 가지게 되고 혼인을 하여 한 쌍의 몸이 된다. 이때 자와 관명을 짓는다. 자녀를 두면 '아버지'가 되고, 자녀가 자녀를 두면 '할아버지'가 된다. 이윽고 몸이 여럿이 되며 무거워진다. 친구들이 술상을 차린 뒤 불러도 몸에 딸린 것들을 생각하면 무거워 집 밖을 나가기가 쉽지 않다. 인연이 만들어질수록 몸이 무거워지는 것처럼 이름도 만들어 붙일수록 무거워지는 법이다. 아니, 정확히 말하면 인연과 이름은 같이 생긴다.

　　인연도 이름도 '무거운' 것은 우리가 그렇게 '해야만' 하는 것들이 생기기 때문이다. 누군가의 벗이 되고, 딸이 되고, 어머니가 된다는 것은, 또 우리가 그런 이름을 갖는다는 것은, 무거운 일이다. 어떻게 '해야 함'이 생기고, 어떻게 '하지 말아야 함'이 생긴다. 그것은 분명 겁박이고 억류라 할 수 있다.

　　그렇지만 이덕무는 그 무거운 이름들을 스스로 많이도 붙여 왔다. 이를테면 '팔분당'(八分堂). 성인(聖人)이 10분(分)이라고 했을 때, 9분까지는 대현(大賢)이니 이를 수 없는 정도이고, 5나 6 정도에 머문다면 학문에 게으른 것이니, 8분을 지표 삼아 가겠다는 의미다. 어린아이의 무엇이든 배우기를 즐거워하는 태도, 처녀의

부끄러워 감추려고 하는 태도가 자신이 글을 쓰는 태도라 하여 '영처'(嬰處)라는 호도 지었다. 이번에 지은 '선귤'(蟬橘)은 굴원과 구양수의 시에 나오는 '날아올라 그칠 곳을 아는 매미'(蟬)와 '아름다운 귤'(橘)을 뜻한다.

이덕무가 스스로 짓는 호들은 자신이 어떤 방식으로 세상과 만나겠다는 선언, 혹은 이렇게 만나고 있다는 표현이다. 그렇지만 그 이름들도 역시 다른 사람들이 불러 주는바, 그리고 다른 이들의 기대를 모으는바, 그를 어떤 방식으로 살도록 만드는 '속박'이 아닌가? 수많은 선언들, 동시에 수많은 속박인 그 많은 이름들을 다 어떻게 감당하려 하느냐고 연암이 묻는다. 이에 대한 이덕무의 대답은, "이름이 '껍질'이라면 그 텅 빈 것에서 누가 나를 찾겠습니까?"이다.

이름은 나와 사람들 사이, 나와 세상 사이에서 생겨난다. 그러니 매번, 어떻게 만나느냐에 따라 그 이름은 달라진다. 이덕무의 말대로 그것은 '껍질'에 불과한 것이다. 그것이 껍질이라는 것을 안다면 속박될 이유가 없다. 우리는 얼마든지 다른 인연 속에서 다른 이름으로 살 수 있으니. 하지만 동시에 이덕무의 이름 짓기는 그 인연을 적극적으로 엮는 일이다. 이렇게 살겠다, 이런 사람으로 살겠다, 이런 인연을 맺겠다.

사람들과의 인연에 숨 막히는 기분일 때가 있다. 내가 누군가의 '연인', '친구'라는 이름을 갖고 있는 게 너무 무겁게 느껴질 때가 있다. 내가 공부하고 있는 공동체에서 어떤 역할-이름으로 존재하는 것이 긴장되고 불안할 때가 있다. 하지만 이런 이름으로 이런 인연 속에서 살지 않았더라면 나는 이 아침에 일어나지도 못하고, 이런 글을 쓰고 있지도 못하고, 이렇게 사람들과 떠들고 공부하고 있지도 못하리라는 것을 안다. 인연-이름이 나를 '이렇게' 존재하게 한다. 기꺼이 이렇게 엮이겠다, 라는 마음이라면 그것은 필연이 되고, 속박이 아니라 기쁨이 된다.

삶을 버리지 않는 삶

이윤하

연암이 함양군 안의현에서 수령으로 일할 때였다. 어느 날 밤, 한 아전의 조카딸(이하 '박녀'朴女; 박씨의 딸이라는 뜻 정도 된다)이 약을 먹고 스스로 목숨을 끊었다는 소식이 들려온다. 남편의 삼년상을 치르고 죽은 것이었다. 박녀가 결혼했을 때의 나이는 열아홉, 남편은 결혼한 지 반 년도 못 되어 죽었으니, 이때 그녀의 나이는 겨우 스물둘.

이런 이야기를 들으면 불쑥 드는 생각은, '아니 왜 남편이 죽었다고 이 젊은 여인이 죽어야 하나?'라는 것. 더 답답해지는 지점은 그녀가 '스스로' 죽었다는 것, 그리고 이런 죽음을 조선은 '열녀'라며 기리곤 했다는 것.

조선 '사대부'의 아내들은 남편이 죽어도 재혼하지 않았다. 재혼을 하면 두번째 남편과 낳은 아이는 관직을 얻을 수 없었기 때문이다. 여성이 절개를 지키는 풍습은 사대부 계급에 국한된 것이었지 일반 백성들에게 권유된 적은 없었다.

그런데 이 풍습이 400년을 지나 조선 후기에 오자 평민들 사이에서도 자리를 잡기 시작했다. 자기 집안이 어떤 집안이든 조선의 여인들은 남편이 죽은 뒤 평생을 과부로 살았다. 이윽고 그것만으로는 '절개'라 하기 부족하다 여겨서인지, 남편을 따라서 죽기까지 하는 이들이 생겨났다. 이전에는 과부로 사는 것만으로도 '열녀'라 여겼는데, 연암 시대에는 목숨 정도는 끊어야 '열녀'라고 불릴 수 있었다. 박녀도 그 '열녀' 중 하나였다.

이 이야기에서 우리는 박녀를 악습의 피해자로, 동시에 이 악습에 저항하지 못하고 자기 목숨을 버린 무지한 여성으로 인식하게 된다. 연암은 어땠을까? 박녀의 부고를 듣고 연암은 그녀를 기리며 십 년 동안 홀로 두 아들을 키운 과부 이야기를 지어내 「열녀 함양 박씨전」(烈女咸陽朴氏傳)을 썼다. 이 이야기에서 연암은 한 여인이 과부로 살아가는 것 자체가 고투를 치르는 일임을 보여 주며 열녀 풍습의 지나침을 말한다. 하지만 연암이 박녀에 대해 갖는 시선은 조선의 다른 사람들과도, 우리들과도 좀 다르다. 그는 박녀가 목숨을 '끊은' 일을 추앙하지도, 불쌍히 여기지도 않는다. 대신 그녀의 마음을 들여다보려고 노력한다.

'그의 마음이 이렇지 않았겠는가. 젊은 과부가 세상에 오래 머무르는 것은 늘 친척들이 탄식하고 불쌍히 여길 일이 되고, 이웃 사람들의 망령된 추측을 면치 못하는 일이 되리니, 차라리 이 몸이 없어지는 게 낫다고 생각하지 않았겠는가. 아, 슬프구나! 죽는 게 낫다고 생각할 정도로 절개를 지키는 여인 혼자 살기 쉽지 않은 세상이라니.' 하지만 그녀가 그런 세상에 '떠밀려' 죽은 것은 아니다.

> 성복(成服)을 하고도 죽음을 참은 것은 장사 지내는 일이 남아
> 있었기 때문이요, 장사를 지내고도 죽음을 참은 것은 소상(小
> 祥)이 있었기 때문이요, 소상을 지내고도 죽음을 참은 것은 대
> 상(大祥)이 있었기 때문이었다. 대상이 끝이 났으니 상기(喪期)
> 가 다한 것이요, 한날 한시에 따라 죽어 마침내 처음 뜻을 완수
> 했으니 어찌 열녀라 아니 할 수 있겠는가.「열녀 함양 박씨전」, 「연암집」
> (상), 153쪽

연암도 박녀가 열녀라고 말한다. 남편을 따라 죽어서, 절개를
지켜서가 아니라 자신의 처음 뜻을 치열하게 완수했기 때문에. 연
암은 조선의 풍습을 비판하면서도 그 맥락 위에 있던 박녀의 죽음
을 비참하거나 무지한 일로 그리지 않는다. 박녀는 결혼할 사람이
곧 죽을 수 있다는 것을 혼사를 치르기 몇 달 전부터 알고 있었다.
그럼에도 이미 정해진 이와 결혼하겠다는 뜻을 밝혔고, 그와 결혼
했다. 마지막엔 자신에게 남은 소임(남편의 소상과 대상)을 다한 뒤
에 생을 정리했다.

조선의 '열녀'들을 비인간적인 구습에 억압당한 피해자라든
가, 그 습속에 투쟁하지 못한 사람이라고 보는 것은 쉽고, 또 자연스
럽기도 하다. 하지만 연암은 그들의 삶을 그렇게 격하시키지 않는
다. 우리에겐 피해자로서의 여성이 아닌 끝까지 자기 삶을 버리지
않았던 여성의 역사가 있다. 그들은 목숨을 끊을 때 누구를 원망하

지도 않았고, 슬픔이나 두려움에 잠식되어 있지도 않았다.

나는 고작 스무 살 남짓 되었을 그들이 그렇게 자기 생을 담담히 끌고 나갔다는 것이 존경스럽다. 남은 생을 과부로 살기를 선택하는 쉽지 않은 길, 혹은 재가를 하는 역시 쉽지 않은 길, 목숨을 끊는 당연히 쉽지 않은 길, 그 쉽지 않은 길을 떠밀려서가 아니라 스스로 갔다는 것이 존경스럽다.

나는 그만큼 살고 있나? 그렇게 살 수 있나? 이 시대의 억압 때문이 아니라, 누군가의 시선 때문이 아니라, 무엇 때문이 아니라 스스로, 담담하고 치열한 삶의 길을 갈 수 있나? 그 여인들은 지금의 우리에게 그런 질문을 하게 한다.

죽음은 슬프지 않다

이윤하

세상에는 다양한 삶만큼이나 다양한 죽음이 있다. 병원에서의 죽음, 교통사고 및 추락 등의 각종 사고사, 천재지변으로 인한 몰사, 전쟁을 비롯한 정치적·종교적·개인적 살인으로 인한 죽음, 그리고 가끔은 명상 속의 죽음 등등. 개중에는 사람들이 유난히 슬프고 애통하게 느끼는 죽음이 있다. 조선시대에는 이런 죽음(주로 요절) 앞에서 애사(哀辭)제문의 한 형식를 지어 추도했다.

연암의 제자이자 벗이며, 박제가의 처남이자 벗이었던 이몽직은 스물여섯이라는 이른 나이에 세상을 떠났다. 연암은 「이몽직에 대한 애사」(李夢直哀辭)를, 박제가는 절절한 「이몽직에 대한 제문」(祭李夢直文)을 썼다. 스물여섯이라는 나이가 '죽음을 말하기엔' 이른 나이이기도 하지만, 그의 죽음은 유독 공교롭고 안타까웠다.

몽직은 남산에서 활쏘기 연습을 하고 돌아가는 길이었다. 돌연히 화살 하나가 잘못된 방향으로 날아와 몽직의 머리에 맞았다.

영문도 모르고 쓰러진 몽직은 앓다가 일주일 뒤에 숨을 거두었다. (연암의 말대로) 나라는 전쟁 없이 태평을 누린 지 오래인데 뜬금없이 화살을 맞은 것이다. (박제가의 말대로) 그 좁은 화살촉이 일부러 맞히기도 어려운 사람의 머리를 맞힌 것이다. (둘의 말대로) 몽직은 참 시원스럽고 마음 씀씀이가 넉넉한 어여쁜 청년이었는데. 이런 죽음은 우리를 애통하게 만든다.

실제로 박제가의 제문은 원통함으로, '대체 몽직이 왜 죽어야 합니까' 하는 원망 섞인 탄식으로 가득하다. 그런데 연암의 애사는 좀 다르다. 그의 글은 이렇게 시작한다.

> 대범 사람의 삶은 요행이라 할 수 있는데도 그 죽음이 공교롭지 않게 여겨지는 것은 어째서인가? 하루 동안에도 죽을 뻔한 위험에 부딪치고 환난을 범하는 것이 얼마인지 모르는데, 다만 그것이 간발의 차이로 갑자기 스쳐가고 짧은 순간에 지나가 버리는 데다가, 마침 민첩한 귀와 눈, 막아 주는 손과 발이 있기 때문에 스스로 그렇게 되는 까닭을 깨닫지 못하는 것일 뿐이며, 사람들도 편안하게 생각하고 안심하고 행동하여 밤새 무슨 변고가 없을까 염려하지 않는다.「이몽직에 대한 애사」, 『연암집』 (중), 248쪽

실상 도처가 죽음으로 가는 길이고, 하루에도 몇 번을 간발의 차이로 죽음이 스쳐간다. 이를테면 지금 당장 건물 지붕이 무너져 내려 깔려 죽을 수도 있지 않은가. 알 수 없는 이유로 원한을 품은

이가 내일 나를 찔러 죽일 수도 있고, 전화를 하던 중 핸드폰이 갑자기 귀 옆에서 폭발해 버릴 수도 있고, 누군가 말 한마디 잘못해서 전쟁이 일어날 수도 있는 것이다. 하지만 평소에 그것을 감각하지도, 생각하지도 않고 사는 우리에게 그런 죽음은 '부당'하다.

올해 봄, 청년들끼리 모여 '죽음'에 대한 책을 읽고 세미나를 했다. 이십대에서 삼십대 초반이었던 우리는 이제까지 죽음에 대해 진지하게 생각해 본 적이 거의 없었다. 일반적으로 생각하기에 죽음으로부터 먼 나이니까. 그렇기에 우리에게도 강한 전제가 있었다. '젊은 나이에 죽는 건 억울하다!'라는. 나는 그때 처음으로 내가 죽고 싶지 않아 하며(아직 못한 것이 많은데!), 죽음을 두려워한다는 것(숨이 넘어가는 마지막 순간에 평화로울 수 있을까?), 또 지금 죽음이 온다면 거부할 것(안 되겠지만 마음으로라도)을 알았다.

그렇다면 언제쯤 죽음을 평화롭게 받아들일 수 있을까? 정말 좀 더 나이가 들면 괜찮을까? 우리가 '합리적'이고, 부당하지 않아서 받아들일 만하다고 생각하는 죽음이 따로 있을까? 가령 몽직이 여든 살이 되는 날 죽었거나, 잘못 날아온 화살이 아니라 전쟁터의 화살을 맞아 죽었다면 좀 나았을까. 그랬다면 아마 사람들이 '애사'를 쓰진 않았을 것이다. 하지만 정말 스물보단 여든이 '죽을 만'하고, 모르는 사람이 잘못 쏜 화살보다는 적의 화살을 맞아 죽는 게 더 보람 있는 죽음이라 할 수 있는 걸까?

연암은 '애'사를 썼지만, 몽직이 죽은 것 자체를 슬프게 생각하진 않았다. 모든 죽음이 '공교로운' 것임을, 오히려 하루를 사는 것이 '요행'이라는 것을 알았기 때문이다. 그 어떤 죽음도 우리에게 합리적이고 '그럴 만하게' 찾아오진 않는다. 어떤 죽음이든, 스스로 삶을 놓아 버리지만 않는다면 ('삶을 놓아 버리지 않는다'는 것이 정확히 자살을 말하려는 것은 아니다. 연암의 말대로 위험한 곳에 가지 않고, 말을 조심해서 하고, 먹는 것을 조절하고, 내가 생각하는 것을 경계한다는 것을 말한다) 이유 없이 거듭된 우연을 통해 찾아오는 일이다. 그렇다면 매번의 죽음을 용케도 피해 간 그 삶도 이유 없이 거듭된 우연을 통해서 존재하는 것이다.

부당한 죽음이 없으니, 당연한 삶도 없겠다. 어쩌면 이 삶 자체가 죽음이 만들어 준 것이라고도 말할 수 있다. 그렇게 생각할 때, 우리는 나의 죽음도 누군가의 죽음도 좀 더 평화롭게 맞이할 수 있을 것이다. 그동안 우리를 살게 해줬던 죽음이 찾아왔구나, 하고. 그럴 때에야만 내 삶을 무엇을 못 다한 것으로 생각하지 않을 수 있고, 죽은 이를 온전히 살다간 사람으로 기릴 수 있다. 또 그럼으로써 연암처럼, 그와 나의 인연이 끊어지는 것에 온전히 애달파하고, 그와 나의 우연한 인연에 감사할 수도 있는 것이다.

나'만'이 아닌 '나'를 사랑하는 길

원자연

이십대 초반, 친구들 사이에서 '자존감'에 대한 이야기가 많이 오갔었다. 자존감 테스트 같은 걸 해보면서, 우리는 서로의 자존감이 높은지 낮은지를 확인하며, 놀리기 일쑤였다. 예쁜 애들은 칭찬만 듣고 살아서, 자존감도 높고 모난 데가 없다더라는 이야기를 하면서 (예쁘지 않은) 우리는 큰일 났다며 한바탕 떠들었던 기억이 난다. 자존감이 테스트로 확인된다고 생각했다니, 정말 어처구니가 없다.

'자존감'은 한창 사회적으로도 이슈였던 듯하다. '자존감을 높이는 방법'에 대한 책도 많이 나오고, 아이의 자존감을 키우는 방법에 대한 교육법도 유행했다. 자존감이 낮은 사람은 타인의 시선을 의식하면서 쭈뼛쭈뼛 살아가는 데 반해, 자존감이 높은 사람은 어떤 일에도 잘 흔들리지 않고 당당하게 살아가기 때문이란다.

자존감에 대한 사회적인 화두는, 자신을 존중하는 '자존감'을 넘어서 자기 자신을 사랑하라는 '자기애'에까지 이르렀고, 심지어

요즘은 셀카에 집착하는 사람들까지 생겨날 정도다. 가장 큰 문제는 이와 같은 논의에 타자가 없다는 것이다. 모두 다 '자기 자신', 즉 '나'밖에 없다.

나도 이왕이면 자존감이 높은 사람이 되고 싶었다. 자신에게 집중하고, 자기 자신을 믿고, 내가 좋아하는 것과 원하는 것을 찾아가고자 했다. 내가 어떤 걸 좋아하는지, 싫어하는지, 무엇을 원하는지 알아 가는 일이 '나'를 알아 가는 작업이라고 생각했다. '나'를 알아야 '나'를 믿고, '나'에게 온전히 집중할 수 있다고 생각한 것이다. 그렇게 신이 나서 '나'를 찾아다녔다.

그런데 공부다운 공부를 하게 되니, '나'를 찾아 가고, 알아 가는 것이 '나'를 위한 일이 아닐 수도 있다는 생각이 들었다. '나'만을 고민하고 생각해 봤자 답이 없었다. 더 괜찮은 '나'를 찾으러 다닐수록 지금의 '나'는 더 부족해 보였고, 이럴수록 점점 더 '나'에 집착할 뿐이었다.

요즘에만 이렇게 '나, 나, 나!'를 외치는 줄 알았는데, 아니었다. 연암이 살았던 조선시대, 그때도 점점 '나'라는 것이 생겨서 문제가 되었던 듯하다. 천지가 만들어질 적에는 사람과 사물이 구별되지 않는, 모두 같은 '물'(物)이었다고 한다. 그런데 어느 날 갑자기 사람들이 자기 자신을 '나'라고 일컬으며, 타인과 구별하기 시작한 것이다. 이렇게 나와 타인의 구별이 생기자, 서로 다른 것을 분별하게 되고, '나'라는 것이 강해졌다. '나'라는 것이 강해지자, 자신의 욕심을 채우려는 사사로운 마음(私心)이 생겨난 것!

때는 바야흐로 조선시대, '자기애'에 빠진 한 사내가 있었으니,

그의 이름은 정인산(鄭仁山). 그는 자신의 집에 '애오려'(愛吾廬), '나를 사랑하는 집'이라고 이름을 붙이고, 연암에게 기문을 청한다. 이 시절에도 이렇게 자기애가 넘치는 이가 있었다니!

전(傳)에 이르기를, "사람은 제 몸을 골고루 사랑하니, 제 몸을 기르는 것도 골고루 하려 한다. 그러나 몸의 작은 부분으로써 큰 부분을 해치지 말고 천한 부분으로써 귀한 부분을 해치지 말라" 하였다. 그러므로 왕응의 아내는 도끼를 가져다가 자신의 팔목을 끊어서 그 몸을 깨끗이 하였던 것이다. 팔목이 이미 부모에게 받은 것이라면, 그 대소(大小)와 귀천(貴賤)이 어찌 한 점의 살이나 한 올의 머리털에 비할 바이랴. 그런데도 장차 자기 몸에 오물이 묻을 듯이 여겨, 이를 악물고 잘라 내어 조금도 연연해하는 마음을 갖지 않은 것은 무엇 때문인가? 그 팔목을 사랑하기 때문이다.

'나'를 사랑하기를 왕씨의 아내같이 한다면 이는 사랑할 바를 안다고 할 것이다.「애오려기」(愛吾廬記), 『연암집』(하), 105쪽

왕응의 아내는 타향살이하던 남편의 유해를 지고, 아들과 함께 고향으로 돌아가다가 여관에 하룻밤 묵으러 들어간다. 그녀를 수상하게 여긴 여관주인은 숙박을 거부하며, 그녀의 팔목을 잡고 끌어낸다. 왕응의 아내는 자신의 팔목이 더럽혀졌다며 스스로 팔목을 잘라 낸다. 자신을 사랑하는 방법으로, 자신의 몸을 해치는 방법을 택한 것이다. 연암은 여기서 질문을 던진다. '진정으로 자신을 사

랑한다는 게 무엇인가?'

　이 일화는 그녀의 수절이 대단하다는 칭찬도 아니고, 우리 모두 이념 때문에 스스로 몸을 해치는 일을 해야 한다는 것도 아니다. 왕웅의 아내에게는 절개를 지키지 못하는 것이 부끄러운 일이었고, 그 모욕을 참고 몸을 온전히 지키는 것이 더 수치스러운 것이었다. "작은 부분으로써 큰 부분을 해치지 말고 천한 부분으로써 귀한 부분을 해치지 말라"는 말은 각자에게 다른 방식으로 작동될 수 있다. '왕웅의 아내'에게는 팔목을 잘라 내는 것이 작은 부분으로 큰 부분을 해치지 않는 일이었다.

　우리는 흔히 자신을 지극히 아끼는 것을 '자신을 사랑하는 것'이라고 여긴다. 그래서 내 몸이 닳아 없어질까, 아끼고 또 아낀다. 그러다 보면 "제 터럭 하나를 뽑아 천하 사람에게 이로움이 돌아간다 해도 하지 않는 자들"「애오려기」, 104쪽이 생긴다는 것이다. 내 것 하나 저버리는 것이 타인에게 좋고, 심지어 나에게도 좋은 일이 될 때도, 하지 않는다. 내 몸에 붙어 있는 것뿐만 아니라 나의 물건들, 나의 공간과 시간도 마찬가지다. 나의 것을 지키는 것이 나를 사랑하는 방법이니까. 그렇지 않으면? 내 몸을 도외시함으로써 자기애를 뽑아낸다. '한 번 사는 인생, 별거 있어?!'라며 몸은 내팽개치고, 먹고 놀면서 끝까지 간다. 자기를 사랑하거나 혹은 자신을 도외시하거나. 우리는 보통 이 극단을 오간다.

　연암의 이 이야기가, 지금을 살아가는 우리에게 많은 질문을 던져 준다. 무엇이 진정 나를 사랑하는 길인가? 내 몸, 내 물건, 내 시공간, 이런 것들을 지키는 것이 정말 나를 사랑하는 길인가? 어떻게 사는 것이 '귀한 것을 지키는 것'인가? 어떤 것이 스스로에게 존엄한 삶인지를 묻게 된다.

'자존감', '자기애'에는 '나'밖에 없다. '나'만을 지극히 아끼는 것은 작은 부분으로 큰 부분을 해치는 일이다. '자존감'을 얻기 위해 '나'를 찾아다녔던 것은 진정 나를 위한 일이 아니었다. '나'와 '타인'을 구별 짓고, '나'를 찾아다니는 일은 '나'만을 위한 사사로운 마음만 부추기는 일이었다. 진정 나를 사랑한다면, 세상과의 연결성을 회복하는 것이 나를 위하는 길임을 알아야 하지 않을까. 그것이 '나'만을 위한 마음을 내려놓고, 기꺼이 귀한 삶을 살겠다는 의지일 것이다. 그리고 이것이 '나'를 진정으로 위하는 길이요, '나'를 사랑하는 길일 것이다.

다름(異)의 세계에 진짜(眞)는 없다

원자연

"너 김태리 닮았다!", "아냐, 벤틀리 닮았어"처럼 우리는 평소에 심심찮게 누군가를 닮았다는 이야기를 하곤 한다. 예쁘거나 잘생긴 연예인을 닮았다고 칭찬해 주거나, 혹은 개그맨을 닮았다고 놀릴 때! 예쁘고 잘생긴 사람을 닮았다는 게 무슨 의미가 있나 싶긴 하지만, 왠지… 그런 소리를 들으면 기분이 좋아진다. '비슷하게 생겼다'는 말로 나도 덩달아 그런 사람이 된 것 같기 때문이다.

외모뿐만이 아니라 우리는 때때로 '닮고 싶다, 따르고 싶다'는 마음으로 많은 것을 시작하게 되기도 한다. 누군가를 롤모델로 삼아 인생의 비전을 탐구하거나, 멋지게 사는 사람들을 보며 '어떻게 하면 저렇게 살 수 있지?'를 스스로 물으면서 말이다.

그런데 잠깐, 연암의 이야기를 들어 보자.

'비슷하다'는 것은 그 상대인 '저것'과 비교할 때 쓰는 말이다.

무릇 '비슷하다'고 하는 것은 비슷하기만 한 것이어서 저것은 저것일 뿐이요, 비교하는 이상 이것이 저것은 아니니, 나는 이것이 저것과 일치하는 것을 아직껏 보지 못하였다.

종이가 하얗다고 해서 먹이 이를 따라 하얗게 될 수는 없으며, 초상화가 아무리 실물을 닮았다 하더라도 그림이 말을 할 수는 없는 것이다. 「영처고서」(嬰處稿序), 『연암집』(하), 78쪽

연암은 '비슷하다'는 말 안에 이미 비교하는 마음이 있다고 말한다. 정말 닮고, 아주 비슷하다 해도, '나'와 닮고자 하는 대상은 엄연히 다른 것이다. 아니, 애초에 같아질 수 없는 무의미한 논의다. 외모든 인생 비전이든, 비슷해지고 싶고 닮고 싶은 마음 안에는 '비교하는 마음'이 있다. 그리고 이 '비교하는 마음' 안에는 나의 '이것'을 소홀히 여기는 마음과 '저것'을 탐하는 마음이 있다. 지금보다 저 상태가 낫다는 상(像)이 있는 것이다.

종이가 하얀 것을 부러워하여, 까만 먹이 이를 따라 하얗게 변할 수는 없다. 학이 긴 다리를 불만으로 삼아 다리를 잘라 숏다리 학이 될 수는 없는 것이다. 비슷한 것이 되고자 하는 건 지금의 '나'를 부정하는 자기부정의 행위다. '무엇'과 비슷해지고 싶다는 것은, 그 자체로 이미 자기 투사다. '무엇'에 이미 내 욕망이 자리하고 있기 때문이다. 그리고 비슷한 것이 되고자 욕망하는 것은 스스로를 복제품으로 만들어 버리는 행위다. 우리 자신을 이렇게 만들고 있었다니, 정말 슬픈 일이다.

그런데 재미난 사실은, 최대한 비슷한 복제품이 되어 보고자

해도 쉽지 않다는 거다. 아무리 누군가와 비슷해지려 성형을 해도 똑같아질 수 없고, 닮아 가려 노력을 해도 같아질 수 없다. 그런데 우리는 왜 자꾸 상(像)을 만들고, 비슷해지고자 하는 걸까. 아마도 우리는 비슷해지는 것만으로도 충분하다고 생각하기 때문일 것이다. 그게 더 나으니까. 적어도 지금의 나보다, 내 것보다 나으니 말이다. 특히 공산품은 이런 것이 가능하니, 사람들은 '진짜', '명품', '좋은 것'과 비슷한 것을 구하려 한다. 명품과 비슷한 특A급 짝퉁을 찾는 것도 이 때문일 거다.

『연암집』을 보니 「청명상하도」(淸明上河圖) 발문이 몇 개나 된다. 관재 서상수가 소장한 것, 담헌 홍대용이 소장한 것 등등. 「청명상하도」는 절경을 그린 대작이라고 하는데, 송나라 때 장택단(張擇端)이 그렸다고 한다. 하지만 원작은 전해지지 않고, 오직 모방작만이 전해진다. 이 당시도 걸작을 따라 그린 짝퉁들이 아주 잘 팔렸나 보다. 그러니 짝퉁들에 붙여진 발문 역시 이렇게 많은 것 아니겠는가. 진짜는 사라지고 수많은 가짜만이 세상에 남은 것!

연암은 「담헌이 소장한 「청명상하도」 발문」(湛軒所藏淸明上河圖跋)에서 사람들이 진품만을 찾기 때문에 위조품이 수백 가지로 나오는 것이라고 말한다. 진품을, 걸작을, 명품을 욕망하기 때문에 비슷비슷한 가짜들이 만들어진다. 우리의 욕망이 가짜를 만들어 내고 있는 것이다. 우리는 수백만 가지의 그림들에서 다양함을 읽어 내지 않는다. 아니, 그러지 못한다. 오직 '진품', '걸작', '명품' 등, 우리의 욕망으로 만들어 낸 '단 하나의 진짜'만을 원하고 있을 뿐이다.

'비슷해지고 싶다'는 말로, '닮고 싶다'는 이유로 지금의 나의 상태를 터부시하고, 다른 상태를 탐하는 것은 무엇보다 나에게 좋지 않다. 또 우리의 이런 욕망은 짝퉁이 가득한 이 세상에서 모두가 '진짜'만을 원하는 이상한 세상을 만들어 낸다.

하지만 '다름'(異)의 세계에는 '진짜'(眞)란 없다. 각자가 가진 '맛'과 '멋'만이 있을 뿐이다. 그 세계에서 우리는 누군가와 비슷해지려 할 필요도 없고, '진짜'를 욕망하지 않아도 된다. (지금까지도 누가 시켜서 한 건 아니었지만.) 그렇다면 우리는 다른 걸 고민해 봐야 하지 않을까? 학다리를 부러뜨려 숏다리로 만드는 것이 아니라, 서로 다른 모양새를 인정하고, 함께 살아가는 길을 말이다.

서로 다른 '맛'과 '멋'을 느끼며, 함께 살아가는 기예를 수련하는 것! 그것이 짝퉁 가득한 이상한 세상을 떠나는 길일 것이다.

홀로 있을 때 나타나는 적을 상대하기

원자연

퇴근 후 연구실에 갈 것인가, 말 것인가. 일하던 당시, 매일 하던 고민이다. 적당히 일했을 때는 발걸음이 자연스럽게 연구실로 향했지만, 낮 동안 일에 시달렸을 때는 좀 쉬고 싶은 마음이 올라왔다. 공부방에서 친구들을 만나면 좋기도 했지만… 왠지 사람을 만나는게 피곤한 날도 있었다. 하지만 난 결국 잠깐을 들르더라도 최대한 연구실에 가기로 했다.

그 이유는 집에 있는 내가 아주 맘에 들지 않아서였다. 퇴근 후 나는 쉰다는 핑계로 집에 가서 과자 한 봉지를 뜯으며, 영상의 바다에서 수영을 했다. 그러다 보면 금세 10시, 11시가 되었다. 그럴수록 더 피곤했고, 시간을 허투루 보낸 것 같아, 기분도 더 다운되었다. '차라리 그냥 연구실에 갈 걸' 하는 후회만 남았다. 제대로 쉬지도 못하고, 게다가 유쾌하지도 않은데, 왜 난 이걸 반복하고 있는 걸까? 우선 난 이러지 않아 보기로 했다. 침잠되는 이 느낌이 싫었으니까.

연암의 이야기 속에도 어쩐지 비슷한 인물이 있었다. 진사 장중거(張仲擧). 이 사람은 술을 마시고 여기저기 사고를 치고 다니다가, 사람들의 원성에 못 이겨 다르게 살아 보겠다고 굳게 결심을 한다. 그러고는 술과 술친구 등 외부의 유혹을 막기 위해 집으로 들어가 문을 걸어 잠그고, 현판 하나를 내건다. 이존당(以存堂), '나의 몸을 보존하는 집'. 그는 아마 이렇게 문을 걸어 잠그는 것이 최선이라고 생각했을 거다. 한데 그가 간과한 것이 있었다. 집 안에 있는 적(敵)! 바로 그 '자신'이었다.

집에 있을 때, 나는 내 안의 적(敵)들이 활기를 찾아 꿈틀대는 것을 느낀다. 혼자 있으니 방만해지고 싶고, 아무도 안 보니 그냥 좀 흐트러지고 싶은 마음이 올라오는 것이다. 퇴근 후의 고단함을 달래 보겠다고 집에 왔는데, 고단함보다 더 큰 산을 만난 것! 예를 들면 연구실에서 먹지 못했던 밀가루 간식을 스스럼없이 먹고 있다거나, 핸드폰을 붙잡고 있게 된다거나 하는 것이다. 그런데 재밌는 건, 이렇게 하면서도 뒤가 켕긴다는 거다.

장중거는 집 안으로 몸을 피했지만, 아직 나처럼 '내 안의 적'을 만나진 않았다. 하지만 연암은 머지않아 적들이 찾아올 것을 알고, 집이 아닌 다른 곳에 몸을 숨기라고 말한다. 어디에? 눈구멍이나 귓구멍에!

나는 능히 그대의 몸을 그대의 귓구멍이나 눈구멍 속에 집어넣을 수 있다. 아무리 천지가 크고 사해가 넓다지만 그 눈구멍이나 귓구멍보다 더 여유가 있을 수 없으니 그대가 이 속에 숨기를 바라는가?

무릇 사람이 외물과 교접하고 일이 도리와 합치하는 데에는 도(道)가 있으니 그것을 예(禮)라고 한다. 그대가 그대 몸을 이기기를 마치 큰 적을 막아 내듯 하여, 이 예에 따라 절제하고 이 예를 본받으며 예에 맞지 않는 것을 귀에 남겨 두지 않는다면 몸을 숨기는 데에 무한한 여지가 있을 것이다. (……) 마음은 귀와 눈에 비해 더욱더 광대하니, 예에 맞지 않는 것으로 마음에 동요되지 않는다면 내 몸의 전체와 대용이 진실로 방촌(方寸)의 사이(마음)에서 벗어나지 않게 되어 장차 어디로 가든지 보존되지 않을 것이 없을 것이다. 「이존당기(以存堂記)」,『연암집』(상), 67~68쪽

우리는 외물과 만나 '사건'을 만들고, 그 사건 속에서 각자의 '윤리'를 만들어 낸다. 이때 생겨난 윤리를 '예'(禮)라고 한다. 각자의 예에 맞지 않는 것을 보지 않고 듣지 않으면, 우리는 걸릴 것이 없어진다. 스스로 옳다고 생각하는 일을 하고 있으니 말이다. 내가 스스로 거리낄 일을 하지 않으니, 남의 눈초리도, 남의 헐뜯음도 걸리지 않는 것이다. 걸릴 만한 것을 보지도, 듣지도 않았으니 당연하지 않겠는가. 하여 연암은 눈구멍이나 귓구멍처럼 몸을 숨기기에 여유 있는 곳은 없다고 말한다.

'예에 맞게 산다는 것'은 나를 숨기는 것이 아니라 거리낄 것 없는 무한의 세계로 나를 들여놓는 일이다. 연암은 말한다. 나의 문제를 바라볼 때, 나의 경계를 견고히 하고 숨어 들어갈 게 아니라 그 울타리를 부수고 나의 '예'를 만들어 내라고. 스스로를 우물 안에

가둬 두지 말고, 우물을 부숴 바다와 하나가 되라고. 그러면 자유롭고 넓은 세상이 펼쳐진다고 말이다.

　내 안의 적(敵)들이 활개를 치는 집에서도 역시 삶의 윤리가 필요하다. 다른 사람들의 눈이 있고, 귀가 있는 곳에서뿐만 아니라 홀로 있을 때도 스스로 지킬 수 있는 윤리! 홀로 있을 때도 '예'에 어긋나지 않는 것이 천지보다 넓은 눈구멍이나 귓구멍에 숨는 일이다.

　집에서 과자 한 봉지를 뜯으며, 유튜브를 보는 것이 찔렸던 이유. 그건 아마도 나에게 좋지 않은 것임을 알면서도 다른 사람들의 눈을 피해서 하고 있기 때문일 것이다. 남들의 눈초리와 힐끔음이 무서워 제 발 저린 것! '혼자' 무언가를 하고 싶다면, 한 번 돌이켜볼 필요가 있다. 다른 사람들과 함께하는 것이 불편한 것이어서 '홀로' 할 수 있는 공간을 찾아 들어간 것일 수도 있을 테니 말이다.

　우리는 나에게 좋지 않은 것임을 알면서도 할 때가 참 많다. 특히, 혼자 있을 때는 더 많은 것을 스스로 용인하게 된다. 홀로 있을 때도 거리낌 없이 살아갈 수 있다면, 그때 비로소 우리는 자유로워질 것이다. 그전까지는? 계속 돌이켜보고, '예'(禮)를 만들어 나갈 수밖에 없다.

　회사를 그만두고, 연구실에서 공부하고 있는 요즘, 전에 종종 만나던 '내 안의 적'을 만나지는 않는다. 작년보다 더 여럿이 살게 되어 자연스럽게 집에서 '홀로' 있을 시간도 사라졌다. 일상도 빽빽해져서 집에 가면 씻고 바로 자는, 아주 단순한 생활을 한다. 누군가 나처럼 홀로 있을 때의 모습이 신경 쓰인다면 추천한다. '공동주거'와 '빽빽한 일상'을!

배움은 생존이다

원자연

학문의 길은 다른 길이 없다. 모르는 것이 있으면 길 가는 사람이라도 붙들고 물어야 한다. 심지어 동복(僮僕)이라 하더라도 나보다 글자 하나라도 더 많이 안다면 우선 그에게 배워야 한다. 자기가 남만 같지 못하다고 부끄러이 여겨 자기보다 나은 사람에게 묻지 않는다면, 종신토록 고루하고 어쩔 방법이 없는 지경에 스스로 갇혀 지내게 된다. 「북학의서」(北學議序), 『연암집』(하), 65쪽

스스로 갇혀 지낸다니! 이토록 무서운 말이 없다. 부끄럽다고, 지금의 내가 못났다고 나보다 나은 사람에게 묻지 않으면, 죽을 때까지 이렇게 살 수밖에 없다는 것이다. 그래서 연암은 학문에는 다른 길이 없다고 한다. 나보다 나은 것이 있다면 누구에게든 묻고, 배워야 한다. 지나가는 모르는 사람이든, 동복^{사내아이 종}이든, 그 대상은 중

요하지 않다. 배우고자 하는 마음, 그것이면 충분하다.

그런데 배움의 마음을 일으키는 게 생각보다 쉽지 않다. 왜일까? 모르면 가서 물으면 될 일인데, 그게 왜 이리 어려운 걸까?

그건 아마도 우리를 꽉 채우고 있는 자의식 때문일 거다. '부족하지 않은 나', '좀 괜찮은 나'여야만 하니까. 나에 대한 상(像)이 우리의 발목을 붙잡는 것이다. 돌이켜보면 스스로 배움을 막는 일이 참 많았다. 이미 배운 것을 내가 기억하지 못하는 것은 아닐까, 그래서 혼나지는 않을까 하는 우려 때문에 질문하지 못했고, 친구들이 잘하는 게 있을 때는 나의 무지를 드러내는 것이 창피해서 묻지 못했다. 배우지 못할 이유가 이렇게 많았다니…. 배우고 싶지 않아, 발버둥쳤음이 틀림없다.

이랬던 나와 달리 배움에 절실했던 청년이 있었다. 배움의 길을 거침없이 떠났던 청년, 박제가. 그는 연암과 열세 살 차이 나는 벗이었으며, 또 연암과 함께 '북학'(北學)을 주장했던 인물 중 하나다. 북학파는 청나라 문물을 받아들여, 일상을 이롭게 하고 삶을 도탑게 하자는 실학, 즉 이용후생(利用厚生)을 주장하던 사람들이다. 그들은 왜 청나라의 문화를 배워야 한다고 한 것일까?

연암과 박제가가 살았던 18세기 당시는 청나라가 중원을 차지했던 시기였다. 조선, 하면 사대주의의 나라가 아니었던가. 복종하고 따르던 중원 땅의 주인이 바뀐 것이다. 하여 그들을 오랑캐라 부르며, 멸시하고 무시하던 게 대세였다. '감히 중원의 땅을 오랑캐 따위가 차지하다니!' 문제는 그런 이유로, 배울 것이 있는데도 배우지 않는다는 것에 있었다. 그들을 멸시하고 있으니, 당연히 그들에게 배울 수는 없는 노릇이었다.

연암은 이런 현실이 안타까웠던 것 같다. 그리고 이러한 현실을 함께 안타까워했던 친구들이 있었다. 담헌 홍대용, 초정 박제가 등이 이에 속하는데, 특히 이들은 청나라 연행(燕行)*을 떠났던 인물들이기도 하다. 각기 다른 시기에 사절단으로 북경을 다녀온 이들은 각자 여행기를 남기게 되는데, 홍대용의 『을병연행록』, 박제가의 『북학의』, 박지원의 『열하일기』가 바로 그것이다.

특히 박제가의 『북학의』를 보면, 조선의 현실에 대한 안타까움이 정말 절절하게 쓰여 있다. 공부 좀 한다는 선비들은 청나라를 '오랑캐의 나라'라고 무시하면서 배우지 않고, 백성들은 검소한 것이 미덕이라며 배우지 않는다. 그러니 조선의 현실은 나아지지 않는 것이었다. 박제가의 울분은 여기에 있었다.

연행을 떠나서 본 청나라는 엄청난 문물의 나라였다. 작게는 기와, 붓, 자(尺), 구들장부터 크게는 농업 기술, 교통 시스템, 과거 제도까지 삶을 이롭게 하는 갖가지 문명들이 춤을 추고 있었다. 배우지 않을 이유가 없는 선진 문명이었다.

이를테면, 수레바퀴 축의 통일! 수레바퀴 축 길이를 통일하면, 도로에 바퀴 길이 생겨서 짐을 나르는 데 훨씬 수월해진다. 중국은 바퀴 축 길이를 통일하여, 물류의 편리성을 갖추고 있었다. 한데 우리나라는 산이 많다며, 수레는 지레 포기한 실정이었다. 중국의 농

---

* '연행'(燕行)이란 조선시대에 외교 사신이 중국의 베이징(당시 이름은 '연경')을 오가던 것을 말한다. 이 연행에 참가했던 연행사들은 일기 양식의 기록을 다양하게 남겼다.

업 기술 또한 시스템을 갖추고 있었다. 이름하야 씨앗 뿌리기 시스템! 한 구멍에 몇 알씩, 적당한 간격으로 씨를 뿌리면, 작물들이 자라면서 서로를 가리지 않아 잘 자랄 수 있다. 이게 별거인가 싶지만, 아직 조선은 마구잡이로 씨앗을 뿌리고 있었다. 어려운 일도 아닌 것 같은데, 왜 그랬던 것일까? 이유는 '사는 게 힘들어서…'였다.

당시 조선 백성의 삶은 생각보다 힘들었던 것 같다. 아이들은 옷이 없어 발가벗고 다니고, 지푸라기를 이불로 삼을 정도였다. 하루하루 살아가는 것도 힘들다고 생각했던 거다. 지금도 이런 얘기를 하지 않는가. 먹고살기 힘든데, 무슨 공부냐고. 박제가는 이 지점에서 조금만 힘을 내서 배우면, 좀 더 잘 살 수 있다고 말한다.

그의 울분은 백성들의 삶의 모습에서 나온 것이었다. 백성들은 이렇게 살고 있는데, 선비들은 오랑캐에게는 배울 것이 없다고 말하고 있으니…. 그는 그저 백성들이 더 나은 삶을 살기를 바랐다. 그래서 힘써 "북학"(北學)을 외쳤던 것이다.

조선의 현실과 박제가를 알고, 연암이 쓴 「북학의서」를 다시 보니 박제가에게 '배움'은 알아 가고 익히는 차원의 문제가 아니란 걸 알 수 있었다. 그에게 배움은 백성들의 생존, 그리고 자신의 존재성(선비로서 어떻게 살 것인지)과 연결된 것이었다. 그는 이렇게 말하고 있다. 배우지 않으면, 살 수 없다고. 당신의 삶을 이롭게 하는 것을 배우라고.

연구실 밖 친구들과 안부를 주고받으며, 근황 토크를 할 때였다. 요즘 어떻게 지내냐는 친구들의 물음에 나는 보통 "인문학공동체에서 공부하며 살고 있어"라고 답한다. 친구들의 눈빛에서 '인문학? 공동체? 공부?' 물음표가 둥둥 떠다니는 게 눈에 보인다. 잇따르는 말 대부분은 "일은? 그거 해서 먹고살 수 있어?", "취미로 하는 거야?" 혹은 "갑자기 웬 공부? 학교 다닐 때나 열심히 하지"와 같은 말들이다.

사실 나 또한 생계와 관련된 부분에서는 끊임없이 부딪친다. 공부가 밥이 되냐는 말에 여전히 선뜻 답하지 못하는 것도 사실이다. 하지만 분명한 건, 고민 없이 무언가를 쫓아서 살아가는 것을, 더는 할 수 없다는 거다. '고민할 시간이 없어서', '돈 벌기 바빠서' 그냥 살겠다고 허덕허덕 지금을 살아가는 것은, 조선의 백성들처럼 당장 먹고살기가 힘드니 씨를 막! 뿌리겠다는 것과 같다. 어떻게 하면 작물이 잘 자랄 수 있을지 고민도 해보고, 이런저런 방법을 써보고 실험하며 살아가고 싶다. 자신에게 갇혀 지내지 않기 위해!

어떻게 살아갈 것인가. 즉, 어떻게 씨를 뿌리면서 살 것인가? 지금을 살아가는 나에게도 배움은 여전히 생존의 문제이다.

달라지고 싶다면

남다영

달라지고 싶어도, 계속 같은 상태를 맴돌게 될 때가 있다. 연암도 그런 적이 있었다. 연암은 열일곱, 열여덟 즈음 우울증으로 꽤 오랫동안 밥을 못 먹고, 밤에 잠을 자지 못했다. 서화·노래·거문고 등등에 취미도 붙여 보고, 사람을 불러 우스운 이야기도 들어 보는 등 온갖 시도를 해보았지만 답답한 마음은 풀리지 않았다. 그저 지친 마음으로 시간을 보낼 뿐이었다.

연암이 집에서 풍악을 벌이고 있던 어느 날, 민옹이 나타나, 갑자기 피리 연주자의 따귀를 때린다. 갑작스러운 사태에 어안이 벙벙한 연암은 민옹에게 왜 그러냐고 묻는다. 이에 대한 민옹의 대답이 뜻밖이다. 연주자가 성을 내고 있었다는 것이다. 무슨 말인고 하니, 연주자는 피리를 부느라 눈을 부릅뜨고 기를 쓸 뿐이었는데, 민옹은 이를 두고 성을 냈다고 말한 것이다. 따귀의 강렬함만큼이나 충격적인 이유다. 그런데 이를 들은 연암, 정말 오랜만에 크게 웃음을 터트린다. 민옹의 말이 연암의 무언가를 건드린 것이다. 게다가 민옹과 하루를 보내면서 연암의 병은 말끔히 낫게 된다. 아무리 병을 고쳐 보려 해도 낫지 않았던 연암은 단 하루 만에 잘 먹고 잘 자게 되었다! 오랫동안 풀리지 않던 연암의 병이 어떻게 민옹을 만나 나을 수 있었던 것일까?

먼저 민옹은 연암에게 두 가지, 머리와 배가 아픈지를 묻는다. 둘 다 아니라고 말하는 연암에게 민옹은 대수롭지 않게 말한다. "그렇다면 병이 든 게 아니구먼."「민옹전」(閔翁傳), 『연암집』(하), 167쪽 그 말을 들은 연암은 아마 '어? 정말 그렇네?'라고 생각했을 것이다. 몸에 별다른 아픔이 없으니 병이 없다고도 볼 수 있기 때문이다. 자신이 병에 걸렸다고 철석같이 믿었던 연암의 생각에 균열이 생겼다. '내가 믿는 것이 전부가 아니'라고. 그런데 민옹은 여기서 더 나아가 연암의 생각을 완전히 뒤집어 버린다.

옹이 일어나서 나에게 축하를 하는 것이었다. 나는 놀라며,
"옹은 어찌하여 저에게 축하를 하는 것입니까?"
하니, 옹이 말하기를,
"그대는 집이 가난한데 다행히 밥을 잘 먹지 못하고 있으니 재산이 남아돌 게고, 잠을 못 잔다면 밤까지 겸해 사는 것이니 남보다 갑절 사는 턱이 아닌가. 재산이 남아돌고 남보다 갑절 살면 오복(五福) 중에 수(壽)와 부(富)는 이미 갖춘 셈이지."

「민옹전」167쪽

사실 '민옹이 연암의 병을 고쳤다'는 말보다는 '민옹은 처음부터 병에 걸리지 않은 연암을 만났다'라는 말이 더 정확할 것이다. 민옹은 당최 연암을 병에 걸린 상태로 보지 않는다. 오히려 연암의 병증을 재산이 남아돌고 더 오래 사는 비결로 본다. 엉뚱하긴 하지만 틀린 말도 아니다. 덕분에 연암은 자신의 증상을 심각하게 볼 필요가 없어졌다. '낫고 싶다'라는 생각마저 할 필요가 없게 된 것이다. 생각이 달라짐에 따라 연암의 병을 대하는 태도도 달라졌다. 연암은 민옹을 통해 자신이 당연하다고 생각했던 것들이 깨지는 경험을 하고 있었다.

　　연암은 밥상 앞에서 또 한 번 자신의 생각이 깨지는 경험을 한다. 밥상이 나오자, 연암은 여태껏 그래 왔듯이 밥을 못 먹어서 음식의 냄새만 맡았다. 이것이 연암이 밥을 먹기 위한 최선의 방법이었다. 그런데 민옹은 이런 연암을 걱정하기는커녕, 버럭 화를 내며 나가려 한다. 깜짝 놀란 연암이 왜 그러냐고 물어보니 '손님을 두고 혼자서만 밥을 먹으려 한다'는 것이 그 이유였다. 먹지 못한다는 이유로 신경이 온통 자신에게 쏠려 있었던 연암은 그제서야 아차 싶다. 자신의 모습이 정말 손님을 내팽개친 꼴이었기 때문이다. 아마, 연암은 그 순간 땀이 삐질 나오지 않았을까?

　　정신이 번쩍 든 연암은 급히 민옹에게 식사를 차려 내었다. 민옹은 기다렸다는 듯이 시원스레 수저를 놀리며 밥을 먹기 시작했고, 연암의 주의는 자연스레 민옹이 밥을 먹고 있는 모습으로 향한다. 연암도 저절로 막혔던 가슴과 코가 트이고 민옹을 따라 밥을 먹게 되었다. '병'이 말끔히 나은 것이다.

연암만큼 밥을 못 먹고 못 잔 적은 없지만, 나 또한 마음이 답답하여 풀리지 않을 때는 많았다. 그럴 때 나타나는 특징이 있는데, 다른 사람이 무슨 말을 하는지 잘 모르겠고, 책을 읽어도 내용이 잘 들어오지 않는다는 점이다. 시간이 흘러서 다시 기분이 괜찮아지면 다행이지만, 이럴 때는 체력도 좋지 않아 쉽게 그 상태에서 회복이 되지 않는다.

이럴 때, 민옹을 만나 병이 말끔히 나았던 연암을 떠올려 보면 어떨까? 연암은 민옹이 자신이 전혀 생각도 못했던 말을 하면 깜짝 놀라다가도, 차차 민옹의 말이 곡진히 들어맞는 말이라고 생각했다. '아니, 그게 무슨 말도 안 되는 소리요!'라고 민옹에게 자신의 생각을 우기거나 다른 사람들처럼 민옹이 말도 안 되고 괴이한 소리를 한다고 치부할 수도 있었는데, 연암은 민옹의 말이 엉뚱하지만 핵심을 꿰뚫고 있음을 알았다. 또한 '아, 그렇게 볼 수 있구나'라고 민옹의 논리를 기꺼이 따라갈 수 있었던 것이다. 연암은 민옹의 맥락을 잘 보고, 듣고, 읽는 사람이었다. 그만큼 자기가 붙잡고 있던 것을 내려놓을 수 있는 사람이었다. 그렇기에 연암은 민옹을 만났을 때 달라질 수 있었다.

책이, 다른 사람의 말이 내가 전혀 생각해 보지 못한 어떤 것을 보여 주더라도 내가 그 말을 그저 엉터리로 치부하거나 내 입맛대로 해석한다면 나는 달라질 수가 없다. 달라지고 싶다면, 나는 내 생각 대신 상대의 맥락을 따라갈 수 있어야 한다. 그래야 그들은 내게 '민옹'이 되어 나를 달라지게 만들 것이다.

2부

나와 너, 친구

: 연암에게 배우는 관계론

보이는 것 너머

남다영

연구실은 공부와 생활이 분리되지 않는 공동체다. 하여 연구실에 있다 보면 같이 공부하는 친구들과 웬만큼 아는 사이가 된다. 매일같이 얼굴을 보고, 아침부터 저녁까지 붙어 있을 때도 많고, 어디 갈 땐 알려 주는 습관을 들이며 생활 동선을 공유하기 때문이다. 그러다 보니 잠깐 머물 때는 몰랐을 온갖 꼴을 다 보게 되고 각자의 생체리듬이 자연스레 눈에 보인다. 이뿐이랴. 우리에게는 서로에 대해 알아 갈 수 있는 렌즈도 다양하다. 사주와 별자리를 터놓으면서 서로 얼마나 다른 우주에서 사는지를 알게 된다. 거기다 함께 글을 쓰고 서로의 글에 피드백을 하면서는 어떤 방식으로 생각하며 살아가는지를 보고, 어느 부분에서 힘들어하고 어떤 지점을 생각해야 할지를 같이 고민하며 친해진다.

그런데 점점 알 만해진다 싶을 때마다 여전히 모르는 게 많다는 걸 깨닫는다. 강해 보이고 아무렇지 않게 지낼 거라 생각했던 친구가 이야기를 하다가 눈물을 왈칵 쏟아 낼 때, 10년 뒤에도 공동체에서 공부를 열심히 하고 있을 것 같았던 친구가 갑자기 공부를 그만두었을 때 등등. '이 친구는 이렇다'는 굳어진 이미지대로 친구를 보느라 오히려 지나치게 되고 깜깜 무지할 때가 있는 것이다. 같이 지내는 만큼 서로에 대해 알아 가게 되는 면들도 많아지지만, 그와 동시에 알기 때문에 불가피하게 굳어지는 친구에 대한 편견들. 과연 이 '내 멋대로'식 판단을 내려놓을 수는 없는 걸까.

아마 평생 어려울 것 같다. 몇 쪽 안 되는 짧은 서문, 「낭환집서」(蜋丸集序)에도 우리가 얼마나 한쪽밖에 못 보는 사람인지를 드러내 주는 이야기가 세 가지나 나오기 때문이다. 대체 우리는 왜 이렇게 볼 수 있는 부분이 한정적일까?

먼저 첫번째 이야기에서는, 두 사람이 나와 "비단옷을 입은 소경"이 자신을 못 보는 게 나은지, 아니면 밤길에 비단옷을 입은 사람을 남들이 알아봐 주지 못하는 게 나은지를 묻는다. '나도 몰라'라는 청허선생의 답처럼 어느 게 더 나은지는 알 수 없다. 다만, 소경이 자신의 비단옷을 못 보듯, 남들 눈에는 뻔히 보이는 내 모습이 정작 내 눈에는 안 보일 때가 있다. 반대로 밤길에 남들이 못 알아보는 것처럼, 남들 눈에는 절대로 안 보이는 나의 모습이 있다. 내 얼굴조차도 나는 거울로써 좌우대칭이 뒤집힌 모습을 보는 것이고, 내가 느끼는 감정은 다른 사람이 아무리 공감하려 해도 똑같이 느낄 수 없다. 누구나 아무리 보려고 해도 절대로 볼 수 없는 부분이 있는 것이다. 자기 자신에게조차도.

두번째 이야기에서는 정답이 없는데도 정답이 있다고 믿는 이야기가 나온다. 황희 정승의 딸과 며느리의 논쟁인데, 이가 옷에서 생기는 게 옳은지, 살에서 생기는 게 옳은지 두 의견이 분분하다. 둘 다 정답이 있어서 꼭 하나의 의견이 옳을 것이라고 생각한다. 하지만 단 하나의 정답이 있다고 생각한다면, 진실에 다가갈 수가 없다. 이는 옷도 아니고 살도 아닌 그 중간에 존재하기 때문이다.

> 그러므로 참되고 올바른 식견은 진실로 옳다고 여기는 것과 그르다고 여기는 것의 중간에 있다. 예를 들어 땀에서 이가 생기는 것은 지극히 은미하여 살피기 어렵기는 하지만, 옷과 살 사이에 본디 그 공간이 있는 것이다. 떨어져 있지도 않고 붙어 있지도 않으며, 오른쪽도 아니고 왼쪽도 아니라 할 것이니, 누가 그 '중간'을 알 수가 있겠는가. 「낭환집서」, 『연암집』(하), 51쪽

그 작디 작은 이조차도 단 하나의 이유로 생겨나지 않는다. 땀 기운 나는 살과 옷에 먹인 풀 기운이 푹푹 찌는 옷이 만나 생겨난다. 혹은 숨어 있는 또 다른 이유들이 있을 수 있다. 그러므로 내가 보는 것이 전부도 아니고 옳다고도 할 수 없다. 다만 내가 볼 수 있는 한도 내에서 '옳다고 여길' 뿐이다.

마지막 이야기에서는 백호라는 사람이 한쪽에는 짚신, 다른 한쪽에는 가죽신을 신고 말을 타려고 하자 종이 짝짝이라고 지적한다. 백호는 오른쪽에서 자신을 보는 사람들은 가죽신을 신었다 생각하고, 왼쪽에서 보는 사람은 짚신을 신었다 생각할 것이라며 되레 종에게 화를 낸다. 지나가는 사람들 모두 자신이 보는 면만으

로 나머지 면을 쉽게 지레짐작하는 것이다. 완전히 다른 것이 있을 거라는 생각을 하지 못한 채로 말이다.

내가 친구들에게서 의외의 모습에 놀라는 것도 아마 내 입장에서 옳다고 여길 뿐이라는 사실을 잊고 있기 때문일 거다. 하지만 "비단옷을 입은 소경"처럼 아무리 내가 볼 수 없는 부분이 있다 하더라도, 내가 보고 있는 것이 다가 아니라고, 다 알 수도 없다고 생각해야겠다. 보이는 게 전부가 아니라고 생각할 수 있을 때, 내가 여태껏 보지 못했던 것을 짐작할 수는 있으니까 말이다. 그래야 오른쪽에서 백호의 짚신을 보던 사람이 문득 왼쪽도 보고 싶은 마음이 들지 않을까?

누구의 잘못도 아니라서

이윤하

1796년 연암은 안의현감 임기를 마치고 다음해 여름, 충청남도 면천군수 일을 맡아 다시 지방으로 파견된다. 이것은 정조의 세심한 기획이었는데(면천은 당시 천주교도가 많은 문제 지역이었고 정조는 연암이 이곳 수령을 맡을 적임자라고 생각한 듯하다), 연암은 첫해부터 수령 일을 때려치려다가 도로 잡혀 온다.

사건의 시작은 연암의 실력을 잘 알았던 공주의 판관 김응지가 충청감사였던 한용화에게 연암을 추천한 것. 당시 한용화는 가뭄을 이유로 충청도의 당년 세금을 낮춰 달라고 요청하는 글을 조정에 올렸는데 여러 번 거절을 당했다. 그래서 (응지의 추천대로) 연암에게 대신 글을 써 줄 것을 청했다. 연암의 간곡한 문장은 역시 프리패스! 조정으로부터 세금 감면을 허락받는 데 성공한다.

연암이 마음에 들었던 한용화는 이후 충청도의 옥사를 재심해 줄 사람으로 연암을 지목한다. 명대로 연암이 감영에서 옥사를 재조사하고 있는데, 한용화가 연암을 은근히 불러냈다. 도내 수령의 근무 성적이 적힌 종이를 보여 주며 함께 의논하자고 한 것이다. 다른 수령들의 근무 성적을 같이 의논하려 한 것인지, 연암을 승진시켜 주겠다는 말을 돌려 한 것인지, 그의 의도는 모르겠다. 어찌 됐든 연암은 이 은근한 회유에 몸서리치며(연암은 젊었을 때부터 이런 회유에 학을 뗐다) 병이 났다고 급히 면천으로 돌아왔다.

그러자 자기를 무시했다고 생각해 화가 난 한용화는 연암의 근무 성적을 깎아 버리고, 그것도 모자라 연암을 따라왔던 아전을 잡아다 벌을 줬다. 이에 염증이 난 연암은 병이 깊어져서 면천군수를 그만두어야겠다며 여러 차례 사표를 냈다. 수락을 받지 못하자 급기야 병가를 내고 서울로 올라와 버린다. (그러나 곧 정조의 명으로 다시 면천으로 잡혀 돌아온다.) 연암, 권세와 이익으로 사람 사귀는 행태를 미워하는 건 환갑이 되어서도 여전하다.

이 소동 이후, 둘(연암과 한용화)의 만남을 주선했던 응지가 본인이 잘못한 게 아닌가 하며 안절부절, 변명조의 편지를 연암에게 보냈다. 그에 연암은 이렇게 답장한다.

> 따져 보면 애초에는 교제가 아직 옅은데 흠모가 지나치게 깊었고, 끝내는 마음이 아직 미덥지 못한 상태에서 의심과 노여움이 마구 생겨났으며, 병이 이미 뜻밖에 생겼으나 대접이 처음만 못했고, 의심한 것은 본심이 아니었지만 연슬(淵膝)^{좋아하}고 싫어하는 마음이 지나치게 변덕스러움이 너무도 갑작스러웠던 거요. 「응지에게 답함 2」(答應之書), 『연암집』(상), 254쪽

이런 소동이 일어나게 된 건 옹지 당신 잘못도 아니고, 한용화의 잘못도 아니고, 연암 본인 잘못도 아니라는 거다. 이건 둘의 관계가 생각보다 덜 깊었던 탓이다. 아니면 깊다고 오해했던 탓이다. 지금까지 둘은 서로 잘 알지 못한 채로 서로에게서 자기가 기대하는 모습을 보아 왔고, 이런 일이 일어나고 보니 서로를 막상 믿지는 못했다는 것이 드러났다는 것이다. 연암 본인도 한용화를 의심하려고 한 건 아닌데, 그의 (좋아했다 싫어했다 하는) 마음이 갑작스러워서 당황했던 것 같다 말한다.

누가 심히 잘못한 것도 아니고, 누가 의도적으로 나쁜 짓을 한 것도 아닌데 일어나는 일들이 있다. 그건 그냥 '누가' 아니라 어떤 인연이 만든 일이다. 서로 믿지는 못하는데, 흠모하는 (줄 알았던) 관계가 만든 일이다.

예전에 같이 공부하던 친구와 크게 싸우고 나쁘게 헤어진 적이 있었다. 서로가 서로에게 잘못이 있다고 생각했다. 한쪽은 넌 왜 마음이 없냐고 하고, 또 한쪽은 그동안 네가 한 게 있는데 뭘 기대하냐는 식이었던 것 같다. 잘못을 따지자니 꼬리에 꼬리를 물었고, 미워하자니 계속 미웠다. 그렇게 서로를 참 별로인 사람으로 만들고 연락을 끊었다. 연암의 편지를 읽다가 그 친구가 다시 생각났다. 우리도 서로를 믿지는 못하면서, 서로에게서 자기 좋을 대로의 모습만 보고 있었던 건가 보다.

연암은 편지의 마지막에 하인이 약을 올리다가 엎은 이야기를 한다. 어제 하인이 실수로 그릇을 떨어뜨려 자리를 적셨는데, 다른 누가 팔뚝을 당긴 것도 아니요, 그가 태만했던 것도 아니요, 그가 일부러 발을 헛딛은 것도 아니었다는 것이다. 다만 엎질러진 것은 다시 담을 수 없으니, 닦아 내어 조촐하게 할 따름이라 말한다.

누가 잘못했다고 말할 수도 없고, 그것을 따져 봤자 별 소용도 없다. 내가 그 친구를 보낸 것처럼 둘 다 찜찜해지는 일이다. 약이 엎어졌다면 닦아 내는 데에 힘을 쓰면 된다. 좋아하는 마음, 또 싫어하는 마음에서 한 발 멀어진 연암이 하는 말은 담백하기 그지없다. 나도 삐거덕거리는 관계 앞에서 연암처럼 말할 수 있게 되길 바란다. 우리가 서로를 잘 모르면서 좋아하고 미워했다면, 이제 알아 가기 시작하면 되지 않을까요? 그렇다. 엎질러진 것을 닦고, 거기서부터 다시 시작하면 된다.

알 수는 없지만 만날 수는 있다

이윤하

연암이 쓴 많은 묘지명 중 「족손 증 홍문관 정자 박군 묘지명」(族孫 贈弘文館正字朴君墓誌銘)은 그다지 눈에 안 띄는 작품일 수 있다. 제 목도 제목이거니와(너무 길지 않은가…), 연암의 다른 묘지명에서 볼 수 있는 망자에 대한 연암의 깊은 정이라든가, 연암과 망자 사이의 독특하고 친밀한 관계라든가 하는 것이 딱히 나타나지 않기 때문 이다. 그렇지만 이 글은 묘지명의 또 다른 부류를 만들어 냈다고 할 수 있을 것 같다.

연암은 망자 아버지의 부탁으로 이 묘지명을 쓴다. 연암과 같 은 반남 박씨 집안사람이었던 박상덕이 이른 나이(스물아홉 살)에 죽은 아들 박수수가 일찍이 연암의 글을 좋아했다며 묘지명을 요 청했던 것. '숙부님의 묘지명을 얻어서, 죽은 자는 불후하게 하고, 산 자는 종종 읽어 그의 용모와 목소리를 떠올리며 무궁한 그리움을 채우려 합니다.'

누군가를 다시 떠올리게 하는 글을 쓰려면 어떻게 해야 할까? 그의 얼굴을 자세히 묘사하고, 그가 좋아했던 것들을 나열하고, 그의 행적을 기록하면 될까? 이상하게도 연암의 글에는 그런 것들이 없다. 목소리는 물론 망자의 얼굴은 짐작할 수도 없고, 그가 어떤 사람이고 무얼 했는지에 대해서 자세히 설명해 주지도 않는다. 그럼에도 이 글을 읽은 이들은 망자 '박수수'를 어렴풋이 그리워하게 되는 것이다.

> 내가 일찍이 보니 망자는 재주가 그렇게 아름다운데도 오히려 집안에서라도 드러날까 두려워하여 스스로 두텁게 가리고 숨기느라 겨를이 없었는데, 하물며 딴 사람에게야 말할 것이 있겠는가. 비록 과거에 우연찮게 급제하기는 했지만 담박하여 흥미 없어 했으며 수시로 먼 데를 바라보며 사모하기를 마치 학이 새장 안에 있는 것같이 하였다. 그러나 답답한 심정을 이야기할 상대가 없으니 홀로 술로써 속을 풀었다.「족손 증 홍문관 정
자 박군 묘지명」 『연암집』(상), 326쪽

연암이 보기에 박수수는 문장을 쓰는 재주가 참 아름다웠다. 정작 집안 분위기에 따라 자기 재주를 드러내지 않고 담박하게 과거 공부를 했지만 말이다. 박수수는 여행객이 많아 도처에서 노래와 춤이 벌어지는 평양에 살면서도 날마다 방 안에서 정문(程文)과거
시험 때 쓰였던 일종의 모범답안을 읽었다. 문 밖에는 같이 공부하는 선비의 것까지 두 켤레의 신발뿐이었다.

과거에 급제했지만 천성이 이름처럼 수수하여 벼슬에 홍미가 없었고, 그가 거처하는 방은 하루 묵어가는 주막집 같았다. 먼지가 가만히 앉아 있고, 초라한 책 두어 권이 책상에 놓여 있었다. 그가 관아에 있을 때엔 '지나가는 나그네'처럼 홀홀하여 아무도 그가 근무하고 있는 줄 몰랐다고도 한다. 그는 왜인지 답답함에 홀로 술을 많이 마셨고, 앞으로 가문을 이어 갈 창창한 나이에 황달로 죽었다. 그는 자신이 곧 죽을 것을 알고, 부모님께 이별을 고한 뒤 며칠 후 세상을 떠났다.

박수수가 일찍이 연암의 글을 좋아했다는 것부터, 새장 안의 학 같은 모습이었다는 것, 답답한 심정에 술을 많이 마셨다는 것, 가족들은 그가 이별을 고할 때에야 그의 병을 알았다는 것까지 이 묘지명을 읽는 이들은 박수수에 대한 하나의 인상을 얻게 된다. 박수수의 심정을 알 듯하고, 그의 표정이 떠오를 듯하다. 연암은 이런 글을 어떻게 쓴 걸까?

이 글을 읽으면서 나는 연암이 사람을 만나는 태도가 내가 누군가를 '알고자' 하는 태도와는 다르다는 생각이 들었다. 나에게 누군가를 '잘 안다'는 것은 그의 '내밀한 속'을 안다거나, 그의 과거를 속속들이 안다거나, 그의 마음·행동 습관을 예측할 수 있다거나 하는 것이었다. 그렇게 아는 게 많을수록 서로 가까워지는 게 아닌가 생각했다.

내가 그런 태도로 '알고자' 했던 한 친구는 세미나에서 만난, 나와 전혀 다른 생활을 하는 친구였다. 나는 그가 뭘 하면서 사는지도 궁금하고, 무슨 생각을 하면서 사는지도 궁금해서 이것저것 많이도 물었다. 근데 도무지 다 알 수가 없다는 기분만 엄청 들었다. 이젠 그 친구와 안 지 2년이 넘어가는데 아직도 그에 대해 모르는 게 많다. 그가 자기 일을 어떻게 생각하는지, 부모님과의 관계는 어떤지 등등에 대해서 떠올려 보면 아주 어렴풋하다는 느낌이다. 예를 들면 우리 대화는 종종 이러했다. "내가 전에 탁구를 배웠는데…", "너 그런 것도 했었어?"

정말 사람은 '알 수' 있는 걸까? 알수록 가까워지는 걸까? 한 사람에 대한 데이터를 많이 가질수록 '그 사람'의 본질에 점점 접근할 수 있으리라는, 그리하여 혼란 없이 한 '인물'로 그를 인식하겠다는 이 감각은, 연암이 누군가를 바라보고, 쓰고 있는 느낌과는 많이 다른 것 같다.

연암에게 박수수는 먼 친척 정도였던 듯하다. 친한 친구 사이였던 것도 아니고, 그와 많은 시간을 함께한 것도, 많은 대화를 나눈 것도 아니다. 이 묘지명에 박수수와의 내밀한 대화가 있는 것도, 그가 태어나고 죽기까지의 세밀한 역사가 있는 것도 아니다. 그런데도 연암의 글을 읽고 이재성(연암의 처남이자 지기)은 자기가 한 번밖에 보지 못한 박수수를 다시 떠올리며 연암을 중국 초상화의 대가인 '대가미'(戴葭湄)에 비교하였고, 박수수의 아버지는 연암의 글에서 자기가 모르는 아들을 발견하며 애통해했다.

새장에 갇힌 학, 홀홀한 나그네, 답답함에 홀로 술을 먹다가 난병. 연암은 수수의 담박하고도 매여 있음을 견디기 어려워하는 정신을 들여다보았다. 연암이 누군가에 대해서 쓸 수 있었던 것은 어떤 판단을 하기 이전에 그가 가지고 있는 정신을 깊이 만났기 때문이다. 연암은 우리가 서로 다르게 생겼고, 다른 이름을 가진 것만큼이나 다른 존재라는 것을 알았다.

　더 많이 알고, 더 많이 기억하려는 것이 아니라 더 깊이 다른 정신을 만나고 바라보는 것, 그것이 연암이 사람들을 만나는 태도였던 것 같다. 안 지 2년이 넘어가는 친구더라도 타자는 미지의 세계다. 알려고, 정의하려고 할수록 잡히지 않는다(정말로). 그럴 때마다 '왜 이렇게 알 수가 없지?'라고 혼란스러워하기보단 기뻐하자. '이렇게도 다른 세계를 만나고 있구나!' 하고.

'마음'으로 사귀고, '덕'으로 벗하라

원자연

"○○놀이 할 사람 여기여기 붙어라!" 놀이터에서 놀다 보면, 어느새 이런 소리가 들려오곤 했다. 미끄럼틀이 지루해진 나는 냉큼 달려가 손가락을 걸었다. 그네를 타려고 줄을 서 있던 아이들도 하나둘씩 모여들었다. 이렇게 모인 우리는 '땅따먹기', '무궁화 꽃이 피었습니다', '술래잡기', '얼음 땡' 등과 같은 놀이를 했다. 놀이기구보다는 역시, 여럿이 노는 게 재밌다!

　　놀이터에서 만난 친구들과는 놀다 보면 금세 친구가 되었다. 그 친구들이 어디 사는지, 몇 살인지는 중요하지 않았다. 정말 어쩌다, 같이 놀다 보니 '친구'가 된 것이다! 해질녘, 엄마가 밥 먹으라고 부르러 오면, 나는 구시렁구시렁대며 집으로 돌아가곤 했다. 어찌나 아쉬웠던지…. 내일도 놀이터에서 '꼭!' 보자고, 우리는 약속을 하면서 떠났다.

　　초중고 학창 시절을 지나오는 사이, 내가 살던 동네에도 신도 시가 곳곳에 생기고, 빽빽하게 아파트가 들어앉았다. 소문에 의하면, 요즘 초등학생들은 살고 있는 아파트 브랜드에 따라 친구가 되기도 하고 안 되기도 한단다. 부모들도 임대아파트 사는 애랑은 놀지 말라고 당부할 정도라고 하니, 말 다했다.

요즘 부모들, 요즘 애들에게는 '돈'과 '아파트의 가치'가 친구 삼는 중요한 기준이 된다. '나 때는 안 그랬는데… 놀이터에서 놀다 보면 친구가 되곤 했는데….' 내 안에서는 '요즘' 애들에 대한 안타까움과 동시에 비난의 목소리가 흘러나오고 있었다. 뜨악! 꼰대가 되기엔 아직 이른 나이인데, 큰일 났다!

조금 (많이) 늦게 태어났다면? 사실 나도 '요즘' 애들과 다르지 않았을 거다. 내가 어린 시절을 보냈던 그 시절과 지금의 삶의 조건이 달랐을 뿐이다. 내가 살았던 동네에는 골목골목마다 비슷하게 생긴 집들이 올망졸망 모여 있었다. 형편도 다 비슷비슷했으니, 돈이나 아파트 브랜드로 가치를 매길 수도 없었다. 그렇다고 나에게 요즘 친구들처럼 친구들을 가려서 사귀는 분별심이 없었을까?

돈이나 아파트의 가치 같은 것은, 같이 다닐 때 어깨에 힘 좀 들어갈 수 있는 외적인 조건이다. 나에게도 그런 것이 있었다. 이를테면 공부 잘하는 친구랑 같이 다니면, 왠지 나도 공부 좀 하는 애가 된 것 같아서 좋았다. 나에게는 이게 어깨에 힘 좀 줄 수 있는 조건이었다. 요즘 애들이나 나나 외적인 부분으로 자신을 포장하고 싶은 것은 똑같았다. 돈이나 성적이나, '외적인 조건'이라는 면에서는 별반 다를 게 없었다. '벗'에 대한 윤리가 없긴 매한가지였다.

연암의 벗 이덕무에게는 '예덕선생'(穢德先生)이라 불리는 벗이 있었다. 예덕선생은 마을 사람들에게 엄 행수(行首)라고 불리었는데, 그는 마을 안의 똥을 치우며 살고 있었다. 그것이 엄 행수의 생업이었다. 이덕무의 제자 자목(子牧) 이정구(李鼎九)는 스승이 똥 치우는 일이나 하는 비천한 막일꾼과 벗하는 것이 불만이었다. 그래서 스승을 찾아가 어째서 엄 행수 같은 사람과 교분을 맺고 벗을 할 수 있냐고, 따져 묻는다. 그러면서 엄 행수의 덕(德)을 칭송하는 스승이 부끄럽다며, 이덕무의 곁을 떠나겠다고 한다. 선귤자^{이덕무}는 웃으며 이에 답을 한다.

> 무릇 시장에서는 이해관계로 사람을 사귀고 면전에서는 아첨으로 사람을 사귀지. (……) 훌륭한 사귐은 꼭 얼굴을 마주해야 할 필요가 없으며, 훌륭한 벗은 꼭 가까이 두고 지낼 필요가 없지. 다만 마음으로 사귀고 덕으로 벗하면 되는 것이니, 이것이 바로 도의(道義)로 사귀는 것일세. 위로 천고(千古)의 옛사람과 벗해도 먼 것이 아니요, 만 리(萬里)나 떨어져 있는 사람과 사귀어도 먼 것이 아니라네. 「예덕선생전」(穢德先生傳), 「연암집」(하), 160쪽

보통 사람들은 이해관계나 아첨으로 벗을 사귄다. 요즘 친구들이나 나도 마찬가지다. 돈, 외모, 성적 같은 외적인 요소는 모두 이해관계를 벗어날 수 없다. 이해관계에 얽매이게 되면, 아첨이 뒤따르게 된다. 이덕무는 이런 벗은 오래가기 어렵다며, 마음으로 사귀고 덕으로 벗하라고 한다.

일단 '마음'으로 사귀는 것은 조금 알겠다. 친구를 사귀다 보

면, 자연스럽게 마음을 주고받게 된다. 친구의 표정이 안 좋으면 무슨 일이 있는지 궁금해지고, 고민이 있을 때는 함께 수다를 떨며 나누게 된다. 그러다 보면 서로의 마음이 흘러가는 것을 느낀다. 그렇다면 '덕'(德)으로 벗하라는 것은 어떤 뜻일까? 우선 엄 행수의 덕을 한 번 살펴보자.

엄 행수는 자신이 지금 하고 있는 일에 집중한다. 그는 "아무리 화려한 미관이라도 마음에 끌리는 법이 없고 아무리 좋은 풍악이라도 관심을 두는 법"이 없다. 또한 그는 "부귀란 사람이라면 누구나 원하는 것이지만 바란다고 해서 얻을 수 있는 것"「예덕선생전」161쪽이 아니라며, 그저 똥을 치우는 자신의 일을 게을리하지 않는다.

엄 행수의 미덕은 바로 여기에 있다. 우리는 보통 새우젓을 먹으면 달걀이 먹고 싶어지고, 갈포옷을 입으면 모시옷이 입고 싶어진다.같은 글, 162쪽 우리의 탐욕은 이렇게 끝도 없는 데 반해 엄 행수는 그렇지 않다. 그는 자신의 '분수'를 안다. 사람들이 반반한 옷을 입으라고 권해도, 좋은 옷을 입으면 더러운 흙을 짊어질 수 없다고 거절한다. 그가 일 년에 딱 한 번 옷을 갖추어 입는 날이 있는데, 그날이 정월 초하루다. 이웃들을 찾아다니며 세배할 때, 그때에만 갖춰 입고, 인사를 마치고 돌아와서는 곧바로 헌옷으로 갈아입는다.

고귀한 삶이란 이런 삶을 두고 말하는 건 아닐까. 매일 먹는 밥 한 사발에 만족할 줄 아는 삶. 지금보다 더 나은 것이 주어지더라도 현재의 내 분수에 맞게 다시 돌아오는 힘을 가진 삶. 이것이 엄 행수의 덕(德)이고, 그를 예덕선생으로 불리게 한 이유일 것이다.

'분수를 알라', '분수를 안다'는 말이 요즘은 부정적으로 쓰인다. 자신을 한계 짓고, 제한한다고 느끼기 때문이다. 하지만 스스로 하는 일이라면 어떨까? 자신의 한계를 알고, 그 한계 위에서 스스로 삶을 운용하는 거다.

사실 자신의 한계를 아는 일은 삶에서 아주 중요하다. 타고난 것 이상을 탐하면, 결국 병이 나게 되어 있다. 탐욕은 내가 타고난 것 이상을 바라는 마음이고, 지금 내가 가진 것 이상을 구하는 마음 이다. 부러워한다고, 욕심을 부린다고, 얻을 수 있는 것은 세상에 그리 많지 않다.

선귤자는 자신의 '분수를 아는 덕'이 있는 예덕선생과 벗했다. 자신의 삶에 충실하고, 만족할 줄 아는 엄 행수와 마음으로 사귀었고, 그의 덕(德)을 공경하며 교우하였다. 이들은 내게 훌륭한 벗-사귐의 윤리를 알려 주었다. 누군가와 벗한다는 것은 단순히 교우하는 문제가 아니다. '어떤 이와 벗할 것인가?', 그것은 '어떻게 살아갈 것인가'와도 연결된 질문이었다. "마음으로 사귀고 덕으로 벗하라! 그리하면 친구의 덕을 본받아 살아갈 수 있으리라!" 이것이 선귤자와 예덕선생이 내게 알려 준 삶의 지혜다.

자신의 선을 어필하라

원자연

조선 중기, '삼가례'(三加禮)라는 의식이 있었다. 일종의 성인식이다. 축문을 읽으며 관을 씌워 주고, 제사를 올려 복을 이루게 하고, 이 의식이 끝난 뒤에는 이름을 새로 지어 주었다고 한다. 다시 태어난 기분으로 새롭게 살아가라는 거다.

하여 이 성인식이 끝나면, 아명(兒名)을 버리고 다른 이름인 '자'(字)로 살아간다. 삼가례는 관자(冠者)관례(冠禮)를 치러 성인이 되는 당사자의 아버지나 할아버지의 친구 중에서 덕망 높은 분을 빈(賓)관례 때에 그 절차를 잘 알아서 모든 일을 주선하던 사람으로 모셔서 절차를 진행한다. 집안끼리 관계도 있고, 꽤나 신뢰가 있는 사람이 빈이 되었던 듯하다.

중관(仲觀)이 성인식을 치렀을 때 계우(季雨)신광직(申光直)의 아버지가 빈(賓)으로 초대되었다. 그 정도로 두 집안은 각별한 사이였다. 그런데 중관이 돌연! 계우와 절교(!)를 선언한 것이다. 집안끼리의 오랜 인연을 무시하고, 심지어 아버지와 형이 죽어 천애 고아가

된 계우와 절교한 것. 이때 연암이 중관에게 편지를 보낸다.

내 듣건대 그대가 계우와 절교했다고 하니 이 무슨 일이지요? 계우가 어질다면 절교해서는 안 되는 거고, 만약 불초하다면 그대가 바로잡아 주지 못하고 마침내 대대로 맺어 온 집안의 친분을 저버리는 것이니 도대체 어쩌자는 것이오? 어진 이와 절교하는 것은 상서롭지 못한 일이요 불초한 사람을 바로잡아 주지 않는 것은 어질지 못한 일이니, 그 시비곡직을 가리려 들진대 고을과 이웃의 부형들의 여론을 기다려야 할 것이 아니겠소. 상서로운 일을 저버리고 어진 일을 포기한 것은 그 책임이 그대에게 있다고 나는 생각하오. 「중관에게 보냄」(與仲觀), 『연암집』(중), 392쪽

연암의 논리는 매우 간단하다. 친구가 어질면 계속 친구를 하는 것이 당연히 좋은 것이고, 친구가 어질지 못하다면 잘못을 바로잡아 주는 것이 어짊(仁)을 행하는 것이다. 그리고 만약 친구가 어질지 못한 것이라면 이웃 사람들이 시비곡직을 가려 줄 것인데, 기다려야 하지 않겠냐는 거다. 벗과 관계를 끊는다는 건 어떤 경우든 스스로의 어리석음과 무능력을 증명하는 일인 것이다.

여기서 문제는 '어질다'라는 말이다. 이 말 때문에 이렇게 간단한 연암의 논리가 아주 복잡하게 느껴진다. '어짊'을 기준으로 벗하고, '어짊'을 기준으로 친구를 바로잡아 줄 수도 있다. 그렇다면 도대체 어질다는 것은 뭐란 말인가?

공자도 일찍이 '자신의 사사로움을 이겨 예를 회복하는 것'(克己復禮)을 인(仁)이라고 했다. 내가 생각하기에 어질다는 것은 '사사로움 없이 선(善)을 행하라'는 것과 다르지 않다. 즉, 매 순간 나의 선을 발휘하는 것이다. 다른 말로 해보면, 스스로 마땅하게 여겨지는 일을 하는 것이다. 어린아이가 위험에 처했을 때 반사적으로 몸을 움직이는 것, 내가 좋아하는 사람이 덜 힘들었으면 좋겠는 것, 맛있는 건 나눠 먹는 게 좋은 것, 뭐 이런 것들이 나에게 마땅한 일로 여겨진다. 단, 사사로움 없이 행한다는 전제에서 말이다. 이런 순간에 사사로운 마음이 생기는 게 더 이상하다. '어린아이를 구해서 보상을 받아야지!' 이런 생각을 하면서 몸이 움직이지 않고, 좋아하는 친구가 힘들 때도 '나중에 내가 힘들 때도 도와주겠지'라고 생각하며 도와주진 않는다. 그냥 절로 마음이 쓰이고 몸이 움직인다. 그리고 난 누구에게나 이런 마음이 있다고 믿는다.

그래서 나는 함께하는 친구가 계산속이 있는 것처럼 보이거나, 친구가 마음을 다하지 않는 것이 느껴지면 서운하다. 내가 생각하기에 그 행동은 '선'(善)이 아니기 때문이다. 친구와 이야기를 해보면, 그 친구도 나름 자신의 '선'으로 행동하고 있었다. 나는 '그렇구나' 하며 이해를 한다. 그러다가도 어느 순간, 내가 생각하는 '선'과 부딪힐 때는 또다시 의문이 든다. 제대로 이해한 게 아니었던 거다.

그렇게 나는 점점 친구의 '선'(善)을 의심했다. 그럴수록 더 답답하고, 미웠다. '이게 정말 옳다고 생각해서 한 행동인가? 사사롭지 않은 게 맞나?' 번뇌의 악순환에 빠진 거다. 친구의 행동에 사사로움이 있었는지, 그 사실을 알 수는 없다. 그리고 의심할 수도 없다. 다른 사람의 마음속에 들어갔다 나올 수도 없으니 말이다. 무엇보다도 그 마음을 의심하는 건, 상대를 믿지 않는 것이다. 무엇보다 분명한 건, 나에게도 좋지 않고 친구에게도 좋지 않은 일을 계속하고 있다는 것이다!

그렇다면 어떻게 길을 내야 할까? 연암은 이미 나에게 말해 주었다. 친구가 "어질다면 절교해서는 안 되는 거고, 만약 불초하다면 그대가 바로잡아 주지" 않는 것 또한 어질지 못한 것이라고 말이다. 하지만 마음속 의문들이 나를 계속 붙잡았다. '바로잡아 준다는 건 너무 오만한 거 아닌가? 불초하다는 걸 어떻게 알지? 그냥 나와 다른 게 아닐까? 나의 선을 강요하는 건 아닐까? 각자의 삶의 방식을 존중하고, 취향과 개성을 존중하듯, 각자의 선(善)도 존중해야 하는 거 아닐까?'

나는 존중이라는 말로, 다르다는 말로 피하고 있었다. 부딪히는 걸 두려워하고 있었다. 그래서 나아가지 못했던 것이다. 바로잡는다는 것은 내가 고쳐 주겠다는 오만한 마음이 아니라 친구에게 개입하고 싶다는 의지였다. 연암은 그 지점을 나무라고 있다. 이 마음을 내지 않는 건, 벗으로서 도리를 다하지 않는 것이라고 말이다.

친구의 인(仁)함을 인정하지 못한다면, 친구가 내가 생각하는 인함으로 살고 있지 않다면, 관계를 끊을 것이 아니라 '바로잡아'야 한다. 물론 이 과정에서 나의 '어짊'(仁)이 바로잡힐 수도 있다. 그걸 두려워해서는 안 된다. 지금 내가 할 수 있는 것은, 내 세계의 좋음을 어필해 보는 수밖에 없는 것이다. 물론 이것에는 전제가 있다. 서로 '벗'이라고 생각하는 것, 그 위에서 이런 시도가 가능하다.

나는 친구와의 관계에서 나의 '선'(善)을 '선'이라고 어필해 보지도 못했고, 친구의 선의를 '선'이라고 받아들이지도 못했다. 어필할 힘도 부족하고, 받아들일 아량도 부족하다. 어떤 방향으로든 길을 내야 한다. 함께하고 싶다는 마음 위에서는 '강요'가 아니라 '어필'이 된다(고 믿는다). 매력적으로 어필해 보기 혹은 받아들이기. 이 둘이 아니면 나의 무능력을 인정하는 길밖에 없다.

사이, 만남이 만드는 그 찰나의 세상

원자연

『영대정잉묵』(映帶亭滕墨). "영대정에서 엮은 하잘것없는 편지글"_박

희병, 『연암을 읽는다』 돌베개, 2006, 424쪽이라는 뜻이다. 이 문집은 『연암집』

에서 연암이 스스로 이름 붙인 단 두 개의 문집 중 하나다.

이 문집의 「자서」(自序)자신의 글에 스스로 쓴 서문에서 연암은 '우근

진'(右謹陳)*과 같은 상투어를 강하게 비판한다. 『영대정잉묵』이라

는 제목에는 상투어가 가득한 격식 있는 글(書)이 아닌 단도직입적

인 글을 쓰겠다는 의지가 담겨 있다. 하잘것없어 보이는 편지글(尺

牘)서간(書簡) 또는 길이가 한 자(약 30cm)가량 되는, 글을 적은 널빤지이지만, 왠지 얼

마나 힘이 넘치는지 한번 보겠느냐고 도발하는 것 같기도 하다.

그렇게 짤막짤막한 글들을 엮어 낸 문집의 첫번째 글이 바로,

---

* 관청에 청원하는 문서 '소지'(所志)의 서두어로, '우자(右者)가 삼가 말씀을 올린다'는 의미
(「자서」, 『연암집』(중), 359쪽 주석 1 참조)의 상투어이다.

「경지에게 답함 1」(答京之)이다. 경지(京之)라는 친구와의 이별을 그린 짧은 편지글. 시작부터 전면적이다. 이별을 말하는데, 그 이별이 얼마나 애틋했는지 "한 가닥 희미한 아쉬움이 하늘하늘 마음에 얽혀"「경지에게 답함 1」『연암집』(중), 363쪽 있었다고 한다.

눈앞에 어른어른한 이별의 아쉬움을 연암은 다음과 같은 에피소드를 통해 설명하고자 한다.

> 예전에 백화암(白華菴)에 앉았노라니, 암주(庵主)인 처화(處華) 스님이 먼 마을에서 바람 타고 들려오는 다듬이질 소리를 듣고는, 그의 비구(比丘)인 영탁(靈托)에게 게(偈)를 전하기를,
> "'탁탁' 치는 소리와 '땅땅' 울리는 소리 중에 어느 것이 먼저 허공에서 들렸겠느냐?"
> 하니, 영탁이 손을 맞잡고 공손히 대답하기를,
> "먼저도 아니고 나중도 아닌, 바로 그 사이에 들었습니다."
> 하였습니다.「경지에게 답함 1」363~364쪽

연암이 느낀 '희미한 아쉬움'은 어떻게 생겨나는 것일까? 감정은 타인과의 만남, 사물과의 접촉으로 생겨난다. 연암이 경지와의 이별을 통해 느낀 '희미한 아쉬움'도 '경지와의 만남'으로 인해 생겨난 것이다. 홀로 오롯이 생겨나는 감정은 없다. 다듬잇방망이로 '탁탁' 치는 소리와 방망이에 맞아서 '땅땅' 울리는 소리가 동시적인 것처럼 우리의 감정 또한 그렇다. 동시에(!) 눈이 맞아야, 그 '사이'에서 '소리'가 그리고 '감정'이 생겨난다.

다듬잇방망이와 다듬잇돌이 아니고서는 '그 소리'를 만들어 낼 수 없고, 연암과 경지가 아니고서는 '그 희미한 아쉬움'을 만들어 낼 수 없다. 다듬잇방망이나 다듬잇돌 중 하나만 없어도 '소리' 자체가 생성되지 않는다. 연암과 경지의 만남이 아니었다면, 그 사이에서 '희미한 아쉬움'도 생기지 않았을 것이다. 하여 모든 만남과 접촉은 참으로 필연적이다. '이것'과 '저것'을 통해서만이 바로 '그것'을 만들어 낼 수 있으니까!

연암과 경지가 느꼈을 아쉬움이 이해가 된다. '지금의 연암'과 '지금의 경지'가 아니라면 다시 오지 않을 인연이기에, 이 필연적인 만남을 아쉬워하지 않을 수 없었을 것이다. 연암과 경지를 보니, 지금 내 주변에 있는 친구들, 나와 관계 맺고 있는 사물들도 다시금 소중하게 느껴진다. 우리가 이렇게 운명적으로 만난 것이었다니!

눈앞에 아른아른할 정도의 '아쉬움'은 손에 잡히지 않고, 눈에 보이지도 않는다. '탁탁' 치는 소리도 '땅땅' 울리는 소리도 그러하다. 아쉬움과 소리는 실체가 없다. 우리 마음속에서 일어나는 생각과 감정, 코로 맡아지는 구수한 밥 냄새, 귀로 들리는 새소리 등, 우리가 느끼는 많은 것들이 그렇다. 그렇다고 이런 것들이 존재하지 않는 것은 아니다. 보이지 않고 만져지지 않을 뿐, 우리는 서로 느끼고 있고 듣고 있으니 말이다. 말장난 같지만, 있기도 하고 없기도 한 것이다. 세상의 수많은 것들이 사실 있기도 하고, 없기도 하다.

우리는 이렇게 '있기도 하고 없기도 한' 것에 마음을 빼앗겨 시간을 낭비하기도 한다. 실체가 없는 감정에 온 마음을 내어 주며, 이리저리 휘청거리며 말이다. 친구가 나를 미워한다고 생각하며, 그것을 실체화시키는 거다. 하지만 이미 우리가 보았듯, 감정에는 실체란 없다. 감정은 매 순간 만남을 통해 생겨나기도 하고, 사라지기도 하는 것이다. 하지만 우리는 그걸 잊고 그 미움이 실재한다고 믿는다.

나는 친구들과 감정싸움을 할 때, 보통 반사적으로 반응한다. "네가 먼저 나한테 그렇게 말해서, 내가 그런 거야"라고 답할 때가 많다. '탁탁' 치는 소리와 '땅땅' 울리는 소리에 선후가 없듯 나와 친구 사이의 감정 또한 그렇다. 동시에! 우리 둘이 만나는 순간 생겨난 것이다. 나도 친구도 이 감정에 기여한 바가 있는 거다. 하여 이 세계에서 '~ 때문에'라는 말은 통하지 않는다. 나와 친구가 만나, 우리가 함께 만들고 있는 감정일 테니. 아주 희망적인 소식(?)은 우리가 만나 이 감정을 만들고 있으니, 언제든 우리의 관계를 새로이 생성할 수 있다는 사실이다.

연암과 경지의 이별 장면으로 돌아가 보자. 이 둘 사이에는 정말 애틋함이 가득하다. 서로 아쉬워 뒤돌아보고, 또 되돌아보며 무거운 발걸음으로 떠나가는 이별의 순간. 그 사이에는 그들이 만들어 낸 아쉬움 가득한 세상만이 있을 따름이다. 그 세상이 이들에게 전부인 것! 그 사이가, 그 찰나가 이들에게는 오롯한 순간인 것이다.

우리가 살아가는 세상은 매 순간 우리가 보고, 느끼고, 충돌하고, 접촉해서 만들어진다. 우리의 눈과 코, 귀와 입, 피부의 모든 감각이 세상을 그려 낸다. 매 순간 무너지고, 또 새로 만들어지는 이 '세계'를 우리는 살아가는 것이다. '탁탁' 치는 소리와 '땅땅' 울리는 소리 사이. 그 찰나의 순간, 우리의 세계가 생성된다. 감동적이지 않은가? 우리가 세계를 만들어 내고 있다니! 내가 만나는 모든 것들과 함께 세계를 만들어 내고 있다니!

　　친구들과 감정이 오갈 때, 연암과 경지처럼 우리만의 오롯한 찰나의 순간을 만들어 보자. 미움이든 즐거움이든, 절대 다시 올 수 없는 필연의 순간을. 우리만이 만들어 낼 수 있는 세계를.

우리는 서로 힘입어 사는 존재다

원자연

내가 공부하고 있는 남산강학원에서는 '나'를 낯설게 보고, 탐구하는 도구로 사주(四柱)를 자주 이용한다. 사주라는 새로운 프레임을 통해 다른 나를 만나보는 것이다. 요즘 다시 유행하고 있는 MBTI와도 비슷하다면 비슷할 수 있다. 나의 타고난 기질을 읽어 보고, 그위에서 나아갈 방향을 모색한다는 측면에서 말이다.

연구실에 와서 밥을 먹다 보면, "일간*이 뭐예요?"라는 질문으로 이야기가 시작된다. "그게 뭐예요?"라는 질문이 돌아오면, 우리는 '처음 오신 분이군' 하며, "선생님, 태어나신 시간 알고 계세요?"라고 물으며 서로를 탐색해 나간다. 어떤 기질을 타고났는지, 어떻게 살아왔는지를 이야기하다 보면 정말 시간 가는 줄 모르겠다. 처

---

* 일간(日干): 태어난 생년월일시 중 '일'에 해당하는 글자. 사주팔자의 여덟 글자 중 나를 대표적으로 표현하는 글자.

음 만난 사이란 말이 무색하게 재미난 인생 이야기가 흘러넘친다. 역시, 처음 만난 사람과 친해지는 도구로는 이만한 것이 없다.

사주는 음양오행을 기반으로, 태어났을 때의 시공간을 읽어 내는 학문이다. 내가 태어났을 때의 음양오행의 배치를 읽는 거다. 그래서 자연에 좋고 나쁨이 없듯이, 사주도 마찬가지다. 좋은 것도 없고 나쁜 것도 없다. 타고난 기질은 다 다를 수밖에 없으니! 그리고 사주를 공부함에 있어서, 또 한 가지 기억해야 할 것이 있다. 서로가 다른 기질을 타고났다는 것, 그리고 서로 다른 기질들이 세상을 굴러가게 한다는 것이다.

그런데 나는 쉽게 이것을 놓친다. 나와 다른 불편한 기질을 만날 때, '저래서 저런 거였어'라는 식의 단정이나, '왜 저럴까?'라는 식의 의심과 분별심을 만들어 낼 때가 많았다. 사주를 아주 잘못 쓰는 경우다.

사주에서 '화'(火)는 발산하는 기운이고, 여름을 상징한다. '화' 일간인 사람을 보면, 화끈하고, 열정적인 느낌을 받는다. 뜨거운 태양이 자신을 환하게 드러내고, 만물을 비추는 것을 상상해 보면 쉽다. 고등학교 친구 중에 끼니때 밥을 못 먹으면 짜증을 내는 친구가 있었는데, 알고 보니 이 친구의 일간도 '화'였다. 태양이 제 빛을 감추지 못하고 드러내듯, '화' 일간인 친구들은 자신의 감정을 솔직하게 드러낸다. 아니, 저절로 드러난다. 이때 나는 '아, 그래서 그랬던 거구나!' 하고, 이해가 확 되었다.

이렇게 상대를 이해하는 도구로 사주를 쓰면 좋으련만, 발끈하고 짜증을 내는 친구를 볼 때는 또다시 '왜 저러는 걸까?'라는 의문이 든다. 그것도 아니면 '화'니까 그렇지, 하면서 포기하고 넘어가기도 한다. 연암은 빛깔(色)이 있는 것치고 빛(光)이 있지 않은 것이 없다고 했는데, 나는 친구들 각각의 빛깔들 속에서 빛을 느끼지 못하고 있었다. 빛깔이 다른 것을 "넌 왜 그 색이니?"라고 뭐라고 하는 격이었다. 나야말로 정말 왜 이럴까!

한창 이런 시선에 물들어 있을 즈음, 연암의 글을 읽다가 눈이 번쩍 뜨인 대목이 있었다.

> 쇠와 돌이 서로 부딪치거나 기름과 물이 서로 끓을 때는 모두 불을 일으킬 수 있고, 벼락이 치면 불타고 황충(蝗蟲)을 묻어두면 불꽃이 일어나니, 불이 오로지 나무에서만 일어나지 않는다는 것도 분명하지 않은가. 그러므로 상생한다는 것은 서로 자식이 되고 어미가 되는 것이 아니라, 서로 힘입어 산다는 것이다. 「홍범우익서」(洪範羽翼序), 『연암집』(상), 41쪽

사실 이 부분은 우리가 지금 배우는 사주의 기본, 오행상생설(五行相生說)에 반론을 제기하는 부분이다. 오행상생설은 오행인 목(木), 화(火), 토(土), 금(金), 수(水)가 순서대로 뒤에 오는 글자를 낳는다(生)는 말이다. 나무는 불을 낳고(木生火), 불은 흙을 낳고(火生土)…, 앞의 글자가 어미가 되고 뒤의 글자가 자식이 된다는 것이다. 그런데 한나라 때에 이르러서, 이 학설은 결국 점을 치고, 복을 비는 쪽으로 변모했다고 한다. 사주로 점을 치는, 지금처럼 말이다.

연암은 여기서 의문을 품는다. 세상 만물 중에 흙에서 나지 않

는 것이 없는데, 쇠(金)만이 흙(土)에서 나온다(土生金)고 할 수 있을까? 대지를 적시는 강과 바다(水)가 쇠(金)에서 불어났다(金生水)는 말인가? 만물은 결국 흙으로 다시 돌아가는데, 나무만이 불길을 살리고(木生火), 대지를 살찌운다(火生土)는 말인가? 그래서 연암은 '상생'을 다르게 해석한다. 꼭 나무만이 불을 낳는 것은 아니라고. 상생은 '서로 힘입어 산다'는 것이라고 말이다.

낯선 프레임을 가져 보자고 사주를 배운 것이었다. 그런데 나는 그것을 또 하나의 고정된 시각으로 사용하고 있었다. 맞다. 연암의 말처럼 우리는 서로 영향을 주고받고, 그 힘으로 살아가고 있다. 나무, 불, 땅, 쇠, 물 중 어느 하나의 물상만으로 세상이 이루어질 수 없고, 오행은 서로 돕고, 부딪히며 세상을 굴러가게 하고 있다. 나무는 땅에서 자라기도 하지만, 물과 빛이 있어야 산다. 대지는 온 세상 만물을 키워 내기도 하고, 생명체가 죽음에 이르면 돌아가는 곳이기도 하다.

우리가 사주를 왜 배웠던가? 초심으로 돌아가 보자. 나와 타인을 다른 눈으로 보고, 이해해 보고자 공부한 것이었다. 우리가 조금 더 열린 시각으로 나와 세상을 바라보고, 더 나은 삶을 살고자 공부한 것이었다. 이 점을 잊으면 안 된다. 그렇다면 이제, 뭘 하면 좋을까? 우리의 타고난 기질을 어떻게 쓰면서 살아갈지 고민하고, 나를 풍요롭게 하고 친구에게도 이로운 '오행 활용법'을 창안해야 한다.

하우씨(夏禹氏)는 오행을 잘 활용했다고 한다. 물의 성질을 터득해서 치수 사업을 도모해 백성을 이롭게 했고, 쇠의 성질을 터득해서 금·은·동으로 공물을 받고, 만물을 키워 내는 땅의 성질을 이용해서 농사를 지었다. 백성과 만물이 살 수 있도록 오행의 타고난 성질을 잘 쓴 것이다. 연암은 더 세세한 '오행 활용법'을 제안한다. 물을 적기에 모아서 수차로 관개(灌漑)하고, 수문을 만들어 조절한다면 물을 잘 쓸 수 있을 거라고. 불은 사계절에 따라 강약의 정도가 다른데, 화력을 다르게 이용해 질그릇, 쇠그릇, 쟁기 등을 만드는 데 적절히 활용할 수 있다고 말한다.

사주의 일간도 마찬가지다. 친구를 함부로 단정짓거나, 호불호로 생각하는 것이 아니라, 우리의 삶이 이로운 방향으로 나아갈 수 있도록 '오행'을 활용해 보면 어떨까. 하우씨처럼, 연암처럼 말이다. 이를테면, 시작하고 발산하는 기운이 강한 '목'(木), '화'(火) 일간의 친구들에게는 프로젝트 진행을 맡기고, 결정이 어려운 순간에는 냉철하고 확실한 '금'(金)기가 많은 친구의 도움을 받는 것이다. 우리는 서로 힘입어 살아가는 존재니 말이다!

각자 타고난 기운을 잘 쓸 수 있도록 서로 돕고, 함께 살아간다는 감각을 일깨우는 것. 서로의 삶을 도탑게 할 방법을 함께 고민하는 것. 이 마음이 새로운 '오행 활용법'을 찾아가는 길을 열어 주지 않을까?

50대 공무원, 연암에게서 온 편지

원자연

주변에 어쩌다 보니 공무원 친구들이 많아졌다. 재작년 초까지만 하더라도 공무원 준비생들, 일명 '공시생'들이 많았다. 짧게는 1년, 길게는 6년을 준비해서, 대부분의 친구들은 결국 공무원이 되었다. 정말 대단한 친구들이다!

그중 6년의 준비 끝에 공무원이 된 친구는 장애인 주차구역에 불법 주차한 차량을 단속하고, 불법 주차 딱지를 행정 처리(?)하는 업무를 맡았다고 한다. 그런데 그 친구의 상태는 공무원을 준비할 때보다 더 나빠져 있었다. 발령받은 지 한 달 만에 공황장애가 왔고, 우리와 만나던 날에도 위염과 장염이 동시에 와서 먹는 걸 조심해야 한다고 했다. 왜 몸이 그 지경이 되었냐고 물으니, 민원 스트레스가 엄청나다고 한다. 잠깐 차를 대놓은 거다, 한 번만 봐 달라, 그런 적 없다는 식의 민원이 넘쳐난다는 거다. 그리고 친구는 덧붙여 말했다. 지금 자신이 할 수 있는 일은 문제가 생기지 않도록 원칙에 맞추어 친절히 응대하는 것뿐이라고.

이날 친구를 만나고 너무 안타깝고, 씁쓸했다. 이 친구에게 '공무원'은 철저히 현실적으로 택한 직업이었다. 한때 향을 제조하는 '조향사'라는 꿈도 꾸었지만, 현실에 부딪혀 다른 길을 모색했다. 그렇게 돌고 돌아 선택한 것이 '공무원'이었다. 공무원이 된 지금, 친구에게 남은 건 너덜너덜한 몸과 지친 마음이었다. 꼴불견인 민원인을 상대하는 방법이 '원칙'과 '친절'밖에 없다니. 누군가에게 물어보고 싶었다. 일에서 문제가 생겼을 때, 우리는 원칙적으로밖에 해결할 수 없는 것인지, 그게 최선인지. 부침이 있을 때는 마음의 문을 꾹 닫은 채, 그저 할 일을 할 도리밖에 없는 것인지 말이다.

1791년 신해년(辛亥年) 겨울, 연암은 안의현감에 임명되어 다음 해 정월 근무지에 부임했다. 새로 부임한 현감에게 민원(?)을 넣은 이들이 있었으니, 바로 지방의 하급관리인 아전들이다. 지금도 지방에 가면 지역 유지들이 힘을 갖고 있듯이, 이때도 마찬가지였다. 아전들은 연암을 시험하기 위해 소송장을 내기도 하고, 익명으로 투서하여 서로의 비리를 들춰내려 하기도 한다. 또 그들이 사사로이 빼돌리는 곡식이 엄청났는데, 이에 대처하는 연암의 방법이 아주 지혜롭다. 연암은 아전들을 궁지에 몰아넣으면 더 반발할 것을 예상해 비리를 천천히 조사하겠다며 대대적인 조사가 있기 전까지 자수하라고 기회를 준다. 결국, 아전들은 스스로 곡식들을 내어놓는다!

1793년에는 큰 흉년이 들어 안의현에 피해가 막심했다고 한다. 보통 큰 흉년이 들면 국가에 공진(公賑)을 요청해도 되는데, 연암은 모두 다 이 땅에서 나는 곡식인데 공진·사진(私賑) 따질 것이 무엇이 있냐며, 사진으로 백성을 구휼했다. 와우!

단성현감과 주고받은 편지에서 예(禮)로써 기민 구제를 해야 한다고 연암은 말한다. "예의란 일이 생기기 전에 방지하는 것이요, 법률이란 일이 생긴 뒤에 금지하는 것"이라고.

> 공자(孔子)는 말씀하기를, "정령(政令)으로써 이끌고 형법으로써 단속하면 백성은 죄를 면하기는 하나 염치가 없어지고, 도덕으로써 이끌고 예의로써 단속하면 염치도 가지려니와 바르게 된다"고 하였습니다. 그러므로 법률로 백성을 이기기보다 차라리 예의로 굴복시키는 것이 낫다 하겠으니, 왜 그렇겠습니까? 법률로 강요하자면 형벌과 위엄이 뒤를 따르게 되고, 예의를 사용하게 되면 수오지심(羞惡之心)이 앞을 서게 됩니다. 「진정에 대해 단성 현감 이후에게 답함(答丹城縣監李侯論賑政書)」, 『연암집』(상), 187쪽

하여 예(禮)로 다스리면 백성들이 스스로 부끄러운 마음을 일으키게 되어 저절로 어린아이를 먼저 챙기고, 자기가 먼저 죽을 받겠다고 나서지 않을 수 있게 된다는 것이다. 그러니 이 방법은 미봉책일 수 없다고 말이다. 아전도 백성들도 결국 그에게 굴복했다. 예(禮)로써!

정말 멋있고 놀라웠다. 이게 되는구나! 연암이 그걸 보여 주고 있구나! 그런데 한 가지 의구심이 들었다. '자신의 욕심과 이득

을 위해서는 무슨 일이든 하는 이 자본주의 사회에서도 가능할까? 꼴불견 민원인 때문에 힘들어하는 친구에게 과연 현실적인 힌트가 될 수 있을까?'

나는 진정(賑政)흉년을 만나 굶주린 백성을 구제하는 정사을 펼치는 연암의 모습을 보고, 확신이 들었다. 이 마음이라면, 가능하겠다!

아버지는 동헌에 나와 앉아 먼저 죽 한 그릇을 드셨는데, 그 그릇은 진휼에서 쓰는 것과 똑같았으며 소반이나 상 같은 건 차리지 않았다. 아버지는 죽을 남김없이 다 드시고 나서, "이것은 주인의 예(禮)이다"라고 말씀하셨다.박종채, 『나의 아버지 박지원』, 박희병 옮김, 돌베개, 1998, 92~93쪽

연암은 예(禮)로써 아전들과 백성들을 굴복시켰듯, 자신도 예를 다해 그들을 대했다. 단순히 구휼미를 베풀고, 죽을 대접하는 것만이 아니었다. 그는 남과 여 그리고 어른과 아이의 자리를 달리하여 각각의 위치와 순서를 정확히 알려 주었고, 이로써 백성들이 예의와 염치를 기르도록 했다. 그러면서도 자신 역시 백성들과 같은 그릇에 같은 죽을 먹으며, 백성들로 하여금 따를 수밖에 없게 만든 것이다. 굶주린 백성들이 어떻게 하면 잘 먹고 돌아갈 수 있을지 체계적으로 고민하고 백성들과 함께 겪는 것, 그것이 '주인의 예(禮)'였다.

'주인의 예'는 바로 연암의 '마음'에서 나오고 있었다. 연암은 마음을 정성스럽게 쓰는 것이야말로 지속가능하고 지혜로운 방법

이라고 믿었던 것 같다. 그는 아전들을 무자비하게 몰아내지도 않았고, 백성들을 무조건적인 사랑으로 대하지도 않았다. 아전들의 교활한 마음, 백성들의 굶주린 심정을 읽어 내며, 그에 맞는 처방을 내린 것이다.

친구와 연암의 이야기를 나눠 보고 싶다. 부디 이상적인 옛날 이야기로만 들리지 않았으면 좋겠다. '원칙'에 맞추어 '친절'히만 대하는 게 능사가 아니라고. 지금 너의 몸과 마음이 그 길이 아님을 알려 주고 있다고. 그렇다면?

연암의 말처럼 법률(원칙)은 후차적인 일일 수밖에 없다. 그리고 친절은 마음을 정성스럽게 쓰는 방법이 아니다. 의례적인 친절로 환심을 살 수는 있지만, 해결책이 될 순 없다. 당장 민원을 막을 수는 있겠지만, 미봉책이 될 뿐이다. 힘들겠지만 조금만 더 힘을 써서 '주인의 예(禮)'를 갖춰 보면 어떨까? 주인은 권력을 행사하는 사람이 아니라 주도적으로 그 장(場)의 문제를 함께 겪는 사람이다. 일을 처리하는 공무원으로서 업무적으로 접근하기보다 자신을 낮추어 접근하다 보면, 꼴불견인 민원인들도 염치를 일으킬 수 있지 않을까? 마음대로 되지 않을 것이고, 쉽지 않을 것이다. 하지만 이 길이 나를 위하고 남을 위한 지혜로운 길임을 연암이 보여 주고 있으니, 한번 도전(!)해 보는 것도 좋지 않을까?

지기(知己)와의 이별

원자연

"이 한 번 이별로 그만이구려! 저승에서 서로 만나도 부끄러움이 없게 살기를 맹세합시다." 「홍덕보 묘지명」(洪德保墓誌銘), 『연암집』(상), 342쪽

연암의 벗이었던 홍대용의 죽음을 기리는 묘지명에 나오는 한 대목이다. 홍대용이 북경 여행을 떠났던 시절, 중국에서 만난 친구들과 헤어질 때 서로를 바라보며 했던 말. "우리가 언제 다시 만날지 알 수 없지만, 그때까지 부끄러움 없이 살자."

　서로의 삶에 이 정도로 영향을 미칠 수 있다니! 중국 먼 땅에서 찰나의 만남이, 살아갈 날들을 다짐하는 강렬한 순간이 되다니!! 정말 놀라운 일이다.

　서장관인 숙부 홍억(洪檍)을 따라간 북경. 홍대용은 그곳에서 '천애의 지기(知己)'를 만난다. 과거를 보러 항주로 올라온 엄성(嚴

誠)과 반정균(潘庭筠), 뒤이어 도착한 육비(陸飛). 이들을 유리창(琉
璃廠)^{북경 선무문 밖에 있던 유명한 상점 거리로 골동품, 서화, 서적, 문구용품을 팔던 곳}에서
우연히 만나 평소 익히던 유교 경전을 기반 삼아 '찐'한 우정을 나
눈다. 필담으로 이야기를 나누고, 시를 한 수씩 주고받기도 하면서,
서로의 문장을 겨룬다.

서로의 해박한 지식에 반하고, 세상을 보는 시선에 반했을 터!
중국과 조선, 비록 국적은 다르지만 서로 이야기가 통하니 얼마나
즐거웠을까! 여행길에서 새로운 사람을 만나는 것도 즐거운데, 말
(대화)까지 통하다니. 이들은 모두 잠시 잠깐 북경에 머물렀다가 떠
날, 그런 인연이었다. 하지만 이 남자들, 영혼까지 통했는지, 헤어질
때 울고불고 난리도 아니다.

이 눈물 젖은 이야기가 홍대용이 북경을 다녀와서 쓴『을병연
행록』(乙丙燕行錄)에 쓰여 있다. 반정균은 홍대용과 헤어질 때, 수건
을 적실 정도로 눈물을 흘린다. 엄성은 눈물을 보이진 않았지만, 슬
픔을 그치지 못했다. 한데, 우리의 홍대용은 참 담담하다. 큼직한 덩
치의 사내대장부 같다고나 할까? 홍대용이 "이별을 당하여 눈물을
내는 것은 옛사람도 면치 못한 일이지만, 또한 중도(中道)가 있을
것입니다. 어찌 이같이 과히 슬퍼합니까?" 하니, 엄성이 말하기를,
"우리는 성품이 가련한 사람이라 평생의 참 지기(知己)를 만나지 못
하였더니, 오늘날 모임은 떠날 때에 이르러 코가 시고 마음이 상함
을 깨닫지 못할 것만 같습니다. (⋯⋯) 만일 다시 만날 기약이 있으
면 또한 이같이 감읍(感泣)하는 데 이르지 않을 것이니, 이 이별이
어찌 슬프지 않겠습니까?"^{홍대용,『산해관 잠긴 문을 한 손으로 밀치도다』 김태준·박}

성순 옮김, 돌베개, 2001, 239~240쪽

　　두 달간 약 일곱 번 정도의 만남이었다고 한다. 불과 며칠간의 인연으로 그 이별을 이렇게 슬퍼할 수 있다는 것이 놀랍기도 하고, 한편으로는 이들의 마음이 좀 이해될 것 같았다. 지금처럼 카톡, 페북이 있는 것도 아니고, 우편 시스템이 있던 것도 아니었으니 연락을 취할 방법도 확실치 않았을 것이다. 함께 인생을 고민하는 친구가 생겼는데 이별이라니! 죽을 때까지 다시 만나지 못할 수도 있다니! 이 아쉬움을 어찌 다 표현할 수 있겠는가. 눈물로 답할 수밖에.

　　재밌는 건 이런 장면이 두세 번 등장한다는 점이다. 헤어지는 줄 알았는데, 다음 날 유리창에서 만나고, 또 만나고. 아이고, 민망스러워라. 그런데 이 친구들, 다시 만날 때도 엄청 반가워한다. 머쓱함이라고는 '1'도 없다. 허허.

　　엄성은 이 만남 이후 과거를 접고, 북경을 떠났다. 홍대용이 "군자가 세상에 나서거나 숨는 것은 시대에 따라야 하는 것"「홍덕보 묘지명」342쪽임을 살짝 깨우쳤더니 크게 깨닫고 내려갔다고 한다. 이 정도로 강렬한 만남이었다. 찰나의 만남이 세상에 다시 없을 인연이 된 것! 인생의 판로를 바꿀 만큼 말이다.

　　과거를 접고 떠난 엄성은 안타깝게도 2년 후 객사를 했다고 한다. 그때, 반정균이 조선에 있는 홍대용에게 편지로 부고를 전했다. 홍대용은 편지를 받고(아마 시일이 한참 지난 후였겠다), 애사(哀辭)를 지어서 보냈는데, 그 편지가 엄성의 두번째 제삿날에 도착했다고 한다. 이런 인연이 또 있을까. 이에 감사한 마음을 담아 엄성의 아들이 아버지의 유집(遺集)을 보냈는데, 그 유집도 돌고 돌아 9년 만에 홍대용의 품에 왔다고 한다. 엄성이 손수 그린 홍대용의 초상화와 함께. 이들은 저승에서 서로 만나 한평생 부끄럼 없이 살았음을 회고하였을까. 유리창에서처럼 이야기꽃을 피우고 있을까….

일상을 공유하고, 배움의 이야기를 함께 나누던 친구가 연구실을 떠나기로 했다. 처음 공부하러 이곳에 들어왔을 때부터, 함께 공부의 길을 걸어온 친구다. 우리는 늦은 밤까지 수다 삼매경에 빠지기도 하고, 서로의 삶을 진심으로 응원하기도 하고, 적극적으로 구박(!)을 하기도 했다. 꽤 오랜 시간 함께 울고 웃었다.

사실 공부 터전을 떠난다고 영영 이별도 아니고, 홍대용과 중국 선비들이 살았던 18세기처럼 연락이 쉽지 않은 시절도 아니다. 그런데도 계속 눈물이 났던 것은, 더는 이런 강밀도로 이 친구를 만날 수 없기 때문이었다.

공부로 만난 인연이기에, 그 인연이 다하면 언제든 헤어질 수 있다고 생각해 왔다. 그래도 참 쉽지 않다. 한결 가벼워진 친구의 얼굴을 보면 잘된 일이구나 싶지만, 나는 아직 이 이별이 아쉽다. 나에게 그 친구는 지기(知己)였지만, 그 친구에게 나는 그러지 못한 것 같아 때때로 미안한 마음이 찾아오기도 한다.

홍대용과 중국 선비들처럼 언제 다시 만나더라도 부끄러움 없이 살자고, 말하진 못하겠다. 그저 그 친구에게도, 나에게도, 그리고 우리의 인연장에도 다른 강밀도로 공부의 길이 열리길 바란다. 그리고 다시 만날 때, 반갑게 얼싸안을 수 있기를. 그러기 위해 이 마음을 잘 떠나보내야겠다.

PS. 고장 난 수도꼭지처럼 눈물을 흘렸던 이날의 일이 무색하게, 친구는 다른 공부의 장에서 다른 밀도로 공부를 잘해 나가고 있다. 아주 다행히도! 우리 모두에게 새로운 인연장이 열린 것이다. 물론 전처럼 그 친구와 교우할 수는 없을 거다. 그저 나도 친구도, 각자 다른 시공간에서 각자의 삶을 잘 살아가길 믿고, 응원할 뿐이다.

슬픔을 슬퍼하는 법

원자연

아주 촉망 받던 아이가 있었다. 외모도 훤칠하고, 성격이며 언행까지 뭐 하나 빠질 것 없었고, 재주도 많았다. 그랬던 아이가, 나이 스물둘에 병에 걸려 세상을 떠났다.

부모의 마음이 얼마나 미어졌을까. 한창 세상에 나아갈 나이에 아들이 세상을 등지게 된 것이다. 손자를 작은아들 삼아 키우던 조부모는 아들을 잃은 제 자식이 걱정되어 소리 내어 맘껏 울지도 못했다. 행여 자신의 아들이 자식 잃은 슬픔에서 헤어 나오지 못할까 봐. 두 살배기 동생은 아무것도 알지 못하지만, 제 어미의 슬픔을 알고 울어 대니, 이 어미는 감히 죽지도 못하고 속으로 울었다.

지금까지 살아오면서 나에게도 몇몇 친구들의 죽음이 있었다. 초등학교 시절 엘리베이터 사고로 세상을 떠난 장난꾸러기 친구, 백혈병으로 떠난 아빠 친구의 딸. 폐가 굳어지는 병으로 초등학교에 가기 힘들 거라던 친구. 그리고 그 친구에게 끝내 찾아온 17살의 죽음. 이 시절에 느꼈던 슬픔은 '두 살배기 동생'의 슬픔과 다르지 않았다. 제 어미의 슬픔에 울어 대는 것처럼 그저, 주변 사람들이 느끼는 슬픔을 따라 '슬픔'을 느꼈다. 그렇게 시간이 흘렀고, 이런 '슬픔'에 대해 질문을 던져 주는 다른 죽음이 찾아왔다. 이전의 죽음들처럼 정말 느닷없이 찾아왔다.

2017년, 대학 시절을 함께 보냈던 친구가 세상을 떠났다. 부고를 듣고, 친구들 모두 당혹스러웠다. 누가 장난으로 이런 문자를 보내진 않았을 테니까. 치료를 받고 있다고 했었다. 당뇨병처럼 계속 관리하면 되는 병이라고. 그래서 우리는 그 정도로 생각하고 있었다. 계속 신경 쓰면서 살아가면 되는 거구나, 하고 말이다. 게다가 며칠 전까지도 만날 약속을 잡고 있었으니 당혹스러움은 이루 말할 수 없었다. 믿고 싶지 않았다. 친구의 죽음도, 우리의 무관심도. 죽음을 맞이할 정도였다니, 우리가, 아니 내가 친구에게 이렇게 관심이 없었다니. 이걸 혼자 겪게 했다니….

친구 부모님께서는 장례를 치르면서 정신이 없으셨던 와중에도 우리에게 친구의 병에 대해, 그동안 친구의 상황에 관해 이야기를 해주셨다. 듣는 내내 마음이 아팠다. 친구들한테 짐이 될까 봐 말도 못 하고, 참… 친구답다(성격이 무던한 친구였다)고 생각했다. 발인까지 함께하는 동안, 친구의 언니와 친구 이야기를 하며 많이 울고, 많이 웃었다.

이 시간을 보내고 나는 다시 일상으로 돌아왔다. 산책하면서 봄 햇살이 비칠 때, 이 빛을 누리지 못하고 떠난 친구가 문득 생각나기도 하고, 또 미안하기도 했다. 나만 이 시간을 누리고 있는 것 같아서. 또 종종 함께 먹고 놀던 추억이 떠올라 눈물짓기도 했었다.

장례식에서부터 이즈음까지, 나는 의문이 들었다. 이 슬픔은 이 친구에 대한 슬픔인지, 아니면 친구를 잃은 나에 대한 슬픔인지, 그것도 아니면 이제 함께할 수 없다는 이기심에 대한 슬픔인지, 무관심했던 나에 대한 원망의 슬픔인지. 도통 알 수가 없었다.

이 글의 문을 열었던 한 아이의 이야기. 그 이야기는 스물두 살에 세상을 떠난 유경집(兪景集), 그리고 그 아이를 잃은 가족의 슬픔에 관한 이야기였다. 이에 연암은 애도의 마음을 담아 애사(哀辭)를 덧붙인다. 그리고 묻는다. 죽음의 슬픔을 모르는 죽은 사람의 슬픔과 또 그 슬픔을 모르는 산 사람의 슬픔 중 어느 것이 더 슬픈 것인가를.

연암은 유경집의 죽음에 대해서만큼은 단호하게 "산 사람이 슬프다"라고 한다. 촉망받던 아이의 때 이른 죽음은 마치 '가장 친하고 다정한 이가 문득 나를 등지고 떠나는 것'과 같다고. 그 마음은 원망스럽고 한스러워 고통이 뼈를 찌르는 것과 다르지 않다고 말이다. 그런데, 마지막 한 문단이 내 마음을 잡는다.

아아, 비록 그렇지만 산 사람은 제 슬픔에 슬퍼하는 것이지, 죽은 사람이 슬퍼하는지 슬퍼하지 않는지를 모른다. 그렇다면 평일에 나처럼 그를 아끼던 자가 어찌 애사를 지어, 한편으로는 산 사람의 슬픔을 위로하고 한편으로는 죽은 사람이 제 슬픔에 슬퍼하지 못하는 것을 애도하지 않겠는가.「유경집에 대한 애사」(兪景集哀辭), 『연암집』(중), 255쪽 연암의 말처럼 산 사람은 죽은 사람의 슬픔을 알 수 없다. "제 슬픔에 슬퍼하는 것"일 뿐이다. 죽은 이에 대한 슬픔은 살아 있는 자의 자기 투사다. 적어도 우리는 내가 느끼는 슬픔이 어디에서 오는 슬픔인지를 알아야 한다. 나의 이기심인지, 신에 대한 원망인지, 죽은 이가 다시는 이생의 호사를 누릴 수 없다는 안타까움인지, 고통을 함께하지 못한 자신에 대한 회한인지를.

연암은 애사를 써 내려갈 수밖에 없었던 듯하다. 쓰지 않을 수 없었던 것이다. 산 사람은 오직 제 슬픔만을 슬퍼하고 있으니 말이다. 그렇다고 연암이 그들의 슬픔을 함부로 재단하거나 평가하진 않는다. 오히려 산 사람의 슬픔에도 깊이 공감한다. 다만, 죽은 사람은 제 슬픔을 스스로 슬퍼하지 못한다는 사실을 안타까워한다. 연암은 산 사람의 슬픔을 위로하면서도, 죽은 사람이 제 슬픔을 슬퍼하지 못하는 것에 애도를 표하고자 한 것이다. 연암의 애사가 독특성을 갖는 이유는 여기에 있다.

누군가의 슬픔만을 그려 내는 것이 아니라 각각의 슬픔을 애절하게 그려 낸다. 죽은 자의 삶을 생기 있게 그려 내고, 또 그것을 연암과의 관계 속에서 되살려 낸다. 이 점이 참 놀랍다. 애사에도, 묘지명에도, 제문에도, 죽은 이와의 애통하고 가슴 저린 이야기가 참으로 담박하게 그려져 있다. 마치 투명한 물이 흘러가고 있는 것처럼. 자신의 슬픔에 빠져 허우적대지는 않지만, 충분히 그 슬픔을 함께하는 연암. 그는 그 슬픔에 관한 이야기를 죽은 이와 산 사람에게 바친다. 이것이 연암의 애사다.

3부

우리, 공부하는 공동체(1)

: 연암에게서 찾는
 공동체 생활의 실마리

명실상부하게 살아가기

원자연

우리는 수많은 '이름'(名)으로 살아간다. 태어날 때 부모님께서 지어 주신 이름부터, 살면서 붙여진 또 다른 이름들로 불리며 말이다. 누구누구의 엄마, 어느 회사 과장님, 헬스장 회원님 등등. 이런 것들은 보통 자리를 나타내는 경우가 많다. 그리고 그 자리는 그에 걸맞은 명예와 책임이 따른다.

요즘 나에게도 많은 '이름'들이 생겼다. 청용 매니저, MVQ 매니저, 곰카페지기, 장자서점 주인장 등.* 그 중 매니저라는 일은 '어떻게 연결할 것인가'라는 질문을 품고 활동한다. 매개와 연결이 핵

---

* 청공자 용맹정진(일명 청용) 밴드는 '청년 백수들의 공부자립 프로젝트'의 일환으로 지성과 우정의 네트워크를 만들고, 자기 삶의 달인이 되기 위해 다른 삶을 실험하는 청년프로그램, MVQ는 'Moving Vision Quest'의 약자로 길 위에서 삶의 비전을 탐구하는 학인들의 글이 게시되는 온라인 플랫폼이다. 곰카페는 공동체 내부에서 선물의 선순환으로 운영되는 카페로, 공부로 배고픈 학인들을 위한 간단한 요깃거리와 세미나 차를 책임지고 있다. 장자서점은 공동체에서 공부한 학인들이 출판한 책들을 중심으로 판매하고 있는 서점이다.

심인데, 사실 공동체의 활동 대부분이 그러하다.

이를테면 청용 매니저는 청용에서 공부하는 친구들이 텍스트와 더 잘 만날 수 있도록 연결하는 일을 한다. MVQ 매니저 또한 독자들과 글이 잘 만날 수 있게 연결해 주는 일을 한다. 곰카페지기, 장자서점 주인장도 마찬가지로, 차와 사람, 책과 사람을 어떻게 연결할지 고민한다. 연결이 성공적으로 이루어질 때는 잘 순환되는 카페 주인 혹은 서점 주인장, 적정한 맛을 찾아내는 티소믈리에, 따끈따끈한 글을 독자들에게 매일같이 전달해 주는 홈피지기와 같은 명예(?)가 따라오기도 한다.

이렇게 활동하다 보면, 작은 일 하나하나에서 '지금 (제대로) 하고 있는 게 맞나?'라는 생각이 올라올 때가 있다. 그럴 때마다 '매니저'라는 이름에 걸맞게 하고 있는 건지, 내가 그 '이름'에 부끄럽지 않게 하고 있는 건지, 계속 고민하게 된다.

> 천하라는 것은 텅 비어 있는 거대한 그릇이다. 그 그릇을 무엇으로써 유지하는가? '이름'(名)이다. 그렇다면 무엇으로써 이름을 유도할 것인가? 그것은 '욕심'(欲)이다. 무엇으로써 욕심을 양성할 것인가? 그것은 '부끄러움'(恥)이다. 「명론」(名論), 『연암집』(중), 80쪽

연암은 천하를 텅 비어 있는 거대한 그릇이라고 비유한다. 천하라는 텅 빈 그릇은 '이름'(名)으로 유지된다. 세상 만물은 흩어지는 게 본성인지라 이름으로 잠시 잡아 둔다는 것이다. 부모라는 이

름으로 자식에 대한 책임이 생기는 것처럼, 세상의 질서는 이렇게 이름 지어지면서 유지되고 있다.

이렇게 세상은 여러 '이름'들로 복작복작 굴러간다. 내가 공부하고 있는 이곳, 남산강학원도 그렇다. 각종 프로그램의 튜터와 매니저, 강좌 매니저, 주방 매니저, 학인 등…, 우리가 그 이름에 걸맞은 역할과 소임을 다할 때, 남산강학원은 활기를 띠며 움직인다. 우리가 사는 세상 또한 마찬가지다. 우리에게 주어진 이름, 또 그에 걸맞은 행위와 실상, 과하지도 덜하지도 않은 그만큼의 삶, 이름에 맞게 살아가는 삶들이 모여 세상을 굴리고 있다. 거꾸로 말해 보면, 세상은 그 이름으로 살고자 하는 사람이 없으면, 굴러가지 않는 것이다. 연암은 다음 질문을 던진다.

그렇다면 무엇으로 '이름'(名)을 유도할 것인가? 바로 '욕심'(欲)이다. 그 이름을 가진 사람으로서 살고자 하는 욕망, 그 이름에 걸맞게 살고자 하는 욕심, 그 마음을 일으키는 것이다. 이러한 욕심이 없으면, 지금의 자리에서 나아가기란 쉽지 않다. 겸손의 감투를 쓰고 다른 이에게 자리를 양보하거나, 어려움과 두려움을 피해 한 발 뒤로 빼기 일쑤다.

나만 해도 그렇다. 청용 매니저, MVQ 매니저, 카페지기, 장자서점 주인장 등 이런 자리를 욕심내지 않았다면, 어떻게 이런 일들을 마주했겠는가. 그 이름으로 살고자 함이, 그 자리에 나아가고자 함이, 새로운 장을 맞닥뜨리게 한 것이다. 욕심내지 않으면 이 이름으로 펼쳐지는 세상을 살아갈 수 없다.

한데 이 욕심이란 게 좀 그렇다. 뭘 욕심내느냐에 따라 겪는 일들이 많이 달라진다. '이름'(名)이라는 말 안에 숨어 있는 자리, 명예, 명분, 책임—— 이 중 어느 하나에 천착하는 순간, 엉뚱한 방향으로의 질주가 시작된다. 자리에만 목을 매거나, 명예만을 좇아 살아가거나, 명분에 따라서만 몸을 움직이거나, 무거운 책임감에 몸부림치거나. 이름(名)을 욕심내다가 물러날 줄 모르고 나서기만 한다면 그 또한 좋지 않다. 그래서였을까? 연암은 그다음 질문을 던진다.

무엇으로 욕심을 양성할 것인가? 그것은 부끄러움(恥)이다. 이름(名)에 생긴 나의 욕심(欲)에 부끄러움(恥)이 없는가. 자리에만 목매고 있진 않은가. 명예만을 좇으며 살고 있진 않은가. 명분에 따라서만 몸을 움직이고 있진 않은가. 책임감에 억지로 하고 있진 않은가. 그렇다면, 분명 스스로 부끄러울 것이다.

나는 '욕심내는 일'이 좀 멋쩍었다. 욕심내도 되나 싶기도 하고, 아는 것도 없으면서 나서기만 하는 것 같기도 했다. 생각해 보니 좀 요상한 마음이다. 욕심을 낸다는 건, 무언가를 하고자 함이고, 그 배움의 장으로 나아가는 일이다. 배움의 기회를 욕심낸다는 것은 쑥스러울 문제가 아니었다. 욕심낸 그 자리에서 내가 부끄럽지 않게 살아가면 되는 일이었다. 이 자리가 아니면 만나지 못했을 세상에 감사하며 말이다.

그렇다. '이름'(名)에 생긴 나의 '욕심'(欲)에 '부끄러움'(恥)이 없는가를 물을 뿐이다. 그리고 부끄러움 없이, 명실(名實)이 상부(相符)하게 살아갈 뿐이다. 내가 지금 가진 이름에 걸맞게! 어쩌면 지금 나는 이름과 실상의 간극을 줄이기 위해 고민하며 살아가고 있는 것일지도 모르겠다.

　허울뿐인 이름이 아니라 정말 그러한, 스스로 정말 그러하게 살아가기 위해. 명실상부한 삶을 살아가기 위해 묻는다. 부끄럽지 아니한가?

감정을 대면한다는 것

이윤하

작년, 연구실에서 친구들과 함께 연극을 했다. 청년들의 과한 자의식과 굳은 신체에 연극이 도움이 될 것이라는 맥락에서였다. 일 년 동안 우리는 한자를 공부하고 역사를 공부한 뒤, 연극 준비를 했다. 대본은 (연극하는 사람이라면 누구나 한 번쯤 해보고 싶어한다는) 안톤 체호프의 『갈매기』였다.

『갈매기』의 플롯은 열 명의 인물이 작은 호숫가 마을에서 이리 엮이고, 저리 엮이고, 삽질을 하면서 굴러간다. 그 중 내가 맡았던 역은 작가가 되려는 비운의 청년 트레플레프로, 연초에 처음 대본을 읽어 보았을 때부터 정이 가는 인물이었다. 대사 한 마디 한 마디가 무슨 말인지, 무슨 마음인지 알 것 같았달까. 그런데 막상 그 인물이 되어 보려고 하니(연기를 시작하니) 여간 어려운 것이 아니었다. 그 마음이 제법 이해되고, 알 것 같다고 생각했는데 그와 나는 어딘가 많이 달랐다.

트레플레프는 어머니에게 애정을 갈구하고, 여자친구에게 자기 작품 세계를 인정받고 싶어하는 인물이다. 하지만 그의 어머니는 자기 자신을 너무 중요하게 여기는 사람이라 아들에게 애정을 줄 수 없었고, 그의 여자친구는 도리어 (트레플레프 어머니의 젊은 애인이었던) 다른 유명 작가와 눈이 맞아 호숫가 마을을 떠나 버렸다.

이후 트레플레프는 잡지에 작품을 기고하는 작가가 되었지만, 결국 스스로 서지 못하고 괴로워하다 쓰던 원고를 찢어 버리고 자살한다. 그만큼 그는 감정적으로 불안정하다. 신이 나서 삼촌에게 연극 이야기를 하다가도 어머니 이야기가 나오면 화를 벌컥 내기 시작하고, 어머니와 악을 쓰며 싸우다가 갑자기 너무 슬퍼져 펑펑 울기도 한다.

내가 가장 따라 하기 어려운 장면들도 바로 이렇게 감정을 벌컥 일으키는 장면들이었다. 화, 슬픔, 기쁨 같은 감정들이 '벌컥' 하고 잘 일어나지 않았기 때문이다. 화가 난 듯이 비아냥거리거나, 한숨을 쉬는 건 할 수 있어도 화를 솟구치듯 내는 건 잘 되지가 않았다. 그렇지만 그럴 때 드는 느낌은 내가 '표현'을 못한다는 느낌이 아니었다. 트레플레프와는 다르게 내가 이런 감정들을 정면으로 대면해 본 적이 없다는 느낌이었다.

나는 매양 모르겠네, 소리란 똑같이 입에서 나오는데, 즐거우면 어째서 웃음이 되고 슬프면 어째서 울음이 되는지. 어쩌면 웃고 우는 이 두 가지는 억지로는 되는 게 아니고 감정이 극에 달해야 우러나는 것이 아니겠는가?

나는 모르겠네, 이른바 정이란 것이 어떤 모양이관대 생각만
하면 내 코끝을 시리게 하는지. 또한 모르겠네, 눈물이란 무슨
물이관대 울기만 하면 눈에서 나오는지.

아아, 우는 것을 남이 가르쳐서 하기로 한다면 나는 의당 부끄
럼에 겨워 소리도 내지 못할 것이다. 내 이제사 알았노라, 이른
바 그렁그렁 고인 눈물이란 배워서 될 수 없다는 것을.「사장 애사」

(士章哀辭), 『연암집』(하), 340쪽

연암의 글을 읽으면서도 그런 지점을 종종 만났던 것 같다. 특
히 그의 절절한 묘지명을 읽으면, 정(情)이 정말 거세다(?)는 것이
느껴진다. 연암의 묘지명은 그 시대에도 꽤나 센세이션했다고 한
다. 다른 사람들이 이미 갖춰진 제문 형식에다가 연도와 이름, 지
위 정도만 바꿔 썼던 것과 (그만큼 고인에 대한 말은 조심스러웠던 것
이다) 달리 그가 쓴 묘지명은 하나하나 다르다. 그 글만 읽어도 연암
에게 고인이 어떤 사람이었는지, 두 사람이 서로 어떤 관계였는지
가 느껴진다.

연암의 말대로 웃음이나 울음은 (어떤 건 슬픈 일이고, 어떤 건
기쁜 일이라고) 배워서 나오는 것이 아니라 정이 극에 달했을 때 우
러나온다. 연암이 사장(士章)박상한(朴相漢)의 장례식에서 만난 사장의
벗 어용빈과 홍낙임은 벗을 잃은 것을 애통해하며 문기둥을 잡고
펑펑 울고 있었다. 곡을 하기도 전이었는데 말이다. 연암의 절절한
묘지명들도 그렇게 펑펑 쏟아지듯 쓰였을 것이고, 트레플레프가 그
렇게 잘 기뻐하고, 잘 슬퍼하고, 화를 내는 것 또한 정이 극에 달해

우러나오는 일이었을 것이다.

내가 그들의 거센 '정'을 따라갈 수 없었던 것은 평소에 내가 내 감정을 감당할 수 없을까 봐 미리 다독여 왔기 때문이다. '이런 감정은 나쁜 게 아닌가?' '이렇게까지 마음을 쓰면 다칠 것 같다' 등등, 억누르기도 하고, 무시하기도 하면서 그 '거셈'을 제대로 마주하지 않았다. 그렇지만 무언가와 만나서 (사람이든, 사건이든, 나 자신이든) 일어나는 그 '정'을 피하는 것은, 나 자신도, 내가 만나고 있는 세상도 왜곡하는 일이다.

정이 '극에 달하게' 한다는 것은 미친 듯이 그 감정에 푹 빠져 있자거나 극단적으로 치달아 그것에 끄달려 가자는 말이 아니다. 이미 발(發)한 것이라면, 왜곡시키지 말자는 것에 가깝다. 화가 나면 화가 나게 두고, 슬프면 슬퍼하면 된다. 이런저런 이유를 붙여 그 감정들을 정당화할 필요는 없다. 오히려 그러지 않을 때 투명하게 내 감정의 전제를 보고, 내 정의 민낯과 대면할 수 있다. 또, 그 감정을 어떻게 할 것인지도 결정할 수 있다.

감정을 극에 달하도록 두기, 극진하게 정을 다하기, 그것은 자기가 일으킨 감정에서 발 빼지 않는 것, 내가 세상을 어떻게 만나고 있는지 직시하는 것이다. 우리는 배우지 않아도, 아니 우리는 머리로 배운 것을 제쳐두어야 그렇게 할 수 있다. 연극은 한 번으로 끝났지만 아직도 나에게 트레플레프는 순수하게 슬퍼하고 진지하게 화내는 모습으로, 연암이 쓴 묘지명같이 진하게 남아 있다.

'멋대로'가 아닌 '멋'대로

남다영

초등학생 때부터 지금까지 나는 세상은 다양하기에 풍요롭고, 서로의 차이는 존중해야 한다고 배웠다. 나와 다르다는 이유로 상대를 나쁘게 보면 안 된다고 말이다. 그런데 곰곰이 생각해 보면, 내가 누군가를 싫어할 때 흔히 쓰는 말은 '너랑 안 맞아'였다. 더 직설적으로 말하면, '넌 나랑 너무 다르고 이해가 안 돼서 싫어'이다. 차이를 인정해야 한다고 실컷 배워 놓고서, 상대의 다름을 이해 못하는 것이 당연하다는 듯 싫어하고 거리를 두는 것이다. 안 맞는 건 어쩔 수 없는 일이라고 합리화를 하면서 말이다.

　이 모습은 조선의 어떤 편협한 선비들의 모습과 다르지 않다. 그들은 자신들이 옳다고 여기는 문체인 '고문'(古文)으로 쓰인 글이 아니면 화를 내며 비난했다. 연암은 이 사람들을 두고 다음과 같이 비유한다.

본 것이 적은 자는 해오라기를 기준으로 까마귀를 비웃고 오리를 기준으로 학을 위태롭다고 여기니, 그 사물 자체는 본디 괴이할 것이 없는데 자기 혼자 화를 내고, 한 가지 일이라도 자기 생각과 같지 않으면 만물을 모조리 모함하려 든다.「능양시집

서」(菱洋詩集序), 『연암집』(하), 61~62쪽

연암은 달관한 자와 본 것이 적은 자를 구별한다. 달관한 자는 사물을 보아도 그 사물이 어떤 인연조건으로 이루어지는지를 그려 보며, 다른 사물과의 관계에 따라 어떤 모습이 되는지를 보려고 한다. 그래서 달관한 사람에게는 어떤 것을 본들 괴이한 것이 없다. 그 사물들 나름대로 존재하는 방식이 있다는 것을 알기 때문이다. 반면 본 것이 적은 자는 사물을 보며 비교만 한다. 자신의 기준을 의심하지 못하기 때문이다. 이들에게 세상은 자신의 기준에 미치지 못하는, 옳지 않은 것들로 가득하다. 이들이 혼자 화를 낼 일이 많은 것도 당연한 일이다.

작년, 청년프로그램 연극 수업에서 1년 동안 〈갈매기〉라는 긴 장편 연극을 준비해 무대에 올렸다. 지나고 보니, 나는 이 연극 수업을 통해 '본 것이 적은 자'에서 '달관한 자'가 되기 위한 훈련을 했던 것 같다. 다름을 이해한다는 것이 무엇인지 몸으로 겪게 해주었던 것이다.

대본 리딩을 하고 캐스팅을 할 때였다. 연극 선생님께서는 각자에게 자신의 모습과 어울리지 않고, 힘들 것 같은 배역을 맡으면 좋겠다고 말씀해 주셨다. 그러자 친구들이 이구동성으로 나에게

'소린'이라는 역을 추천해 주었다. 내 성격이 워낙 급하니, 할아버지 역할을 하며 느리게 말하고 행동하는 연습을 하면 좋겠다는 것이 그 이유였다. 그리하여 나는 소린이라는 역할을 연기하게 되었다.

사실 나는 소린 역을 맡는 것에 대해 거부감이 들었다. 이왕 다른 사람이 되어 보는 연습을 하는 거면, 멋있는 역할을 하고 싶었기 때문이다. 유쾌하고 시원시원하고 당당해서, 내가 일상에서도 따라 살고 싶은 그런 사람 말이다. 그런데 소린은 자신이 꿈을 이루지 못했다고 계속 한탄하며, 지금의 상황에 불평불만만 일삼는 사람이었다. 나는 그런 사람을 알고 싶지도, 이해하고 싶지도 않았다. 아니, 나는 이 사람의 마음을 충분히 알 것 같았다. 나도 내 상황을 불만족스럽게 보고, 과거의 일을 후회할 때가 많았기 때문이다. 내가 그 사람의 우울한 기분을 느끼는 것 외에 무엇을 느낄 수 있는지 의문이 들었다.

연극 선생님께서는 내가 소린에게 정을 못 붙이는 걸 보시고, 연기를 하려면 '내가 맡은 캐릭터가 왜 이렇게 행동할 수밖에 없는지'를 이해해야 하고, 그 인물을 좋아할 수 있어야 한다고 조언해 주셨다. 그 중 하나의 방법으로 연극 연습 때마다 소린의 긍정적인 면을 찾아보라고 하셨다. 친구들도 소린이 따뜻한 사람이라고 힘을 실어 주었다. 그래서 소린의 좋은 점이 무엇인지 계속 생각해 보던 중이었다.

그러던 어느 날 연극 연습을 하던 중, 소린이 다른 사람을 향해 '오! 정말 아름다워'라고 감탄하는 장면이 새롭게 보였다. 소린은 나와 달랐다. 나는 다른 사람에게 감탄하는 말을 하기가 쑥스러워

가만히 있는 편인데, 그는 자신의 감정을 솔직하게 드러낼 줄 아는 사람이었다. 그의 불평불만은 자신의 마음을 그대로 보여 주는 것이 아닐까 하는 생각이 들었다. 그러자 소린은 내 생각과 달리 불평불만을 말할 때 우울해할 것만 같지도 않았다. 오히려 불만을 터트리는 모습이 '날 봐 달라'는 말로 다가왔다. 부정적으로만 보였던 소린이 외롭지만 살아가려는 의지가 많은 사람처럼 느껴졌다.

그 후, 주책 맞게 여겨지던 그의 말과 행동이 더 이상 밉게 느껴지지 않았다. 오히려 나와 다른 점들이 더 눈에 들어왔고, 이런 면모를 표현하려면 어떻게 해야 할까 생각하게 되었다. 덕분에 연기를 할 때 조금 더 구체적인 행동과 표정 연기를 시도해 볼 수 있었다. 연극도 훨씬 재미있어졌다. 연극은 내가 하고 싶은 역이 아닌 다른 캐릭터들을 이해하는 것도 재미있더라는 것을 느끼게 해주는 장이었다.

해오라기는 해오라기대로, 까마귀는 까마귀대로 본다는 것은 사물들이 제각기 어떤 본성으로 살아가는지를 보는 일이다. 즉, 어떤 사물이 더 멋있는지를 비교할 때는 절대 볼 수 없었던 멋이 내 눈앞에 드러난다. 그 멋은 사물들의 특징을 비교할 때 나오지 않는다. 오히려 수많은 인연조건으로 이루어진 그 사물의 고유성을 발견할 때 나오는 탄성과 같다. 아마 소린이 안 보였을 때처럼 나는 다른 사람을 멋대로 판단하며 그들이 지닌 '멋'을 지나쳐 온 순간들이 수두룩할 것이다. 하지만 이젠 소린을 봤을 때처럼 각각의 '멋'을 볼 수 있는 순간을 늘리고 싶다.

웬수에서 벗 되기

남다영

작년 한 해, 내가 주로 활동한 곳은 주방이다. 수많은 사람들이 밥을 먹고, 연구실 식구들이 돌아가면서 밥당번을 하고, 온갖 선물들 관리까지(!) 하는 주방에는 수많은 마음들이 오간다. 이런 주방의 전체적인 흐름을 보고, 막힌 곳 없이 잘 흘러가도록 하는 것이 주방 매니저의 임무다. 그런데 주방 매니저인 나와 명이 언니는 흐름을 만들어도 모자랄 판에 자꾸 삐걱거리며 흐름을 막히게 하기 일쑤였다. 언니는 전 시즌에 이어 계속 주방 매니저를 하면서 처음 시작했을 때의 의욕이 많이 사라져 있었고, 주방 인턴에서 주방 매니저가 된 나는 주방을 주도적으로 이끌겠다는 생각보다는 여전히 언니에게 묻어 가려는 마음이 있었기 때문이다.

그 결과 우리는 한 팀임에도 불구하고, 개인플레이를 했다. 각자 자기가 맡은 일만 열심히 하면 된다고 생각할 뿐, 그 외에는 신경 쓰지 않았다. 그러니 문제가 터져도 속수무책이었다. 반찬이 예상보다 많이 남는 날들이 많아진 것만 봐도 그렇다. 주방 식사 준비는 세미나, 강의, 상주 인원을 고려해서 식사할 사람 수를 예상하고 메뉴와 재료를 준비한다. 하지만 식사 전 간식으로 배가 불러서, 재료 양에 대한 감이 없어서 등등의 이유로 반찬이 많이 남을 때도 있다. 그럴 때마다 우리는 식사 인원이 예상과 많이 달라질 때, 어떻게 파악하고 조절할 것인지, 남은 음식은 어떻게 다시 맛있게 먹을 수 있을지 함께 이야기하며 해결책을 찾을 생각은 하지 못하였다. 단지, 어쩔 수 없는 일이라고 생각할 뿐이었다.

심지어 한 달에 한 번 주방 전체 회계를 볼 때에도 장부와 실제 금액이 서로 맞지 않는 사건이 연달아 벌어졌는데, 그 달 회계를 담당한 사람의 부주의로만 생각했다. 주방 전체 차원에서 어떻게 실수가 없도록 할 수 있을지 생각하지 않은 채, 정신 차리자는 다짐만 하면서 말이다. 하지만 우리가 정신을 못 차리고 있다는 걸 보란 듯이, 그 다음 달에도 장부와 실제 금액 사이에는 차액이 발생했다.

처리하지 못한 잔반들, 실제 금액과 다른 주방회계 장부, 뭐가 잘못되어 가는지도 모르는 우리…. 모두가 주방이 총체적 난국인 걸 알고 나서야, 우리는 문제의 심각성을 느꼈다. 선생님과 주위 친구들의 피드백을 받으며 언니와 뭐가 문제이고, 어떻게 할 것인지를 이야기하기 시작했다. 하지만 둘이서 틈틈이 짬을 내서 오래 이야기를 나눌수록, 답답함만 커져 갔다. 서로 상대의 의견에 대해서 문제의 핵심이 아니라고 생각했기 때문이다. 그러니 상대가 내 말을 안 듣고 있다고 생각하고, 서로 자기가 옳다고 생각하는 것을 계속 되풀이해서 말했다. 아, 그땐 정말 울화만 치밀었다.

이것은 단지 숭상하는 바가 동일하지 않을 뿐인데도 의론이 서로 부딪치다 보니 진(秦)과 월(越)의 거리보다 멀어진 것이요, 단지 처한 바에 차이가 있을 뿐인데도 비교하고 따지는 사이에 화(華)와 이(夷)의 구분보다 엄하게 된 것이다.

(……) 마을도 같고 종족도 같고 언어와 의관도 나와 다른 것이 극히 적은데도, 서로 알고 지내지 않으니 혼인이 이루어지겠으며, 감히 벗도 못하는데 함께 도를 도모하겠는가? 「회우록서」(會

友錄序), 『연암집』(상), 19쪽

같은 마을, 같은 종족, 같은 언어와 의관…, 수많은 공통점에도 다른 입장은 분명히 존재한다. 함께 같은 청년프로그램에서 공부하고, 주방 활동을 하고, 같은 건물에 사는 나와 명이 언니가 그렇듯이. 반찬에 대한 문제만 봐도 그렇다. 나는 음식은 넉넉히 준비하는 것이 밥당번 선생님들이나 먹는 사람들에게 좋다고 생각했고, 조금씩 남은 반찬들이 있다면 상할 수 있으니 다음 식사시간에 식탁 옆에 한꺼번에 내놓아야 한다고 주장했다. 반면 언니는 남는 반찬이 없도록 재료를 딱 맞게 혹은 살짝 모자라게 준비하는 것이 좋고, 전에 먹던 음식들이 많이 나와 있으면 먹기 싫을 수 있으니 잔반은 2가지 이상 보이지 않도록 하는 게 좋겠다고 생각했다.

내 이야기만 중요하다고 생각했을 때, 나는 언니가 겉모양만 신경쓰는 것 같아서 밉살스러웠다. 반면 언니는 내가 대충하려고 하는 것처럼 보였다고 한다. 그 이야기를 듣고 처음엔 내 마음을 몰라주는 것 같아서 억울했는데, 언니와 이렇게도 이야기해 보고 저렇게도 이야기하다 보니 '그럴 수 있겠다'는 생각이 든다.

그렇게 이야기를 하고 나서도 언니와 나는 회의를 할 때마다, 시시각각 의견 차이가 있다. 메뉴 하나를 놓고도, 밥당번 샘들이 시간 안에 요리를 할 수 있다/없다를 열심히 논한다. 그리고 이젠 내가 옳다고만 생각하기보단, 주방을 주의깊게 본다. 그러면서 간혹 내가 고집부렸던 것에 대해 이실직고하기도 한다. '언니 그땐 언니가 옳았네요'라고. 언니와 투닥거리며 서로의 차이를 잘 배우길 바라 본다. 이 마음이라면 왠지, 언니와 벗으로 지내며, 주방의 도를 함께 도모해 갈 수 있을 것 같다.

PS. 나는 결국 언니와 주방의 도를 도모하는 데 실패했다. 여전히 내가 옳다고 생각하는 부분에 대해서는 언니의 의견이 들리지 않았고, 이 글을 읽은 친구가 '서로의 차이를 잘 배우겠다며!'라고 하기 전까지는 같은 패턴을 반복하고 있는 줄도 몰랐다. 언니가 '무슨 말을 하고자 하는지'를 듣지 못하는 귀였다는 것이 제일 마음에 남아 후회가 된다.

너만이 키를 잡고 있어!

남다영

나는 공부하는 친구들과 함께 공동주거를 하고 있다. 이름하야 더
부살이! 우리는 연구실 근처에서 월세를 얻어 같이 산다. 작년에는
나와 세 명의 친구들이 투룸을 얻어 함께 지냈는데, 우리 집 막내였
던 J의 이야기를 나눠 보려 한다. 나는 J에게 편안함을 많이 느꼈다.
그건 다름이 아니라 그녀가 나와 비슷한 곰손이기 때문이다. 흘리
기도 잘 흘리고, 실수도 자주 하는 J를 보고 있으면 나를 보는 것 같
아 왠지 모르게 친근하다.

그런데 집 청소에서만큼은 내가 J보다 더부살이를 더 오래해
서 그런지 더 꼼꼼한 것 같다(J는 동의 안 할 수도 있겠지만ㅆ). J에게
서는 내가 더부살이 초창기에 했던 행동들이 그대로 보였다. J는 쓰
레기를 치워도 손톱만 한 쪼가리를 흘리고 가거나, 화장실 머리카
락 치우기, 이불 개기 등등에서 뒷마무리가 잘 안 되었다. 그래서 같
이 사는 친구들과 나는 J에게 지적을 많이 했다. 그럴 때마다 J는 가

만히 고개를 끄덕거리기도 했고, '자신도 노력하고 있다'고 항변하기도 했고, 노력하다 지치면 '어차피 더러워질 거 왜 치워야 하냐'며 물음을 던지기도 했다.

굳이 왜 치워야 하는지 모르겠다는 J의 말을 들었을 땐 말문이 턱 막혔다. 전혀 예상치 못한 질문이었기 때문이다. 청소는 그저 당연히 해야 하는 것이라 생각했는데, 너무 막무가내로 나의 주장을 밀어붙이는 게 아닌가 싶기도 했다. 하지만 같이 사는 입장에서 청소를 안 해도 된다고 말할 순 없었다. 안 그래도 좁은 집이 더 작아지게 놔둘 수는 없었기 때문이다. 그래서 청소를 하고 나서 깔끔한 모습을 보여 주며 '기분이 좋지 않냐'며 유도해 보기도 하고, '청소를 대하는 너의 모습이 어떻게 생활하는지를 보여 주지 않냐'며 청소의 의미를 주입시키려 했다. 하지만 끝내 J를 설득시키지는 못했다. 여전히 J는 뒷정리가 잘 안 되었고, 나를 비롯한 다른 친구들의 지적도 계속되었다. J도 스스로 답답했는지 청년프로그램 중 누드 글쓰기자신의 사주팔자를 스스로 해석하며 자신의 욕망과 삶에 대해 돌아보는 글쓰기강의 시간에 스스로 청소에 대해 글을 쓰며 자신이 어떤 지점에 걸려 있는지 보려 했지만 잘 되진 않았다. 아니, 오히려 수심만 가득해진 것 같았다.

그러던 중 며칠 전, J가 자신의 지질한 모습을 더 이상 보기가 힘들다며 펑펑 울었다. 자신의 행동이 기준에 못 미치는 것 같고 잘못하고 있는 것처럼 느껴진다고 말이다. 그리고 사람들이 자신을 안 좋게 보고 있는 것처럼 느껴져 힘들다고 말했다. 실수나 덤벙댐은 사람들에게 한바탕 웃음을 선사하기도 하지만, 계속 반복되면

한심하고 답답하다는 반응을 불러일으키기도 한다. J의 이야기를 들으며 J는 다른 사람들의 답답하다는 반응을 너무 많이 보아서 실수 없이 완벽해져야 한다는 마음이 자리 잡은 게 아닐까 하는 생각이 들었다. 하지만 그런 J에게 한 번 더 말해 주고 싶다. 누군가의 기준에 맞춰야 한다는 마음으로는 더 나아질 수도 없고, 설령 나아진다 하더라도 계속 뭔가 부족하게 느껴질 거라고 말이다.

그러므로 마음속에 스스로 만족함이 있고 외물에 기대함이 없어야만 비로소 즐거움을 더불어 이야기할 수 있는 것이니, 표절해서 얻을 수 있는 것이 아닌데 어찌 억지로 힘쓴다고 이룰 수 있겠는가. 그러나 천지에 가득한 원기를 품고 하늘의 강건함을 본받아 쉬지 않으면 우러르고 굽어보아도 부끄러움이 없고 비록 홀로 선다 해도 두렵지 않다. 그와 같은 이치가 꼭 맞음을 아는 것은 진실로 지성(至誠)을 통해서일 뿐이니, 아비가 이를 자식에게 전할 수 없고, 자식이 이를 아비에게서 얻을 수 없는 것이다. 「독락재기」(獨樂齋記), 『연암집』(상), 92~93쪽

J의 청소 기준은 다른 사람의 말, 즉 외물에 기대고 있었다. 집에서 청소에 관해 약속을 정한 것들도 언니들이 요구하니까 맞춰야 한다는 식이었지, 자신에게 좋은 것이라거나 필요하다고 느끼는 것은 어려워했다. 그래서 청소를 완벽하게 한다는 것도 언니들에게 지적을 받지 않을 만큼 하는 것이지 않았을까. 그렇다면, 시간이 좀 더 흘러 지적을 받지 않을 정도로 청소를 하게 되어도 하기 싫은

'숙제' 그 이상의 의미는 되지 않을 것 같다. 아무리 청소를 잘하게 된다 해도 그런 상태를 바란 건 아니었다. 못해도 좋으니, 하고자 하는 마음이 스스로에게서 나왔으면 좋겠다. 결국 J가 누군가에게 맞추려고 했던 마음은 J에게도, 그 맞춤의 상대인 나에게도 원하는 방향이 아니었다. 다른 사람에게 기준을 맞춰야 할 것 같다는 마음이 J뿐만이 아니라 그 누구에게도 만족을 줄 수 없다면, 다른 방법을 찾아보는 게 좋을 것 같다. 스스로의 만족을 찾는 방향으로 말이다.

그리고 그 방향을 찾을 수 있는 사람은 오로지 J뿐이다. 협박과 회유 그 외에 온갖 수단을 동원해도 나를 포함한 그 누구도 J를 바꿀 수는 없다. 그래서 이 글을 쓰는 게 괜한 말을 하고 있나 싶기도 하다. 하지만 이 말은 꼭 하고 싶다. 너만이 유일하게 키를 잡고 있으니, 자신의 고민을 놓지 않았으면 좋겠다고.

처음이 주는 것

남다영

올 2월부터 투잡(?)을 뛰기 시작했다. 하나는 점심에는 식사를 내는 카페의 알바이고, 또 하나는 연구실의 유튜브 채널 강감찬TV*의 영상을 만드는 것이다. 카페 알바에서는 연어도 구워 보고, 티백 포장도 해보고, 밥도 저울에 딱 맞춰 보고…, 처음 해보는 일들투성이다. 적응하느라 정신이 쏙 빠지지만 초짜로서 새로운 걸 하나씩 알아 가는 재미가 있다. 강감찬TV는 6개월 만의 복귀(?)라, 새롭다기보다는 익숙한 맛이 크다. 두번째랍시고, 필요한 기술들은 이미 손이 기억하고 있는 듯하고, 영상 마감 기간에 대해서도 전보다 여유롭게 응할 수 있다. 하지만 익숙한 만큼 새로 보이는 게 하나 있는데 올해 연구실에 들어와 강감찬TV 활동을 시작하게 된 친구들의

* 감이당과 남산강학원에서 진행되는 강의들과 연구실의 생활, 낭송 등등을 영상으로 만들어 유튜브 채널에 올리고 있다.

모습이다.

처음 영상을 만지는 친구들을 보고 있노라면, '처음 시작하는 모습은 저렇구나'라는 생각에 눈이 자꾸 간다. 사소한 것 하나도 놓치지 않으려고 열심히 받아 적고, 아주 단순한 작업인데도 이 친구들의 눈에는 대단해 보이는지 '우와!' 하고 탄성을 자아낸다. 무엇보다 스스로 익힌 편집 기술이 영상에 적용되는 것 하나 하나를 신기해하고 무척 재밌어한다. 덩달아 같이하는 나에게도 그 기쁨이 전해져 하나라도 더 알려 주고 싶어진다. 물론 열심히 하는 것과 별개로 작업 속도는 생각보다 더디고 별것 아닌 것 같은 의외의 곳에서 헤매기도 많이 헤맨다. 친구들의 서투른 모습을 보면 안타깝기도 하면서, 알바 현장에서 같이 일하는 사람들한테도 내가 저렇게 보이겠구나 싶어 웃기기도 하고, 1년 반 전 영상 작업을 처음 접했을 때의 서툰 모습도 떠올라 헛웃음도 나온다. 뭐든 처음은 낯설고 어색하고 더디지만, 재밌는 것인가 보다.

이 시는 원래 턱 밑에 드문드문 난 짧은 수염을 처음 보고서 기뻐서 지은 것이라오. 그 뒤 6년이 지나 북한산에서 글을 읽는데 납창^{밀랍종이를 바른 창}의 아침 햇살에 거울을 마주하고 이리저리 돌아보니 두 귀 밑에 몇 올의 은실이 비치는 것이 아니겠소. 스스로 기쁨을 가누지 못하여 시의 재료를 더 얻었다 생각하고 아까워서 뽑아 버리지 않았지요. 지금 다시 5년이 지나니 앞에서 이른바 시의 재료라는 것은 어지러이 얼크러지고, 턱 밑에 드문드문 났던 것은 뻣세기가 생선의 아가미뼈 같으니,

연소한 시절의 철모르던 생각을 회상하면 저도 몰래 부끄러워 웃게 됩니다. 만약 진작에 이렇게 될 줄 알았다면 아무리 새 시 몇백 편을 얻는다 해도, 어찌 스스로 기뻐하면서 남이 알지 못할까 걱정했겠소.「성백에게 보냄 2」(與成伯·之二), 『연암집』(중), 434~435쪽

연암 나이 스물, 처음으로 수염이 났다. 내 남동생을 떠올려 보면 고등학교 들어갈 때쯤부터 면도를 했던 것 같은데 연암의 첫 수염은 남들보다 조금 늦게 났나 보다. 이 순간을 놓칠 수 없었던 건지 수염이 나고 나서는 시까지 적는다. "거울 속의 얼굴은 해가 따라 달라져도/ 철모르는 생각은 지난해 나 그대로."「설날 아침에 거울을 마주보며」(元朝對鏡), 『연암집』(중), 321쪽라며 수염이 자란 만큼 자신의 생각은 별로 달라진 게 없는 것 같다고 얼떨떨한 심정도 토로하긴 하지만 말이다. 그런데 그로부터 6년이 지난 스물여섯, 연암에게 처음으로 흰머리가(!) 났다. 연암은 첫 수염, 첫 흰머리를 발견하고는 시의 재료를 얻었다는 생각에 기쁨을 주체하지 못한다. 그에게는 새로운 몸의 변화 하나하나가 새로운 시작 같았나 보다.

그런데 이 기쁨과 얼떨떨함도 잠시, 그로부터 5년이 흐르자 수염도 흰머리도 무성해졌다. 이젠 새로운 변화라고 할 만한 것도 없고, 흰머리와 수염은 시의 소재라 할 만큼 특별해 보이지도, 감흥을 주지도 않게 되었다. 누구에게나 언젠가 찾아오는 자연스러운 변화들을 가지고 유난을 떨던 모습에 연암은 부끄러워 웃는다. 이젠 철이 조금 들어 버린 것이다.

처음은 그래서 의미가 있나 보다. 그렇게 특별해 보이고 낯설

었던 것들을 알아 가는 기쁨을 첫번째로 주고, 나중에 시간이 흐른 뒤에는 다시 자신을 되돌아보게끔 해주는 이야깃거리를 하나 선물해 주니 말이다. 그 이야기 속에는 처음이라 서툰 내가 있고, 긴장한 내가 있고, 전체를 보지 못해 허둥지둥하고 있는 내가 있고, 하나씩 알아 가느라 기뻐하는 내가 있다. 처음에는 미처 알지 못했던 모습들이 하나둘씩 떠오름에 따라 나는 그만큼 자라는 것이 아닐까.

새해 복 많이 지으세요!

남다영

하룻밤이 지나간 것뿐인데, '1월 1일'의 위력은 대단하다. 왠지 새롭게 시작하고 싶은 마음이 어디선가 솟아나니 말이다. 아마 "새해 복 많이 받으세요!"라는 덕담으로 참 많은 복을 받아서가 아닐까. 나는 지난 27년 동안 새해 복을 많이 받기는 한 것 같은데, 여태껏 '먹튀'한 느낌이 강하게 든다. 매년 새해에는 막연히 '좋은 일이 일어났으면 좋겠다'라고 바라기만 하고, 연말에는 이 새해 복 덕분에 '감사하다'라는 마음은 잘 나지 않으니 말이다. 아니, 오히려 먹튀는 커녕 굴러온 복도 받을 줄 몰랐던 게 아닐까. 그럼 새해 복을 잘 받는 건 어떤 것일까? 복에 대해 뭔지도 모르고 그저 많이 받기를 바라는 대신, '세상에서 온전한 복을 누린 사람'으로 반드시 꼽히는 이공(李公)을 길잡이 삼아 '복'의 의미를 다시 생각해 보려 한다.

이공은 선조의 부친 덕흥대원군의 사손(嗣孫), 이풍(李灃)이다. 이공의 직위는 왕실의 친족에게 세습되는 '종정'(宗正)이라, 태어날 때부터 부귀를 타고났다. 이공을 향한 임금의 총애는 점점 융성해지고, 이공에게는 "보통 사람들이 밤낮으로 악착스레 굴어도 하나 얻지 못한 것"들이 저절로 굴러온다. 그런데도 아무도 이공을 상대로 시기나 질투를 하지 않는다. 세상 사람들은 그런 그를 보며 저절로 누리게 되었다고 생각하지만, 연암은 그렇게 복을 누리는 데에는 방법이 있었다고 말한다. '구하는 것이 없는 마음'이 그것이다. 엥? 가진 자의 여유를 말하는 건가? 이 복은 타고난 것이 없으면 받을 수도 없는 것일까.

도랑이나 늪에서 물고기를 잡아먹는 새가 있는데 그 이름을 '도하'(淘河)라 한다. 부리로 진흙과 뻘을 쪼고, 부평과 마름을 더듬어 오직 물고기만을 찾아서 깃털과 발톱과 부리가 더러운 것을 뒤집어써도 부끄러워 아니하며, 허둥지둥 마치 잃은 것이 있는 것처럼 찾지만 하루 종일 고기 한 마리도 잡지 못한다. 반면 청장(靑莊)이라는 새는 맑고 깨끗한 연못에 서서 편안히 날개를 접고 자리를 옮겨 다니지 않는다. 그 모습은 게으른 듯하고 그 표정은 망연자실한 듯하며, 노래를 듣고 있는 듯 가만히 서 있고, 문을 지키고 있는 듯 꼼짝도 않고 있다. 그러다가 돌아다니던 물고기가 앞에 이르면 고개를 숙여 그것을 쪼아 잡곤 한다. 때문에 청장은 한가로우면서도 항상 배가 부르며, 도하는 고생하면서도 항상 배가 고프다. 「담연정기(澹然亭記)」 「연암집」 (상), 50~51쪽 연암은 이공을 보며 두 종류의 새를 떠올린다. 한 마리는 '구하고자 하는 마음'이 충만한 도하라는 새이다. 노력의 측면에서 보면, 도하는 목표를 위해 정말 열심히 노력하는 새다. 다만 그만큼의 성과가 없어 안타까움을 유발한다. 반면, 청장이라는 새는 별다른 노력도 하지 않는데, 그저 운이 좋은 것으로 보인다.

하지만 연암의 눈으로 보면 도하가 안타까운 이유가 달라진다. 도하는 물고기를 잡아야 한다는 욕심에 더러운 것을 뒤집어쓰는지도 모르고, 자기 몸 하나 돌보지 못하기 때문에 딱하다. 도하는 '노력한 만큼 물고기를 얻을 수 있다'(혹은 노력한 만큼 물고기를 얻어야 한다)라는 믿음 때문에 더 열심히 물고기를 찾고 있을 것이다. 하지만 허둥지둥하느라 다가올 물고기도 이미 저만치 멀리 떠나고 있는 실정이다. 물고기를 한 마리도 잡지 못한 도하의 노력 끝에는 '이렇게까지 열심히 했는데 왜 안 돼?'라는 원망과 불평과 욕심밖에 없을 것 같다. 혹은 물고기를 얻게 돼도, 더 구하지 않으면 놓치게 될 것이라는 생각에 불안하고 쉬지 못하지 않을까.

반면, 청장은 겉으로 보기엔 게으른 듯 혹은 망연자실한 듯 보이지만 자신 앞에 들어온 물고기를 절대 놓치지 않는 집중력을 가진 새이다. 또한 물고기는 고요한 물로 모여들기 마련이라는 이치를 읽고 기다릴 줄 아는 새이다. 그래서 깨끗한 연못에서 편안히 날개를 접고 있는 청장은 자기 앞에 주어진 것 이상을 가지기 위해 욕심을 부리며 쓸데없이 에너지를 쓰지 않는다. 덕분에 청장은 '구하는 것이 없는 마음'으로 많이 먹지 않아도 배부르다. 어쩌면 '구하는 것이 없는 마음'은 현재 내가 누리고 있는 것으로도 충분히 자신을 만족시킬 수 있도록 현재에 초집중한 상태가 아닐까. 지금 내가 얻을 수 있는 것 이상으로 욕심을 부리며 허덕이는 대신, 지금 이 순간 자체가 복이라고 느낄 수 있도록 스스로 조절할 수 있는 상태 말이다.

새해 첫날이었다. 오전부터 세미나가 있었고, 택견 수업도 있었고 여러 할 일들이 있었다. 새해 첫날을 이렇게 바쁘게 보내기도 처음이었다. 그런데 세미나를 하고 나서도, 택견을 하고 나서도 꼭 한 명씩은 새해 첫날부터 공부 혹은 택견을 하게 되다니 참 복도 많다고 뿌듯해했다.

새해 첫날이니까, 쉬어야 한다고 혹은 어딘가로 놀러가야 한다고 생각했다면 얼토당토않을 일이었다. 혹은 세미나를 하면서 멍하니 집중을 못하거나 택견을 하면서 힘들다고만 생각했다면 새해 첫날 하루는 복은커녕 재앙이었을 게 분명하다. 불만족스러운 마음을 채워 달라는 배고픔에 계속 시달렸을 것이기 때문이다.

그렇다면 올해는 '좋은 일이 많이 일어났으면 좋겠다'라고 다른 좋은 것을 구하는 마음 대신 지금 이 순간을 어떻게 복으로 만들 수 있는지 고민해 봤으면 좋겠다. 복은 그냥 굴러들어 오는 것이 아니라 내가 만드는 것이기 때문이다. 복으로 만들 수 있는 순간들이 많아질수록, 나는 새해 복을 온전히 누렸다 말할 수 있다. 모두들 새해 복 많이 짓고 누리시길!

4부

우리, 공부하는 공동체(2)

: 연암에게 배우는 공부

의미 없는 세상에서 가치 없는 삶을 살기

이윤하

동양철학을 공부하기 시작하면서 지난해부터 우리는 문리스문성환 샘의 강독을 따라 『전습록』(傳習錄)을 야금야금 읽어 왔다. 『전습록』은 양명(陽明)의 제자들이 스승과의 강학, 문답을 기록한 책이다. 양명은 명나라의 유학자인데 당시 정통 유학이었던 주자학을 가로지르고 새로운 길을 내 버려서 후대에 '양명학'이라는 고유명을 얻었다.

양명은 모든 것을 지금 내 '마음'에서 출발시킨다. 내 마음이 움직인 것이 내 행위이자 곧 나이고, 내 마음이 가 닿은 곳에 만물이 있다고 말한다. 그러니 마음 '바깥'에는 사물이 없다. 내 마음이 가 닿는 것들이 내 우주가 되고, 내가 세상을 어떻게 보느냐에 내 세상이 달려 있다. 예를 들어 오늘이 비가 오는 날이라고 해도 내가 화창한 날과 비 오는 날을 분별하지 않는다면, 오늘은 굳이 '비 오는 날'이 아니다. 또, 어떤 친구가 나빠 보인다면 그건 내가 그 친구를 나쁘게 해석하겠다고 마음먹었기 때문이다.

일 년 가까이 들어 온 이 말이 갑자기 올해 초 있었던『전습록』 강독 시간에 평소와 달리 묘하게 들려 왔다. 온 우주가 내가 보는 것에, 내 마음에 달려 있다니. 이게 내가 만든 세상이라면, 내가 눈을 감으면 아무것도 아니게 되는 것이 아닌가? 이 우주가 결국 '나'에게 달려 있고 아무것도 정해진 게 없다면, 이 삶, 이 우주, 너무 고독하고 허무한 게 아닌가?

연암의 「관재기」(觀齋記)에도 나와 비슷한 생각을 하는 동자승이 나온다. 연암이 스물아홉에 벗들과 금강산 유람을 떠났을 때였다. 산속의 한 절에 들어갔다가 연암은 한 동자승과 치준대사가 나누는 대화를 듣게 된다. 먼저 동자승이 향을 피우다가 흔들리며 사라지는 연기를 보고 문득 깨달았다는 듯 시를 지어 읊었다. '공덕은 이미 가득 찼는데, 이리저리 변하다가 바람으로 돌아가니, 내가 부처를 이루는 것도, 한 알 향이 무지개를 일으키는 것이지.' 연기처럼 나도 바람으로 돌아가고, 내 깨달음도 무지개처럼 피어올랐다 사라지겠구나.

그럴듯한 깨달음인 것 같은데, 스승이 듣기엔 아니었는지 치준대사는 이렇게 답한다. '제자야, 너는 그 향의 냄새를 맡지만, 나는 그 재를 본다. 너는 그 연기에 기뻐하지만, 나는 그 공(空)을 본다. 너는 그 재를 한 번 맡아 보아라, 다시 무슨 냄새가 맡아지는지? 그 공(空)을 보아라, 다시 무엇이 있는지?'

이 말을 들은 동자승은 눈물을 줄줄 흘린다. 재에서 무슨 냄새가 나겠으며, 비어 있는데 무엇이 있겠나? 우리는 한 알 향에서 나는 냄새를 맡고, 바람 속으로 사라지는 연기를 보지만, 애초에 이 세상은 아무 냄새 나지 않는 재와 같다는 것이다. 공하다. 내가 짓지 않으면 이 세상은 존재하지 않으며, 동시에 나도 존재하지 않으니 따로 어떤 실체가 없다는 말이다. 동자승은 울며 말한다. "제가 '공'이고, 모든 것이 '공'이면, 제 법명도 제가 지키는 오계도 아무것도 아닌 겁니까?"

"너는 공순히 받아서 고이 보내라. 내가 60년 동안 세상을 보았는데 어떠한 사물이든 머물러 있는 것이 없이 모두가 도도하게 흘러간다. 세월이 흐르고 흘러 그 바퀴를 멈추지 않으니, 내일의 해는 오늘의 해가 아니다. (……) 너는 마음속에 머물러 두지 말고 기운이 막힘이 없도록 하라. 명(命)에 순응하여 명(命)으로써 나를 보고, 이(理)에 따라 돌려보내어서 이(理)로써 사물을 보면, 흐르는 물이 손가락으로 가리켜 보이는 곳에 있을 것이요 흰 구름이 일어날 것이다." 「관재기」, 『연암집』(하), 96쪽

이 말을 듣고 연암은 정신이 아득한 기분이었다고 쓴다. 모든 것이 공이니까 모든 게 아무것도 아니고, 그러니 이렇게 살아도 괜찮고, 저렇게 살아도 괜찮고, 법명과 오계도 필요 없다는 게 아니다. 공의 세계에서 공으로 산다는 것은 오는 것은 '공순히 받고', 가는 것은 '고이 보내는' 하나의 흐름으로 사는 것이다. 나의 좁은 시선이 아니라 명(命)운명, 천명의 차원에서 나를 보고, 이치에 따라 세상을 보는 것이다.

얼마 전, 티베트 불교와 현대 물리학을 연결시켜 다루고 있는 다큐멘터리 〈환생과 빅뱅〉을 봤다. 현대 물리학에서 하려는 일(빅뱅을 재현한다든지)도 참 놀랍지만, 스승을 따라 수행하기 위해서 한 티베트 고원 지역(야칭스)에 사람들이 가득 모여 사는 장면도 놀라웠다. 그곳엔 아주 앳되어 보이는 얼굴도, 주름진 얼굴도 있었다. 그들은 새벽 4시 반에 일어나서 수행하고, 밥 먹고, 법문 듣고, 복습하는 단순한 일상을, 이 사원에 들어온 날부터 '죽을 때까지' 보낸다.

열세 살에 출가해서 이제 열세 살쯤 되어 보이는 아이들을 가르치고 있는 한 라마는 인터뷰에서, 수행을 잘하면 고통받는 모든 중생에게 자비의 마음을 갖게 될 것이라 말한다. 이들의 수행은 오직 자비의 마음을 갖기 위한 수행이다. 모든 중생이 수많은 윤회 속에서 나의 어머니였던 적이 있었고, 결국은 모든 중생이 나의 어머니라는 것을 알기 위해 수행한다. 명상하고, 절하고, 법문을 외운다.

밥을 먹으면서도 내가 먹을 수 있는 것은 누군가 씨를 뿌렸고, 누군가 거두었기 때문이라는 것을 생각한다. 내가 다른 이들의 도움으로 살아 있음을 아는 것이다. 이들의 죽음도 그런 삶의 연장선이다. 수행자의 숨이 멎으면, 한 스님이 죽은 이의 몸을 독수리가 먹기 좋게 잘라 두고, 독수리들은 조장터로 찾아와 그것을 먹는다. 죽은 이는 자신의 몸을 독수리에게 보시하고 떠나는 것이다.

이런 큰 흐름 속에 있는 삶 앞에서, '이래도 저래도 좋다면, 이 삶은 너무 허무한 게 아닌가?' 하는 나의 질문은 너무나 무색해졌다. 거기엔 내 삶에 어떤 '의미'가 있어야만 살겠다는 강력한 전제가 있었다. 그것은 '내' 삶이 의미가 있어야 한다는 욕심이었다.

우리는 '공'하지 않은, 의미와 가치가 실재하는 세계를 살고 싶어한다. 그것들을 찾아서 그대로 살면 '의미 있고', '가치 있는' 삶을 살 수 있다고 생각한다. 그런데 꼭 그래야만 하나? 「관재기」에서 말하는 '공'의 세계는 우리를 그런 삶으로부터 해방시켜 준다. 여기 아무 의미도, 가치도 없는, 하나의 생으로서 다른 수많은 생들과 뒤섞여 흘러가는 '생'만 있다, 라고. 그러니 이렇게 존재하는 세상을 관(觀)하고, 이 흐름을 막지 않으려면 어떻게 해야 하는지 공부하고 공부할 따름이다.

까마귀는 까만색일까?

이윤하

연구실에서 이런저런 세미나를 하다 보면, 이런저런 사람들을 만나게 된다. 연구실에서 같이 생활하는 사람들도 참 다 다르긴 하지만, 홈페이지의 세미나 공지를 보고 처음 연구실을 찾아오는 사람들은 더 그렇다. 사람들 안에 있는 색다른 욕망이 보이기도 하고, 또 다른 생존 방법을 알게 되기도 하고, 하여튼 참 다양해서 신기하다.

작년에 청년들끼리 고전을 읽는 10주짜리 세미나를 모집했을 때 만난 청년도 그랬다. 이때 나는 정말 '타자'들과 공부하는 기분이었다. 세미나에서 읽는 책이 재미없고(지금은 재미없을 수도 있다고 생각하지만 그때는 참 이해가 안 됐다) 왜 읽는지 모르겠다고 하는 친구도 있었다. 그 친구는 이런 책 말고 자기를 발전시켜 주는 자기계발서가 좋다고 했다. 세미나를 할 때에는 책의 내용보다 다른 친구들의 개인 사정 같은 것을 더 궁금해했다.

세미나를 진행해야 하는 나로서는 이 친구가 참 난감했다. 새로 온 사람이 많아서 세미나는 안 그래도 어수선한 분위기였고, 나도 그렇게 새로운 사람이 많은 세미나를 진행하는 건 거의 처음이었다. 그런 난감한 상황 속에서 나는 그 친구가 '공부를 안 하고 싶어한다'고 더욱 확신했다. 그렇게 세미나가 끝나자 내겐 별로 좋지 않은 감정만 남았다. 그 후 글을 쓰면서 연암이 조카 종선의 시집에 써 준 서문, 「능양시집서」(菱洋詩集序)를 읽게 됐다.

종선은 한 가지 문체에 얽매이지 않고 시를 썼다. 연암에 따르면 그의 시에서는 성당(盛唐)의 문체가 보였다가 한위(漢魏)의 문체가 보이고, 그러다가 불쑥 송명(宋明)의 문체가 보인다고 한다. 이랬다저랬다 하면서, 동시에 모든 문체에서 벗어나고 있는 신선한 문체! 연암 생각에 순수한 고문체를 중시하는 당대 사람들이 이를 보면 '괴이하다'고 생각할 것이 뻔했나 보다. 서문 첫 문장에서부터 달관한 자의 눈에는 괴이한 것이 없다고 한 방을 훅 던진다. 아, 내 눈에도 그 친구가 '괴이'하다면 괴이해 보였던 것 같은데.

우리는 어떨 때 '괴이하다'고 말할까? 연암이 보기엔 '괴이한' 사물이란 없다. 달관하지 못한 속인들의 눈에나 괴이한 것이 보인다. 이를테면 속인들은 하얀 해오라기를 기준으로 까마귀를 검다고 비웃고, 오리 다리를 기준으로 학의 다리가 위태롭다고 생각한다. 까마귀와 학이 들으면 오히려 비웃겠다.

내가 그 친구를 바라보던 시선도 이렇게 좁고 우스운 것이었을 테다. '공부를 한다면 자기계발서는 좋아할 수 없는 게 아닌가?'(미안하다)와 같은. 그것은 오직 나를 기준으로 한 생각이었다. 그 친구에게 '발전'이 무엇인지, 자기계발서가 왜 중요한지를 나는 정말 알고 싶었던가? 아니, 그냥 '틀렸다'고만 생각했다.

까마귀가 과연 검기는 하지만, 누가 다시 이른바 푸른빛과 붉은빛이 그 검은 빛깔(色) 안에 들어 있는 빛(光)인 줄 알겠는가. 검은 것을 일러 '어둡다' 하는 것은 비단 까마귀만 알지 못하는 것이 아니라 검은 빛깔이 무엇인지조차도 모르는 것이다. 왜냐하면 물은 검기 때문에 능히 비출 수가 있고, 옻칠은 검기 때문에 능히 거울이 될 수 있기 때문이다. 그러므로 빛깔이 있는 것치고 빛이 있지 않은 것이 없고, 형체(形)가 있는 것치고 맵시(態)가 있지 않은 것이 없다.「능양시집서」,『연암집』(하), 62쪽

연암은 여기서 한 발 더 나아가 흥미로운 까마귀론을 전개한다. 우리가 '까마귀는 검다', '그 친구는 공부를 안 한다'라고 생각하는 것 자체, 한 사물에 대해 고정적으로 생각하는 것 자체에 대해 되묻는다. 까마귀는 정말 검은 새일까? 연암은 까마귀에게서 흰빛도 보았고, 녹색빛도 보았다고 한다. 해가 비치면 자줏빛, 비췻빛도 어른거리지 않더냐고 한다. 그렇다면 까마귀는 붉기도 푸르기도 하다. 그런데 왜 우리는 한 번도 까마귀에게서 검은색이 아닌 색을 본 적이 없었을까?

제대로 보기도 전에 이미 마음으로 '까마귀는 검다'고 정했기 때문이다. 검은색이 아닌 다른 빛(光)은 봐 줄 마음이 없었던 것이다. 검은색에 대해서도 마찬가지다. 검은색은 어둡다고 마음으로 정했기에, 물이 검어 다른 것들을 비출 수 있고, 옻칠이 검어 거울이

될 수 있다는 것은 알지 못한다.

연암이 말하는 사물들의 실상은 어떤가? 한 가지 빛깔(色) 안에 수십 가지 빛(光)이 있고, 한 가지 형체(形)가 수백 가지 모습(態)으로 변주된다. 달관한 자들은 한 가지 빛깔에서 수십 가지 빛을 보고, 하나의 형체에서 수백 가지 맵시(態)를 본다. 그런데 달관하지 못한 우리 속인들은 하나의 사물에 하나의 빛깔을 고정시키려 한다. 그러면서 '다 안다'고 생각한다. 그 빛깔도 자기 기준에서 비롯된 것인 줄 모른다.

자기계발서를 좋아했던 친구를 포함해서 10주의 세미나에서 처음 만난 친구들은 다음해에 열린 더 강도 높은 프로그램을 신청해 연구실에서 공부하고 있다. 분명 세미나를 할 때엔 그런 분위기가 아니었는데… 영문을 잘 모르겠다. 다만 역시 연암의 말이 맞구나(내가 보지 못하는 게 많구나, 내가 옳다고 생각할수록 안 보이는구나, 안다고 생각하는 건 오만한 거구나)라고 생각했다.

특히 자기계발서를 좋아했던 친구는 연구실에 들어와서 열심히 공부하고 있다. (처음에는 못 믿었는데) 그 친구는 자기계발서에서 배울 점을 찾을 정도로 진지하고, 배우려고 하는 친구였다. 그 진지함을 보고 있자면 이런 기운으로 공부할 수 있구나 싶기도 하다. 물론 이것도 내가 보는 그 친구의 한 '맵시'일 것이다.

우리는 무엇에 대해 확정적인 것으로 생각할 수 있나? 아무것도. 이 세상은 '천만 가지' 존재들과 그들의 수만 가지 빛, 맵시로 그득하고, 『능양시집』처럼 온갖 문체로 쓰인 시와 같다. 늘 내가 보는 것이 다가 아니라는 것을 염두에 두고, 눈과 마음을 열어 놓고 있어

야 한다. 그럴 때 우리는 덜 오만해지고, 더 많은 것들과 함께할 수
있다.

이보다 더 사랑할 수는 없다, 나를!

이윤하

연구실에 탁구 열풍이 한창인 때가 있었다. 운동을 안 좋아하는 나도 덩달아 탁구를 배웠다. 연구실에서 친구들과 탁구를 치다 보면 재밌는 건, 똑같은 선생님한테 똑같은 자세를 배워도 각자 참 자기스러운(?) 자세로 친다는 것이다. 우리에게 탁구를 가르쳐 주는 형은 그 중 나의 탁구 스타일을 보고는 '레이지'(lazy) 탁구라는 이름을 붙여 줬다. 나의 신체가 최소한의 움직임으로 공을 넘기고 있었기 때문이다.

사실 이 '게으른' 행태는 탁구를 칠 때뿐 아니라 여러 곳에서 일어나고 있었다. 최소한의 움직임으로 대사를 유지하는 것부터(운동 안 함), 애인와 싸울 때 감정적 마찰을 최소한으로 줄이는 습관(뭐가 됐든 일단 싸움을 빨리 종식시키고자 함), 친구의 이야기를 들을 때 저항감을 느끼지 않는 습관, 연구실에서 활동을 하면서 느꼈던 것들이 잘 기억이 안 나고(뭔가 느껴지면 넘겨 버림), 불편한 감정은 없던 것처럼 생각하며, 불편한 말은 잘 안 하고… 등등.

그런 일들을 돌아보며 '그래서 내가 뭘 하고 싶었던 거지?'를 생각해 보면, 공부를 헛했나 싶을 정도로 내 안은 텅 비어 있는 느낌이다. 나는 그저 갈등이 싫고, 힘쓰기가 싫고, 편하게 살고 싶었던 거다(편하다는 단어를 이렇게 모독해도 되나 싶다). 그밖엔… 뭐가 크게 없다! 사유도, 철학도, 심지어 욕망도…(거의).

이런 사람이 필연적으로 다다르는 질문 아닌 질문이 하나 있는데, 바로 '왜 사나?'다. '편함'에 대한 욕망을 극단으로 밀어붙이다 보면, 논리적으로는 죽는 게 가장 편하기 때문이다(그래서 학생 때 '귀찮다'를 입에 달고 살던 나에게 엄마는 그렇게 귀찮으면 관 짜 줄 테니 들어가라고 하셨다).

전(傳)『맹자』에 이르기를, "사람은 제 몸을 골고루 사랑하니, 제 몸을 기르는 것도 골고루 하려 한다. 그러나 몸의 작은 부분으로써 큰 부분을 해치지 말고 천한 부분으로써 귀한 부분을 해치지 말라" 하였다. 그러므로 왕응의 아내는 도끼를 가져다가 자신의 팔목을 끊어서 그 몸을 깨끗이 하였던 것이다. 팔목이 이미 부모에게서 받은 것이라면, 그 대소와 귀천이 어찌 한 점의 살이나 한 올의 머리털에 비할 바이랴. 그런데도 장차 자기 몸에 오물이 묻을 듯이 여겨, 이를 악물고 잘라 내어 조금도 연연해하는 마음을 갖지 않은 것은 무엇 때문인가? 그 팔목을 사랑하기 때문이다.

'나'를 사랑하기를 왕씨의 아내같이 한다면 이는 사랑할 바를

안다고 할 것이다.「애오려기」(愛吾廬記), 『연암집』(하), 105쪽

이 글은 연암이 집 이름을 '애오려'(愛吾廬)나를 사랑하는 집라고 지은 선비에게 써 준 글이다. '나를 사랑한다'는 게 뭘까? 연암은 그 대답으로 왕씨의 아내 이야기를 한다. 그녀는 타지에서 죽은 남편의 유해를 가지고 집으로 돌아오던 길, 자기 스스로 팔목을 잘라 냈다. 여관에 들러 묵으려는데 여관 주인이 수상하게 여기고는 그녀의 팔목을 잡아 쫓아냈기 때문이다.

나같이 '편하게' 살려는 사람에게 이 이야기는 상당히 충격적이면서도 벅차다. 대체 어떤 힘이 연연하지도 않고 스스로 팔목을 끊게 하는가. 연암은 그것이 자기를 사랑하는 힘이라고, 왕씨 아내야말로 '사랑할 바'를 아는 사람이라고 말한다.

요즘은 여느 때보다 자기애가 강조되는 시대다. 그렇지만 많은 문제들(연애 문제, 친구 문제, 진로 문제, 업무 문제 등등)에 대한 답으로 '스스로를 사랑하라'는 말 한 마디를 던져 주는 것이, '너는 지금 그대로 괜찮아'라는 위로에 지나지 않는 것 같기도 하고, 그리 명쾌하게 느껴지지도 않았다. 내가 나를 사랑하는 걸로 정말 충분하다는 건가? 그렇다면 애초에, 어떻게 해야 사랑할 수 있다는 건가? 나를 사랑하자는 말은 그냥 정신승리가 아닌가? 웃기게도, 혹은 당연하게도, 이 시대에는 여느 때보다 자기혐오 역시 만연하다.

자기애와 자기혐오를 빙글빙글 돌고 있는 우리에게 연암은 작은 출구를 하나 뚫어 준다. 그가 말하는 '스스로를 사랑하는 것'은 흔히 생각하는 '자기애'처럼 '나'를 잘 지키고 아껴 주는 게 아니다

(팔목을 자르는 상당히 과격한 장면만 보아도 알 수 있겠지만). 또 그것의 반작용처럼, '어차피 나는 아무것도 아니지' 하면서 시니컬하게 나를 내버리자는 것도 아니다. 연암은 맹자의 말을 인용하여, '몸의 작고 천한 부분'으로 '몸의 크고 귀한 부분'을 해치지 않는 '애오'(愛吾)를 이야기한다.

그렇다면 무엇이 '몸의 크고 귀한 부분'일까? 『맹자』를 좀 더 읽어 보면, 사람들이 먹을 것을 밝히는 자들을 천하다고 여기는 이유가 그네들이 작은 것을 기름으로써 큰 것을 잃기 때문이라는 말이 나온다. 이제 짐작이 좀 간다. 물론 팔목도, 먹는 것도 중요하다. 그렇지만 '일신의 평안', 조금 더 배부르고, 조금 더 편안하려고 치사하고 비겁해지는 이 순간이 문제다. 그래, 이때 우리는 무엇을 잃고 있을까, 그럴 때 우리가 우리 자신을 혐오하게 되는 건 어쩌면 자연스러운 일이 아닐까.

내가 '게으르지만' 아주 애써서 사수하고 있는 편안함은 생각할수록 '몸의 작고 천한 부분'을 기르는 일이다. 그런 일들이 이어지다 보면 일상은 떳떳하지 않은 것들('겨우 나 편하자고 이랬다고?' 싶은 일들)의 연속이 되고, 관을 짜서 누워 있는 것과 다를 바 없는 나날이 된다. 그보다 못하다면 못하고. 나는 떳떳함을 잃고, '잘' 살고자 하는 본성을 잃고, '살아 있음'을 잃고 있다.

'몸의 크고 귀한 부분'을 길러야 한다는 건 도덕이 아니다. 우리는 그것이 필요하다. 그것을 기르면서 살 때 살맛이 나기 때문이다. 그렇게 사는 것 자체가 우리 자신을 사랑하는 일이고, 그럴 때에야 우리는 우리 자신을 사랑할 수 있게 된다. 연암과 맹자는 우리가 그런 고귀한 존재라고 말한다.

　　나는 오늘도 또, 어딘가에서 사심을 일으켰고, 삐끗했다. 그래서 계속 공부하게 된다. 공부를 할수록 연연하지 말고 잘라 내야 할 것들이 보이고, 내 안에는 '이렇게' 살고 싶다는 생각-확신들이 생긴다. 잘라 낼 것을 기꺼이 잘라 낼 때, 우리는 기뻐지고, 살 만해지는 것이다. 이보다 나를 사랑하는 일이 있을 수 있을까?

지도는 내 안에 있다

이윤하

연암은 출세의 관점에서 보자면 재야의 선비였지만 문장으로는 유명인사였다. 정조가 연암의 문장을 알아보고 글을 쓰게 했을 정도였으니까. 그런 연암에게 글 피드백을 부탁했다가 큰 원수를 지고 만 이가 있다. 이름은 유한준(兪漢雋), 호는 창애(蒼厓)라는 이다. 그도 역시 한 문장 하여, '앞으로 백 년 동안은 이 정도 작품이 나오지 않을 것'이라는 말까지 들었다. 하지만 유감스럽게도 창애의 글은 연암 앞에 가자 탈탈 털렸다. 이 일로 창애는 친구였던 연암의 피드백을 수용하지 못하고 분기탱천하여 결국엔 연암의 '징한' 원수로 역사에 이름을 남긴다.

    연암이 창애의 글을 마냥 칭찬하지 않았던 것은 그가 '있는 그대로' 쓰지 못하고 글에 너무 힘을 줬기 때문이다. 창애도 다른 '의고문주의자'들처럼 우리나라의 지명, 관직명을 중국의 것으로 바꿔서 썼다. 예를 들면 조선 선비들은 문장의 격이 떨어진다며 한양을 이야기할 때 '한양'이라는 말 대신 '장안'이라고 썼다(장안은 현재의 시안[西安; xian], 한족 나라의 오랜 수도다). 연암은 이렇게 하면 '명칭'과 '실상'이 따로 놀아 표현이 비루해진다고 말한다.

전거로 삼는 고사도 연암이 보기엔 적절하지가 못했다. 창애가 사마천, 반고로 대표되는 진한의 아름다운 '문장'을 따라 하기에만 힘썼지, 경전 공부는 열심히 안 한 탓이다. 하루는 이런 창애에게 연암이 편지로 한 소경의 이야기를 해준다.

앞을 보지 못한 지 20년이나 된 소경이 어느 날 아침, 집 밖에 나왔다가 갑자기 길 한가운데에서 눈이 뜨였다. 소경이 기뻐하며 집으로 돌아가려는데 길을 찾을 수 없었다. 갈림길은 너무 많고 대문들은 다 비슷하게 생겨서, 눈은 떴지만 아무것도 구분할 수 없었던 것이다. 화담 서경덕이 길을 못 찾아 울고 있는 소경에게 말했다. '도로 눈을 감고 가시오.' 그리고 그 말을 들은 소경이 다시 눈을 감으니 집을 잘 찾게 됐다는 것이 결론이다.

도로 눈을 감고 가시오, 이 문장을 처음 읽었을 때 나는 도끼를 맞은 것 같다가도 한편으로는 빗맞은 것 같은 모호한 기분이었다. 다시 눈을 감으라고 말하는 그들의 지혜에 놀라면서도, 장님한테 그냥 장님으로 살라는 건가? 눈을 안 뜨는 게 낫다는 건가? 그럼 생긴 대로 살라는 말인가? 하는 의문들이 따라붙었기 때문이다.

본분으로 돌아가 이를 지키는 것이 어찌 문장에 관한 일뿐이리오. 일체 오만 가지 것이 모두 다 그러하다오. (……) 눈 뜬 소경이 길을 잃은 것은 다름이 아니라 색상(色相)이 뒤바뀌고(順

倒) 희비의 감정이 작용했기 때문입니다. 이것을 바로 망상(妄想)이라 하는 거지요. 지팡이로 더듬고 발길 가는 대로 걸어가는 것이 바로 우리들이 분수를 지키는 전제(詮諦)도리요, 제집으로 돌아가는 증인(證印)요체/증득한 것을 인정함이 되는 것이오.「창애에게 답함 2」(答蒼厓·之二), 『연암집』(중), 377~378쪽

연암은 문장의 길을 잃은 유한준에게, 도로 눈을 감고 가시라──이야기하고 싶었던 게다. 본분으로 돌아가라! 눈을 뜨면 오히려 번뇌가 생기고, 희비의 감정이 사물을 분별할 수 없게 만든다. 눈을 감고, 지팡이로 더듬으며, 발길이 가는 대로 따라 걸으면 집을 찾을 수 있다. 그렇다. 연암은 제발 생긴 대로 쓰고, 생긴 대로 살라고 하는 것이다. 귀로 듣고, 손으로 만지고, 코로 맡던 소경이 자신의 방식을 버리고 눈으로 보려 하면 길을 잃기 때문이다. 쉬운 말로 하자면 '할 수 있는 만큼 해라!'.

역시나 할 수 있는 만큼'만' 해도 되나? 하는 질문이 생긴다. 하지만 우린 우리가 할 수 있는 만큼만 할 수 있다. 말 그대로 그보다 더 할 수는 없다! 그럼에도 우리는 자꾸 눈을 뜨고 싶어한다. 남들처럼 하고 싶고, 남들만큼 살고 싶다. 왜 좋은지는 모르겠지만, 하여튼 좋아 보이니 그렇게 하고 싶다. 창애도 자기가 짓는 문장보다 고문들을 베껴 쓰는 게 더 좋아 보인다고 생각했을 것이다.

사실 나도 이 글들을 쓰면서 여러 번 사기가 꺾였다. 연구실 선생님들께서 쓰신 글들을 MVQ에서 읽다가 그 멋진 사유와 스케일에 '내가 뭘 쓰고 있는 거지…' 하는 생각이 들어 버렸기 때문이다.

나도 내가 할 수 있는 것보다 더 잘하길 바란 것이다. 하지만 '잘 쓰려는'(물론 그렇게 될 리가 없는데) 마음이 생기자마자 집을 못 찾는 소경처럼 아무 말도 쓸 수 없게 되었다.

자기가 본 것, 느낀 것을 쓰지 않는 글은 아무 길도 내지 못한다. 다시 눈을 감는 수밖에! 글을 쓰며 나를 돌아보고, 내 생각을 평소보다 반 발짝이라도 더 내보내는 것만이 어쩔 수 없지만 내가 할 수 있는 것이다.

글쓰기뿐 아니라, "일체 오만 가지 것" 앞에서 눈을 감아야 한다. 바깥으로 눈을 뜨고, 비교하는 마음을 내기보다는 눈을 감고 내가 할 수 있는 것, 내가 욕망하는 것을 봐야 한다. 그것은 흔히 생각하듯 '안주'하는 게 아니다. 그럴 때 어디로, 어떻게 나아가야 할지도 알 수 있다. 아, 지도는 바깥이 아니라 내 안에 있는 것이다.

읽기, 만물의 빛을 만나는 일

이윤하

연암이 열하 사신단을 따라 청나라에 갔을 때였다. 연암은 그곳에서 처음으로 공작 세 마리를 본다. 그것은 푸른 물총새도 아니고, 붉은 봉황새도 아니고, 학보다는 작고 해오라기보다는 컸다. 몸은 불이 타오르는 듯한 황금색이었고, 꽁지깃 하나하나마다 남색 테가 둘려 있는 석록색, 수벽색(水碧色)의 겹눈동자가 황금빛과 자주색으로 번져 아롱거리고 있었다. 움직일 때마다 푸른빛이 번득였다가 불꽃이 타오르다가 하는 것이, 문채(광채)의 극치가 이보다 더한 것은 본 적이 없는 듯했다. 이어서 연암은 (역시 연암답게) 이 빛나는 공작들을 보면서 '글'에 대해 생각한다.

> 무릇 색깔(色)이 빛(光)을 낳고, 빛이 빛깔(輝)을 낳으며, 빛깔이 찬란함(耀)을 낳고, 찬란한 후에 환히 비치게(照) 되니, 환히 비친다는 것은 빛과 빛깔이 색깔에서 떠올라 눈에 넘실거리는

것이다. 그러므로 글을 지으면서 종이와 먹을 떠나지 못한다면 아언(雅言)이 아니고, 색깔을 논하면서 마음과 눈으로 미리 정한다면 정견(正見)이 아니다. 「공작관기」(孔雀館記), 『연암집』(상), 84~85쪽

만물에는 제각각의 색깔이 있다. 이 색깔은 빛을 내고, 그 빛은 주위로 번지는 빛깔을 내고, 또 찬란하며, 마침내 우리 눈에 환하게 넘실거리며 비쳐 온다. 이런 만물과 만나서 쓰이는 글이 어떻게 종이와 먹, 흰색과 검은색을 떠나지 못하는 것이겠는가? 흰 것은 종이고, 검은 것은 글씨일 뿐이라면 그것은 바른 말이 아니다. 또, 사물을 볼 때 미리 어떤 면을 보고자 한다면 그 빛을 분명 바르게 보지 못하게 될 것이다.

공작의 빛깔은 넘실거리며 연암에게 닿았고, 연암은 그것을 있는 그대로 쓰려 애썼다. 자개 같기도, 무지개 같기도 한 그 빛깔은 연암의 글 속에 적혀 들어갔다. 이후 연암은 북경 선비들과 술을 마시며 그들의 글을 평할 때 공작을 예로 들어 준다. 글이란 공작과 같은 것이어야 한다! 그보다 문채(문장의 멋)의 극치가 더한 것은 없다!

문득 연암이 청나라를 다니며 쓴 '세계 최고의 여행기', 『열하일기』(熱河日記)의 몇 대목이 떠올랐다. 『열하일기』는 온갖 내용을 담고 있지만(필담부터 관찰 기록, 만난 사람 목록까지) 유독 내 눈에 거슬렸던 것은 연암이 청나라의 벽돌과 온돌, 수레 등에 대해 아주 자세히 설명하는 대목들이었다. 그것들이 어떻게 만들어지는지, 어떻게 사용되고, 어떤 점이 좋은지…. 나중에 조선에 가서 써먹으려는

것이겠거니 생각해 보았지만, 그 촘촘하고 세밀한 묘사에 대한 열정을 이해하지는 못했다.

이제 보니 연암의 눈에는 청나라의 벽돌, 온돌, 수레, 수차들이 마치 공작처럼 환하게 빛나 보였던 것이었다. 그 사물들이 넘실거리면서 연암에게 생생하고 세밀한 기록을 촉발시켰던 것이다.

그렇다면 왜 연암에게만 그런 것들이 빛나 보이는가? (이 글을 쓰면서도 또 한 번 놀랐다. 공작이 어떻게 생겼던가, 사진을 찾아보다가 '어떻게 저 새를 보고 그런 글을 쓸 수 있었던 거지?' 하는 생각이 들었던 것이다.) 「공작관기」에 연암의 처남이자 지기인 이재성이 달았던 평은 그 질문에 대한 촌철살인이 될 수 있다. '눈이 달라서가 아니라 심령(心靈)이 트이고 막힘이 다른 것이다.'

만물은 제각기 시시때때로 색깔과 빛깔을 내며 찬란하게 빛나고 있다. 다만 우리의 마음-눈이 막혀 장님처럼 그것을 보지 못할 뿐! 그것은 마치, 내게는 읽히지 않는 책이 다른 이의 눈에는 반짝반짝 빛나는 것과 같다. 연구실에서는 같은 책을 읽고 이야기를 나누는 세미나를 많이 하는데, 내겐 그 책이 참… 종이와 먹으로밖에 안 보이는 날(비유가 아니다), 누군가는 그 책에서 빛을 길어 내는 때가 있다. 특히 선생님들께서 세미나나 강의에서 책을 읽어 내시는 것을 듣다 보면 책에서 광채가 느껴진다.

내겐 여전히 종이와 먹으로 보이는 책이 많다. 요샌 카프카와 맹자의 글들을 좀 더 잘 읽어 보려고 애쓰는 중이다. 내가 열리는 만큼 다른 것들을 읽을 수 있고, 그것들에서 넘실거리는 빛을 만날수 있다. 또 읽으려고, 만나려고 하는 만큼 막힌 마음이 뚫리는 것이기도 하다. 앞으로 더 많은 책들(과 사람들) 앞에서 심령이 트여 그 빛을 볼 수 있기를 바란다. 그 찬란함 앞에서 눈을 닫고 있기란 좀 많이 아쉬우니까.

영원한 건, 절대 없어!

이윤하

옛날옛날에, 장석(匠石)돌 다듬는 장인과 기궐씨(剞劂氏)돌에 글씨를 새기는 사람가 길에서 말다툼하던 이야기를 해보겠다. 장석은 돌이 천하의 물건 중에 가장 단단하다, 묘지로 가는 길에 돌로 만든 거북이와 새 머리를 세워 '영원히' 없어지지 않도록 하는 것이 바로 나의 공이다, 라 한다. 이에 맞서 기궐씨는 새긴 글자보다 오래가는 것은 없다, 돌이 있다고 해도 비명(碑銘)을 새겨 넣어야 쓸모가 있지, 라 한다. 둘은 그렇게 투닥투닥하다가 누구의 공이 더 큰지 무덤(!)에게 직접 찾아가 물어보기로 한다.

무덤 앞으로 가 그를 부르는데 무덤은 대답하지 않고 대신 옆에 서 있던 돌 사람 석옹중이 둘의 허점을 쿡 짚어 준다. 돌이 '영원히' 보존될 수 있다면 어떻게 깎아서 비석을 만드나? 글씨는 돌이 닳아지니 새길 수 있는 것인데, 그럼 새긴 글자도 얼마든지 닳아질 수 있지 않은가? 그렇다면 그 돌덩이들이 언제까지 비석으로 서 있을 수 있겠나? 자네들이 그렇게 정성스레 만든 비석을 훗날 누가 솥 받침으로 쓰지 않으리란 보장이 있나?

석옹중의 말에 장석과 기궐씨가 뭐라고 했는지는 모르겠다. 아마 뻥쪄서 싸우길 멈췄으니 뒷이야기가 없는 것일 테다. 우리는 장석과 기궐씨와 달리 세상에 영원한 게 없다는 걸 잘 안다. 언젠가는 죽을 거고, 지금 하고 있는 일도 언젠가 끝날 거고, 이 인연도 언젠가 끊어질 거고…. 그럼에도 평소에는 그것들이 영원할 것처럼 산다. 그러다가 문득 이것이 영원할 리 없다는 걸 느끼게 되면 슬퍼지는 것이다. 아니면 허무해져 버린다.

> 양자운(양웅)은 옛것을 좋아하는 사람으로서 기자(奇字)^{한자의} ^{서체 중 한 종류}를 많이 알았다. 한창 『태현경』(太玄經)을 저술하다가 이 말을 듣고 얼굴빛이 변하더니, 개연히 크게 탄식하기를, "아! 오(아들)야, 너는 알고 있어라. 석옹중의 풍자를 들은 사람들은 장차 이 『태현경』을 장독의 덮개로 쓰겠지" 하니, 듣고 있던 사람들이 모두 크게 웃었다.
> 봄날에 『영재집』에다 쓰다. 「영재집서」(泠齋集序), 『연암집』(하), 88쪽

양웅(揚雄)은 한나라 시대의 학자로, 그가 저술하고 있었다는 『태현경』은 『노자』와 『주역』이 녹아 있는 그의 '우주'론이다. 내용의 스케일이 큰 만큼 그가 평생 닦은 학문을 쏟아 넣은 책이다. 그런 『태현경』을 쓰던 양웅은 장석과 기궐씨 이야기를 듣다가 자못 원통해졌다. '열심히 쓴 이 책도 언젠가는 겨우 장독 덮개로 쓰일지

모르겠구나!'

　양웅의 탄식과는 달리 『태현경』은 그때부터 연암의 시대까지 1700년 동안 읽혀 왔다. 그렇지만 『태현경』이 '영원히' 명성 높은 책인 건 아니다. 지금도 검색하면 나오는 유명한(?) 고전이긴 하지만 읽는 사람은 많지 않으니까. 또 석웅중처럼 생각해 본다면 앞으로 시간이 더 지나 인류가 멸망한 뒤에는 영영 해독할 수 없는 종잇조각으로 전락할 수도 있다.

　연암은 이 이야기를 제자이자 벗이었던 유득공의 초기 시문집 『영재집』의 서문으로 써 주었다. 유득공은 서울에서 박제가, 이덕무, 이서구 등과 함께 연암을 따르며 '백탑청연'을 이루었던 이다. 그는 공부가 넓고 문장이 뛰어났는데, 특히 시를 잘 지었다. 영조 때 과거에도 합격했지만 서자 신분이었기에 요직을 맡을 수는 없었다. 그래서 후에 정조가 직접 박제가, 이덕무와 함께 (이 둘도 역시 서얼이었다) 그를 '규장각 검서관'으로 등용시킬 때까지는 벼슬을 하는 대신 공부를 하며 가난한 생활을 했다.

　『태현경』의 운명처럼 『영재집』의 운명도 역시 알 수 없는 것이다. 지금은 그의 문장을 알아보는 벗들만 읽겠지만 앞으로 그의 이름이 얼마나 퍼져 나갈지 모르는 일이다. 또, 『태현경』과 같이 그 이름도 영원하지는 않을 것이다. 『태현경』이나 『영재집』이나, 이러나 저러나 같은 운명이다. 하지만 그들이 '어차피 종잇조각'이라 생각한 것은 절대 아니다. 양웅은 아들에게 탄식은 탄식대로 했지만 『태현경』을 끝까지 썼다. 주변에선 그의 탄식을 듣고 크게 웃을 따름이었고. 끝을 이야기하면서 이렇게 가볍고, 그것에 연연하지 않을 수 있다니 놀랍다!

우리는 쉽게 '영원'이라는 말을 쓰지만 (영원히 함께하자, 영원히 계속되기를 바랐다 등등) 정말 '영원'을 감각할 수는 없다. 무언가의 끝을 생각할 때 슬프다면, 혹은 무언가가 끝나지 않을 것 같아서 답답하다면, 석옹중의 지혜를 빌려 이렇게 생각해 보자. 10년 뒤, 50년 뒤, 100년 뒤, 인류가 멸망하고, 지구가 가루가 되는 어느 날, 그때까지 우리가 그 무엇이 계속되기를 바랄지, 그 무엇이 계속될 수나 있을지.

그렇기에 언젠가 『태현경』이 장독 덮개로 쓰일지라도, 또 언젠가 무덤의 비석이 다 닳아 없어질지라도 슬픈 일은 아닌 것이다. 그 밖에 다른 것도 영원하지 않기 때문에. 슬퍼할 나도 남아 있지 않을 것이기 때문에. 우리가 지금 '이렇게' 존재하는 것은 지금 이때, 이 조건 위에서뿐이다. 그러니 담담히, 양자운은 『태현경』을 쓰고, 유득공은 시를 쓰고 연암은 서문을 쓴다. 우리도 담담히, 밥 먹고, 산책하고, 친구와 싸우고, 공부하면서, 지금의 내가 만들어지는 조건을 만끽하며 살자.

문장과 노는 역관

남다영

수능만큼이나 조선의 유생들은 과거제도에 매달렸나 보다. 아니, 내 생각엔 유생들의 합격욕이 더 과했던 것 같다. 재수, 삼수가 아니라 머리가 하얗게 세도록 한평생 과거에 매달린 사람들도 많았던 걸 보면 말이다. 유생들은 합격하기 위해 어찌나 용을 썼던지 과거 시험장에서는 옆에 있던 사람들을 막대기로 찌르고 싸우는 등 온갖 비리가 속출했다. 웃기게도 열렬히 매달려서 과거시험을 합격하고 나면, 공부한 것들을 거들떠보지도 않았다(이 모습, 낯설지 않다!). 과거시험용 문장이라는 게 따로 있었는데 문장을 화려하게 꾸미는 것이 주여서 다른 곳에 응용할 수 있는 글쓰기가 아니었기 때문이다. 유생들은 누구보다 빛나기 위해서 문장 공부에 온 힘을 바쳤건만, 결국 자기 자신조차도 보지 않는 글쓰기를 하고 있었다.

　　이런 세태에 대해 개탄하고 있던 어느 날, 연암의 옛 제자 '이군 홍재'라는 자가 연암에게 찾아온다. 『자소집』(自笑集)이라는 자기가 쓴 문집을 하나 들고서 말이다. '자소집'을 우리말로 풀면, '스스로 웃으며 쓴 글 모음집'이라 할 수 있겠다. 당시에는 사대부가 문장을 향유하는 계층이라, 중인 계급인 이홍재(李弘載)이양재(李亮載). 홍재는 초명(初名)로서는 자신의 글을 소소한 웃음거리라고 말하며 겸손의 뜻을 나타낸 것이었다.

그런데 이 문집을 본 연암, 눈이 휘둥그레진다. 연암이 예전에 이군에게 글을 가르치긴 했으나, 대대로 역관 집안이었던 이군이 통역 공부를 하고 역관이 되면서는 더 이상 글을 권하지 않았다. 연암도 '역관은 통역을 잘하는 것이 주 임무이니, 어쩔 수 없는 일이지'라고 생각하지 않았을까. 그런데 그렇게 지나쳤던 이군이 독특하고 해박한 시선을 담은 100여 편이 넘는 글을 써 온 것이다. 연암은 '옛날에 문장을 곧잘 배우던 녀석이니 취미로 쓴 걸 가져왔나?' 싶은 마음에 이군에게 의문을 표한다.

내가 처음에 의아해하며
"자신의 본업을 버리고 이런 쓸데없는 일에 종사한 것은 무엇 때문인가?"
하고 물었더니, 이군이 사과하기를,
"이것이 바로 본업이며, 과연 쓸데가 있습니다. 대개 사대와 교린의 외교에 있어서는 글을 잘 짓고 장고(掌故)에 익숙한 것보다 더 중요한 일이 없습니다. 그래서 본원의 관리들이 밤낮으로 익히는 것은 모두 옛날의 문장이며, 글제를 주고 재주를 시험하는 것도 다 이것에서 취합니다." 「자소집서」(自笑集序), 『연암집』

(중), 36~37쪽

'이게 대체 너에게 무슨 의미냐'라고 의아하게 묻는 연암에게 이군은 되레 '외교에서 글과 장고에 익숙한 것보다 더 중요한 것이 없습니다!'라고 당연하다는 듯이 답한다. 외교란 국가 간의 관계를 다루는 일이다. 말 한마디, 한마디를 시의적절하게 하는 것이 무엇보다 중요하다. 이를 위해 역관들에게는 옛 문장을 익히는 것보다 더 좋은 훈련은 없었다. 옛 문장과 장고 속에 담겨 있는 이치가 외교에서 맞닥뜨리는 여러 가지 상황에서 지혜로운 행동 방향을 알려 주는 나침반이 되어 주기 때문이다. 또한 사신들과의 의사소통을 위해선 글쓰기가 필요했다. 글쓰기는 자신의 마음을 명확하게 전달하기 위해 말을 벼리고 벼리는 과정이기 때문이다.

그래서 역관들은 한 번 쓰고 버리기 위한 공부가 아니라, 평생 문장을 내 몸에 익히기 위해 공부를 했다. 매일매일 밤낮으로 문장을 익히고, 자체 시험까지 만들어 가며 자기들끼리 서로 실력을 겨루었다. 그 누구도 시키지 않았고, 심지어 남들은 쓸데없는 일을 한다고까지 생각했는데, 그러거나 말거나 본인들은 진지하고 활발하게 문장 공부에서 가치를 찾아내고 있었다. 남들이 어떻게 여기든 지치지 않고 즐겁게 문장을 연마해 가는 모습이 하나의 놀이 같다는 생각마저 든다. 분명 문장을 밤낮으로 열심히 공부하는 것은 과거 공부를 하는 유생들의 모습과 비슷한데, 왜 유생과 역관은 공부를 대하는 태도가 이렇게 다른 걸까?

재밌는 점은, 사대부 유생들도 어릴 땐 문장을 제법 잘 읽는다는 사실이다. 그런데 과거시험을 준비하면서는 글을 읽는 능력이 차츰 사라졌다. 그렇다면 유생과 역관 사이에 다른 점은 하나, 과거 시험이다. 조금 오래전 일이긴 하지만, 수능 공부를 생각해 보면 왜 그런지도 알 것 같다. 등수를 신경 쓰는 순간 공부를 즐기기에는 한 계가 있다. 못하면 안 된다는 불안감과 압박감은 정신을 산만하게 하며, 내가 배운 것에서 무엇을 느끼고 어떤 생각이 드는지는 알아 차리기 어렵게 만들기 때문이다.

유생들도 마찬가지다. 합격에만 온통 정신이 쏠려 있는데, 시 험에서 중요하게 여기는 것 외에 다른 것들이 보일 리 없다. 그래서 그들은 과거시험에 합격하고 나면, 시험문장으로부터 후다닥 벗어 나려 했다. 속으론 아무 할 말도 없는데, 그러거나 말거나 자신을 거 짓되게 꾸며야 한다는 사실에 본능적으로 거부감이 들었던 것이다.

반면 역관에게는 누구도 문장을 익히라고 요구하지 않지만, 그들은 스스로 공부가 필요해서 한다. 자신이 글을 쓴 것에 대한 상 벌 따위는 있어도 그만, 없어도 그만이다. 왜냐하면 그들은 문장 하 나하나를 공부하면서 세상을 만나는 격이 달라졌기 때문이다. 전혀 통하지 않을 것만 같은 외국사신의 말을 더 들을 수 있고, 할 수 있 는데 그것보다 더 즐거운 일이 어디 있을까. 이 즐거움이 이들로 하 여금 장고의 문장을 익히게 하고, 본업으로 삼게 만들었다.

본디를 밝히는 글 읽기

남다영

매주 수요일이면 마음이 급해졌다. 씨앗문장을 쓰고 다음날 세미나 책을 읽어야 하기 때문이다. 미리미리 쓰지 못하고, 읽지 못한 것이 한탄스럽지만 이미 지나간 시간 앞에선 어쩔 도리가 없다. 다만 모든 일정이 끝난 저녁 이후의 시간을 최대한 확보할 생각뿐이었다. 그래서 이 시간대에 친구가 나에게 무언가를 같이하자고 하면 '어? 안 되는데' 하는 마음이 먼저 든다. 하지만 이내 '후딱 끝내고 공부하자'라고 마음을 고쳐먹는다. 공부와 친구, 둘 다 잡고 싶기 때문이다. 문제는 '후딱 끝내자'라는 데에 너무 초점이 맞춰진 나머지 어느 한 곳에도 마음을 두지 못한다는 것이다. 친구와 있을 때도 일을 빨리 끝내려고만 하고, 책은 더더욱 급하게 읽느라 내용이 눈에 들어오지 않았다. 결국, 둘 다 잡기는커녕 친구에게도 책에도 아쉬움만 남는다. 그런데 한평생 공부하며 살았던 연암의 글 읽기는 이런 나와 어딘가 달라 보인다.

하늘이 밝아지면 세수와 양치질을 하고 곧바로 부모님의 침실로 가서 문밖에서 기다리다가 기침 소리가 들리거나 가래침 뱉고 하품하는 소리가 들리면 들어가서 문안을 드린다. 부모님과 이야기를 하다가 혹 무슨 일을 시키면, 급히 제 방으로 돌아가서도 안 되고 글을 읽는다는 핑계로 거절해서도 안 된다. 바로 이것이 글을 읽는 것이니, 혹 글 읽기에 열중하느라 혼정신성(昏定晨省)도 제때에 하지 아니하고, 때 묻은 얼굴과 헝클어진 머리로 지내는 것은 글을 읽는 것이 아니다.「원사」(原士), 『연암집』(하), 379쪽

　여태껏 나는 시간 가는 줄도 모르고 글 읽기에 푹 빠져 읽는 것이 몰입이고, 그거야말로 글을 제대로 읽는 것이라 생각했다. 그런데 연암이 말하는 글 읽기는 정반대다. 연암은 글을 읽느라 때도 모르고, 자신의 상태가 어떤지도 신경 쓰지 않는 것은 글을 읽는 것이 아니라고 단호히 말한다. 오히려 연암에게는 매일 부모님께 문안드리러 가고, 혹여라도 부모님께서 무슨 일을 시키시면 글 읽어야 한다는 핑계로 거절하지 않고 공손히 대하는 것이 글 읽기이다. 어찌 보면 연암이 말하는 글 읽기에서 글자를 읽는 행위는 별로 중요해 보이지 않는다.

　그렇다고 연암이 책을 등한시하는가 하면 그건 절대 아니다. 그의 책 읽는 모습을 보면 정성스럽다라는 감탄이 절로 나온다. 연암이 책을 읽는 과정을 간단히 추려 보면 이렇다. 먼저 많이 읽거나 빨리 읽으려는 마음을 내려놓고, 읽을 글줄과 횟수를 정한다. 그러

고는 차분하고 너그러운 마음으로 글을 읽기 시작한다. 책을 읽는 동안 몸을 흔들거나, 하품을 하거나, 눈썹을 찡그리는 행동은 금물이다. 자세를 바르게 하고 한 글자 한 글자 정성스럽게 다 읽고 나면 서산(書算)에 따로 글 읽은 횟수를 표기한다. 단, 흡족한 마음이 들지 않으면 서산을 펴 보지도 말아야 한다. 그토록 정성스럽게 읽어도 마음에 다가오는 게 없어 감흥이 없다면, 글을 읽은 게 아니라는 뜻이다(그러므로 책을 급하게 읽느라 글자만 훑어보았다면 책을 읽은 축에도 속하지 못한다).

책을 덮었을 때도 이 정성스러운 마음은 어디가지 않는다. 햇볕이 나면 조심스럽게 책을 말려야 하며, 책을 베개 삼거나 눕지도 않아야 한다. 거기다 연암은 글 읽기에 대한 애정 표현을 멈출 줄 모른다. 세상에서 병폐가 없는 것은 오직 글 읽기뿐이고, 글 읽는 소리만큼 질리지 않는 것이 없다. 글을 대하는 태도가 이렇게 정성스럽고 명확한데, 연암에게는 어떻게 부모님께 매일 아침 공경히 인사드리는 것도 글 읽기가 될 수 있는 것일까?

연암에 따르면, 선비란 인간의 행실을 밝히는 사람이다. 유가에서는 행실의 근본을 효제(孝悌)로 보았다. 부모와 형제에 대한 애정을 배워서 아는 것이 아니라 날 때부터 알듯이, 효제는 인간에게 가장 자연스럽게 드는 마음이다. 유가는 자신의 가장 가까운 인간관계인 부모, 형제에게 이 자연스럽게 드는 마음을 진실하게 행해야 다른 관계까지 확장할 수 있다고 보았다. 그러므로 행실의 근본인 효제는 인간관계를 제대로 맺기 위해 기본적으로 훈련해야 할 마음이기도 했다. 그 훈련의 과정에 글 읽기가 있었다. 그러므로 글을 읽는 것이란 단순히 글자를 해석하는 것에서 그치지 않는다. '내가 어떻게 관계맺을 것인가. 어떻게 살아갈 것인가'를 결정하고 실천하는 문제였다.

그러므로 선비란 책에 공명하며, 자기가 사는 곳의 에너지 장을 바꾸는 사람이다. 책을 읽고 마음으로 기뻐하며 옛 성인의 마음에 감응하고 이 감응한 바에 따라 살아감으로써 천하 사람들을 감응시키는 사람이기 때문이다. 공자께서도 『논어』에서 '배우고 때때로 익히면 즐겁지 아니한가'라고 말한 이유는 자신의 본성을 밝히며 실천할 수 있는 길을 가는 기쁨을 이야기하는 것이 아닐까. 연암은 자신의 본성을 따르는 글 읽기를 하고 있었다.

배움의 자세와 작아짐

남다영

연암은 이팔청춘 열여섯에 혼례를 올린다. 새신랑 연암을 아내만큼이나 반가이 맞이하는 이가 있었으니, 바로 장인 이보천 처사이다. 급기야 장인은 연암에게 생관처가에서 사위가 머무는 방에 머물라며 처가살이를 권유한다. "내 아우 글 좋아하여/ 벼슬에는 비록 소홀해도/ 문학에는 몹시 부지런하니"「영목당 이공에 대한 제문」(祭榮木堂李公文), 『연암집』 (중), 233~234쪽 자신의 아우를 스승으로 삼으라는 의미에서였다. 연암은 결혼을 함으로써 배움까지, 두 마리 토끼를 잡게 된 것이다.

이리하여 연암은 장인 이보천에게는 『맹자』를, 장인의 아우 이양천에게는 『사기』를 배우며 문장 짓는 법을 터득하게 된다. 연암의 아들 박종채가 "아버지의 초년(初年) 문장은 전적으로 『맹자』와 사마천의 『사기』에서 힘을 얻었다. 그러므로 아버지의 문장에 기운이 펄펄한 것은 그 근본 바탕이 있음을 알 수 있다"박종채, 『나의 아버지 박지원』 186쪽라 할 만큼, 이 두 스승의 가르침은 연암에게 글쓰기의 바탕이 되었다.

특히 연암에 대한 이양천의 사랑은 각별했다. 연암의 말에 따르면 자신에 대한 이양천의 사랑은 장인보다 더 깊었다고 한다. 그리고 이 애정이 깊은 만큼, 공부에 대해서는 누구보다도 엄격하게 가르쳤다. 경서를 볼 때 사정 안 봐주는 것은 기본이고, 물가로 놀러 갔을 때조차도!

아름다운 암벽 맑은 샘에서
공은 갓끈을 씻고
기수(沂水)에서 목욕할 제 입을 새옷
그날에 다 지어졌는데
이 소자 돌아보며 이르시길
어찌 물에서 보지 않느냐
웅덩이를 채우고야 나아가니
뜻 이루는 것도 이 같은 법
흘러가는 냇물처럼 바빠야 한다
그 말씀 아직도 귀에 쟁쟁
이제 와서 생각하니
공의 마지막 가르침이셨네

「영목당 이공에 대한 제문」 235~236쪽

하루는 이양천과 연암이 물놀이를 하러 간 모양이다. 열아홉 연암, 그저 별 생각 없이 물을 보며 거닐고 있는데 따끔한 스승님의 한 말씀이 들어온다. '어째서 지금 배움을 놓은 게냐'라고. 그 말을 들은 연암, 아마 정신이 바짝 차려졌을 거다. '아, 내가 미처 못 봤구나. 아직 갈 길이 멀구나'라고 생각하면서.

자신의 빈틈을 콕 꼬집어 내는 사람, 하 많은 갈림길 앞에서 헤맬 때 등불이 되어 주는 사람, 게으르면 잡아 주는 사람, 스승이다. 그래서 연암은 스승 앞에서는 언제나 '노둔하고 어리석은 소자'이다. 스승을 통해서 연암은 자신의 갈 길이 멀다는 것을 배우기 때문이다. 그래서 아무리 그 시대를 떠들썩하게 한 문장가인 연암이라도 스승 앞에서 한없이 작아진다.

그런데 나는 그 작아짐이 배우는 자세라는 걸 늘 까먹는다. 스승 앞에서 작아지는 대신 혼나지는 않을까 하는 마음, 또는 잘 보이고 싶은 마음 사이에서 갈팡질팡한다. 작년에 연구실 활동을 하다 큰 행사를 준비하게 된 적이 있다. 행사 당일, 미처 준비하지 못한 부분이 계속 보였고, 함께하는 사람들과도 소통이 잘 안 돼서 모두 혼란에 빠졌었다. 왜 이런 상태가 되었는지 스스로도 설명이 안 되었고, 앞으로도 어찌 해야 좋을지 감이 안 잡혔다. 결국 친구 둘과 한 팀이 되어 다시 활동을 재개했는데, 매주 선생님께서 활동에 대한 숙제와 피드백을 주셨다. 하루는 숙제로 내 주신 걸 선생님께 이야기하는데, 선생님께서 질문하신 내용이 내가 미처 생각하지 못한 부분이었다. 뭐라도 대답을 해야겠다는 생각에 횡설수설 말하는데, 그때 선생님께서 따끔히 한마디를 하셨다. 준비를 못했으면 못했다고 하면 되지, 왜 없는 걸 꾸며서 말하려느냐고 말이다. 그 외에도 내가 계속 같은 잘못을 반복하고 있는 것에 대해 짚어 주셨는데, 너무 부끄러워 아무 말도 할 수 없었다. 여태껏 혼나는 순간만 기억하며 고개를 숙이고 피했지, 그 잘못을 어떻게 고쳐 나가야 할지는 전혀 생각한 바가 없었기 때문이다.

연암은 스승 앞에서 작아짐으로 자신의 상태를 직면하는 반면, 나는 스승 앞에서 늘 내 상태를 숨기고만 싶어했던 것이다. 내가 모자라다는 건 그만큼 갈 수 있는 세상이 있다는 걸 뜻하는 것이다. 그러므로 모자란 걸 깨닫는 것도, 그걸 깨닫게 해주는 존재가 있다는 것도 두려워 할 일이 아니라 감사할 일이다. 정말로 두려운 것은 무엇이 잘못된지도 모른 채 계속 같은 잘못을 반복하고 있는 것이 아닐까. 그거야말로 참 섬뜩하고 두렵다.

책과 연애를 시작하라

원자연

우리는 남산 자락 아래, 필동 골목 저끝에서 놀멍쉬멍 살고 있다. 놀고 먹는 시간을 뺀 나머지 시간에는 책을 읽고, 글을 쓴다(놀고 먹는 시간이 대부분인 게 함정이다^^;;). 요즘 글을 몇 편 쓰다 보니, 읽는 게 정말 중요하다는 생각이 든다. 책과 눈빛 교환이 제대로 되지 않았을 때, 글을 쓰기란 영 쉽지 않다. 글이 안 써지는 건, 내가 잘 '읽지' 못하고 있다는 증거다!

그럴 때 수많은 핑계가 생기고, 스스로 착각을 일으킨다. 시간이 많으면 더 잘 쓸 수 있을 것 같고, 천천히 정성을 들여서 읽으면 좀 나을 것 같고, 잠을 더 잘 자면 잘 써질 것 같고(이건 좀 맞나?) 등등. MVQ에 글을 연재하던 당시, 마감이 다가오면 종종 나타나는 증상이었다. 하지만 글이 안 써지는 이유는 단순하다. 글을 잘 쓰지 못하고 있는 것은, 잘 '읽지' 못한 것일 뿐이다. 이럴 땐, 재빨리 책을 펼쳐서 다시(!) 읽어야 한다.

그렇다면 '책을 잘 읽는다'라는 건 뭘까? 책 내용을 잘 꿰고 있는 것? 아니라고는 할 수는 없다. 내용을 충분히 이해하는 것도 당연히 중요하다. 하지만 글을 쓰기 위한 '읽기'가 되려면, 좀 다른 게 필요하다. 책과 나와의 케미다!

책 속의 인물에 뿅 가서 "저렇게 살고 싶다!"라는 생각이 들거나, 책 안에서 별로인 '나'를 발견하거나, 새로운 세상에 눈이 번쩍 뜨이거나 하는 때가 있다. 찌릿찌릿하고, 설레서 간질간질해지는 순간이 분명, 우리에게도 있다! 이 케미의 순간은 마음을 활짝 열고 책을 읽을 때, 그 사람이 무엇을 말하려 하는지 귀 기울여 들을 때, 찾아온다.

연암은 '읽기'에 대해 뭐라 말해 주고 있을까?

그대가 태사공(太史公)의 『사기』(史記)를 읽었으되 그 글만을 읽었을 뿐 그 마음은 읽지 못했다고 보아야 할 것입니다. 왜냐하면 「항우본기」를 읽고서 성벽 위에서 전투를 관망하던 장면이나 생각하고, 「자객열전」을 읽고서 고점리가 축을 치던 장면이나 생각하니 말입니다. 이런 것들은 늙은 서생들이 늘 해대는 케케묵은 이야기로서, 또한 '살강 밑에서 숟가락 주웠다'는 것과 무엇이 다르겠습니까.

어린아이들이 나비 잡는 것을 보면 사마천(司馬遷)의 마음을 간파해 낼 수 있습니다. 앞다리를 반쯤 꿇고, 뒷다리는 비스듬히 발꿈치를 들고서 두 손가락을 집게 모양으로 만들어 다가가는데, 잡을까 말까 망설이는 사이에 나비가 그만 날아가 버립니다. 사방을 둘러보아도 사람이 없기에 어이없이 웃다가 얼굴을 붉히기도 하고 성을 내기도 하지요. 이것이 바로 사마천이 『사기』를 저술할 때의 마음입니다.「경지에게 답함 3」(答京之·之三),

『연암집』(중), 367~368쪽

연암이 말하는 '읽기'는 '마음을 읽어 내는 것'이다. 단순히 책 속의 글자만을 읽어 내려가는 것은 '읽기'라 할 수 없다. 무엇보다 중요한 것은, 글쓴이의 마음을 간파하는 것이다. 어떤 마음으로 이 글을 썼는지, 어떤 이야기를 전해 주고 싶은 것인지. 그 마음을 읽어 낼 때, 책과 나 사이에 시큼달달한 케미가 생긴다. 이것이 연암의 '읽기'다.

연암은 이내 곧 사마천이 『사기』를 쓴 '마음'을 읽어 낸다. 그리고 어린아이들이 나비를 잡는 모습에 비유한다. 나비가 혹시 날아가지는 않을까, 아이들은 조심스레 온 신경을 집중한다. 두 손가락을 집게 모양으로 만들고, 아주 천천히, 잡을까 말까, 나비를 향해 손을 뻗어 다가가는데… 어이쿠! 나비가 그만 날아가고 만다. 이 안타까운 상황을 누가 보진 않았나, 주변을 돌아보아도 아무도 없다. 이 마음을 이야기할 곳이 없는 것이다. 아이는 혼자 어이없이 웃기도 하고, 성을 내 보기도 하는데, 여전히 마음이 풀리지 않는다.

사마천은 어떤 마음으로 『사기』를 썼던 걸까? 잠시 사마천의 이야기를 해보자. 아버지 사마담(司馬談)이 세상을 떠나고, 사마천은 유업(遺業)으로 역사서 편찬 작업을 계속한다. 역사서를 쓰는 작업은 아버지의 못다 한 일을 대신하는 것이기도 했지만, 사마천에게도 의미가 있던 일이었다. 태사령(太史令)이었던 아버지를 따라 도서관을 다니며 책에서 본 수많은 이야기를, 그리고 중국 각지를 답사하면서 본 사람들의 이야기를, 담아내고 싶었을 것이다. 하여 사마천은 『사기』를 통해 자신이 보고 느꼈던 세상 이야기를 전하고자 한다. 온 신경을 집중해서 나비를 잡으려는 마음으로!

그러던 어느 날, 사마천은 뜻밖의 사건에 연루된다. '이릉'(李陵)이라는 유능한 장수가 흉노 정벌에 나섰다가 항복하고, 후퇴를 한 일이 있었다. 한 무제는 이에 실망하고, 사마천에게 이 사건에 대한 의견을 묻는다. 사마천은 이릉이 투항한 것은 병사들의 목숨을 지키기 위한 것이었다고 변호를 한다. 5천의 군사로 8만의 군사를 대적하는 것은 역부족이었기 때문이다.

그런데 이 말이 사마천에게 화가 되어 돌아왔다. 흉노 정벌에 실패하여 분노에 찬 한 무제의 심기를 건드리고 만 것이다. 이릉의 일가도 역적의 무리로 모함받아 말살되고, 사마천에게도 사형선고가 떨어졌다. 죽음의 위기와 더불어 수십 년을 준비해 온 역사서 저술 작업이 수포로 돌아갈 위기를 맞은 것이다. 잡을까 말까, 조심스레 나비에 손을 뻗던 사이, 나비가 날아가 버린 것!

사방을 둘러보아도 자신을 변호해 주는 사람은 없고, 화도 나고, 어이가 없어 웃음도 나왔을 것이다. 결국, 사마천은 죽음보다 치욕스러운 궁형을 택하여 살아남는다. 그렇게 살아남아서 쓴 역사서가 『사기』인 것이다.

『사기』에는 세상의 부조리에 대한 분노도 담겨 있고, 자신을 이렇게 만든 한 무제에 대한 냉담한 시선도 담겨 있다. 그뿐만 아니라 여행을 다니면서 보았던 세상에 대한 다채로운 이야기와 즐거움, 그리고 사람에 대한 애정도 담겨 있다. 나는 사마천이 이런 마음으로 『사기』를 써 내려간 것 같다.

내가 지금 연암을 '읽는다'는 것 또한 연암의 마음을 읽어 내는 일일 것이다. 연암이 어떤 마음으로 세상과 만났는지, 어떤 걸 보고 느끼며 살았는지, 어떤 일에 분노했는지, 어떤 일을 안타까워했는지, 그 마음을 읽어 내는 것이 진정 연암을 읽는 것이다. 글이 잘 써지지 않을 때면 다시금 책을 펼치고 스스로에게 물어봐야겠다. '연암은 어떤 마음이었을까?' 그리고 그렇게 연암과의 연애를 다시 시작해 봐야겠다. 시큼달달한 케미가 있는 연애를!

'하늘 천(天)'에 담지 못한 하늘을 그려라

원자연

마을의 어린애에게 『천자문』을 가르쳐 주다가, 읽기를 싫어해서는 안 된다고 나무랐더니, 그 애가 하는 말이
"하늘을 보니 푸르고 푸른데, 하늘 '천'(天)이란 글자는 왜 푸르지 않습니까? 이 때문에 싫어하는 겁니다."
하였소. 이 아이의 총명이 창힐(蒼頡)로 하여금 기가 죽게 하는 것이 아니겠소.「창애에게 답함 3」(答蒼厓·之三), 『연암집』(중), 379쪽

가끔 어린아이들의 말에 헉! 하며 놀랄 때가 있는데, 이번에도 뒤통수를 한 대 제대로 맞은 기분이다. 때때로 아이들의 시선은 우리가 당연하게 여겨 오던 것에 질문을 던지게 해준다.

정말 그렇다. 이 아이가 본 하늘은 저토록 푸르고 푸른데, 하늘 '천'(天)이라는 글자에는 그 빛깔이 조금도 담겨 있지 않다. 아이가 눈으로 보고 느낀 '하늘'은 온데간데없는 것이다. 물론 창힐이 한

자를 만들 적에, 창힐 나름의 이유로 만들었을 것이다. 하늘을 떠받치며 양팔 벌린 사람의 모습, 사람의 머리 위에 하늘이 있는 모습을 하늘 '천'(天)이라는 글자에 담은 것이다. 하지만 '천'이라는 글자에 아이가 느낀 푸르른 '하늘'은 없었다. 이런 게 어찌 하늘 '천'뿐이겠는가.

『천자문』에 나오는 글자에는 어느 것 하나 살아 있는 만물의 모습이 담기지 않은 것이 없다. 다채로운 만물의 모습을 문자에 온전히 담아 놓은 것 또한 없다. 이를테면 '땅'이라는 글자는 드넓은 벌판, 흩날리는 모래, 비에 젖은 흙냄새를 상상할 수 있게 하고, 만물을 키워 내는 힘, 만물을 포용하는 포용력까지도 포함한다. '땅' 하면 떠오르는 수많은 '땅'들이 있는 것이다. 하지만 우리는 이런 것들을 잊은 채, 각자가 보고 느낀 땅은 뒤로한 채, 혹은 각자가 알고 있는 그 땅만을 상상하며, 땅이라고 호명한다.

우리는 이렇게 표상화된 언어로 소통을 한다. '하늘'을 '하늘'이라고 부르고, '땅'을 '땅'이라고 부르기로 약속하면서! 연암은 "한 글자로 뭉뚱그려 표현한다면 채색도 묻혀 버리고 모양과 소리도 빠뜨려"「창애에게 답함 3」 365쪽 버리게 된다고 한다. 이 점이 정말 안타까운 지점이다. 글자 안에 담지 못한 풍광과 이야기가 너무도 많다. 채색도, 모양도, 소리도 다 사라지고 '문자'만 남는다. 이것이 문자를 사용하는, 언어를 사용하는 우리의 한계일 것이다.

연구실에서는 다양한 고전을 공부하고, 자기 삶의 이야기와 엮어 글을 쓰는 작업을 한다. 보통 한 학기가 마무리될 때, 에세이를 통해 이 작업을 한다. 참 신기한 것은 모두 같은 책을 읽었는데도,

모두가 다 다르게 해석을 한다는 거다. 이것이 고전이 가진 힘인가 보다.

물론 이게 고전의 힘이기도 하지만, 언어가 가진 한계성과 가능성으로 인해 발생하는 일이기도 하다. 하늘 '천'(天)에 생략되는 수많은 '하늘'처럼, 우리가 언어를 사용할 때도 생략되는 것들이 있다. 그렇기에 생략된 수많은 '어떤' 하늘에 대한 해석이 가능해진다. 생략된 만큼 해석의 가능성이 열리기도 하는 것이다.

한데 각자 글을 써 와서 공유할 때는 또 이야기가 달라진다. 반대의 경우도 생긴다. 생략된 만큼 공유 가능성이 줄어드는 것! 자기만의 서사가 담긴 말, 명확히 알지 못하면서 뭉뚱그려서 쓰는 말, 이런 말들로 글을 써 올 때는 공유가 힘들어진다. 그리고 뭉뚱그려진 이런 말들은 우리의 사유를 진전시키는 데도 걸림돌이 된다. 본인의 생각 길도 막히고, 그러면 같이 글을 보는 사람들이 함께할 수 있는 길도 막힌다. 단어 하나를 공유하는 것조차, 쉽지 않다.

그래서 글을 쓸 때, 생각 없이 쓰는 단어 하나를 공유 가능하도록 풀어내는 것만으로도 큰 공부가 된다. 그것은 내가 그동안 그 말을 어떻게 생각해 왔는지, 그 말 하나에 어떤 감정과 이야기들이 엮여 있는지, 그 결을 세세히 탐사해 가는 것이다. 그럴 때에야 우리는 '내 안의 전제'를 만날 수 있다. 이 작업을 거쳐야 내 생각에 사람들을 동참시킬 수 있다.

글을 쓴다는 것은 글로써 대화를 하는 것이다. 가라타니 고진은 『탐구』권기돈 옮김, 새물결, 2010라는 책에서 타자와의 '대화'란 '목숨을 건 도약'이라고 말한다. 이 도약의 과정을 겪기 위해서는 글쓴이가 강을 뛰어넘어야 한다. 공유 가능한 글을 쓴다는 것은, 내 안의 문제를 돌파해 나감과 동시에 언어의 한계를 극복하는 일이다. 다른 사람들과 소통을 하기 위해서는 '목숨을 건 도약'이 필요한 것이다.

우리는 이미 하늘이라는 글자 안에서 수많은 하늘을 감각하고 있다. 소통 가능한 글을 쓴다는 것은, 우리가 느끼는 것들을 잘 펼쳐 내는 일이다. 그렇게 되면 뭉뚱그려진 하늘이 아니라 다양한 빛깔이 담긴 하늘, 우리의 이야기가 담긴 하늘을 그려 낼 수 있을 것이다. 우리의 글쓰기도 여기부터 한 발짝 나아갈 수 있지 않을까. 하늘 '천'(天)에 담기지 않은 수많은 '하늘'을 그려 냄으로써!

집중, 불꽃을 피우는 길

원자연

황해도 부근 금천의 협곡에 묵고 있던 시절, 연암의 집 앞에 살던 청년이 있었다. 연암과 대문을 마주하는 사이라니! 이 둘의 관계가 예사롭지 않아 보인다.

이 청년이 연암을 찾아간 어느 날, 연암은 망건도 쓰지 않고 버선도 신지 않고, 창문턱에 다리를 척 걸쳐 놓고 누워서 행랑 사람과 이야기를 나누고 있었다고 한다. 이때 연암은 사흘을 굶은 상태였다. 이 청년을 보고서야 옷을 갖추어 입고 앉아 당세의 이런저런 이야기를 들려주었다고 하는데, 이 둘의 이야기는 밤새도록 계속되었다고 한다. (배고픔도 잊고) 밤새 이야기꽃을 피운 것이다.

이 청년이 바로 이낙서(李洛瑞)이서구(李書九)다. 연암보다 17살이 어린 친구다. 어지간히 책을 좋아하던 청년이었는지, 이 청년의 방 안은 마루에서부터 시렁에 이르기까지 책으로 가득 차 있었다고 한다. 잠시 상상을 해보자. 사방팔방으로 책이 쌓여 있는 방이 있다. 그 안에서는 어디에 무슨 책이 있는지 한눈에 들어오지도 않을 뿐더러, 책 하나를 꺼내려고 하면 엉덩이로 반대쪽에 쌓인 책을 무너뜨릴 것만 같다.

이 방을 나의 머릿속이라고 상상해 보면, 더 답답하다. 하지만 왠지 익숙한 기분도 든다. '바쁘니 닥치는 대로 우선 읽고 보자!', '지금은 아는 게 없으니까!'라는 마음으로 읽은 책들을 머릿속 여기저기 쑤셔 박아 놓기 일쑤다. 또 '나중에 고민하지 뭐!'라는 생각으로 쌓아 놓은 생각들, 싹을 틔우지 못한 고민도 여기저기 흩뿌려져 있다. 흩어져 있는 이야기들을 꺼내어 쓸 때가 오면 어디에 있는지, 어디서부터 온 생각인지 알 수도 없다.

연암은 우선 이 방에서 벗어나 몸을 창밖에 두고, 구멍을 내어 밖에서 안을 엿보라고 말한다. 그리하면 한쪽 눈만으로도 방안을 훤히 들여다볼 수 있다고. 중심을 잡지 못하고 어딘가로 휩쓸려 가고 있다고 느껴질 때, 거리를 두고 바라보라는 것!

그러면 우선, 상황 파악이 된다. 그래야 그다음으로 갈 수 있다. 태풍 속에서는 아무것도 할 수 없다. 복잡한 머릿속에서 나와 잠시 거리를 두고 봐야 한다. 이어서 연암은 눈으로 보는 것이 아니라, 마음으로 관조하는 법을 일러준다.

"자네가 이미 약(約)의 도(道)를 알았으니, 나는 또 자네에게 눈으로 보지 않고 마음으로 관조하는 법을 가르칠 수 있지 않겠는가. 저 해라는 것은 가장 왕성한 양기(陽氣)일세. 온 누리를 감싸 주고 온갖 생물을 길러 주며, 습한 곳이라도 별을 쪼이면 마르게 되고 어두운 곳이라도 빛을 받으면 밝아지네. 그렇지만 해가 나무를 태우거나 쇠를 녹여 내지 못하는 것은 왜인가? 광선이 두루 퍼지고 정기(精氣)양기가 흩어지기 때문일세. 만약 만 리를 두루 비추는 빛을 거두어 아주 작은 틈으로 들어갈 정도의 광선이 되도록 모으고 유리구슬돋보기로 받아서 그 정광(精光)양광(陽光)을 콩알만 한 크기로 만들면, 처음에는 불길이 자라면서 반짝반짝 빛나다가 갑자기 불꽃이 일며 활활 타오르는 것은 왜인가? 광선이 한 군데로 집중되어 흩어지지 않고 정기가 모여서 하나가 된 때문일세." 「소완정기」(素玩亭記), 『연암집』 (중), 68~69쪽

흔히 '거리 두고 바라보기', '관조' 이런 것을 들었을 때, 문제를 나에게서 떨어뜨려 놓고 생각해 보는 정도로 편안하게 생각했었다. 그러다가 문득, '태풍 속에서 빠져나와 거리를 둔다고, 문제가 해결되는 걸까?'라는 생각이 들었다. 뭔가 좀 부족한 느낌이었다.

물론 실제로 복잡한 문제들에 휩싸여 있을 땐, 거리를 두고 자기 객관화하는 것만으로도 엄청나게 도움을 받는다. 거리가 확보되지 않으면 방 안에 어떤 책들이 있는지, 내 머릿속에 어떤 고민이 엉켜 있는지 알 수조차 없기 때문이다. 그런데 다음은?

기운을 모아 그 문제를 관통해야 한다. 태양의 따뜻한 기운은 세상을 덥히고, 세상에 밝음을 선사해 주고, 만물을 키워 낸다. 태양으로 나무를 태우거나 쇠를 녹이려면, 그 열기를 모아야 한다. 광선이 흩어져 버리지 않도록, 머릿속 고민이 어지럽게 흩어져 떠다니

지 않도록, 모아 줄 필요가 있다. 따뜻함이 아닌 강렬함이 필요할 때가 있는 것이다. 그래야 '고민'을 '사유'로 만들어 갈 수 있다. 빛을 하나로 모아야 불꽃을 피워 낼 수 있는 것처럼, '집중'의 순간을 만들어 내야 한다. 하여 유리구슬이 필요한 거다. 집약(集約)시킬 수 있는 투명한 유리구슬이!

연암은 마지막으로 강조한다. 투명한 유리구슬, 비어 있는 마음만이 빛을 모아 불꽃을 만들어 낼 수 있다고. 그래야 '고민'을 '사유'로 만들어 갈 수 있다고 말이다. 실제로 복잡한 머릿속에서 나와서 생각이란 걸 해보려고 할 때면, 마음이 아직 비어 있지 않아서 고민이 잘 정리되지 않을 때가 많다. 나의 사심이 마음속에 깃들어 있어, 문제를 제대로 직면하지 못할 때가 정말 수두룩하다. 투명한 마음을 모아 새로운 생각의 길을 내는 것, 그것이 연암이 말하는 '집중하는 힘'이다.

글을 쓸 때도 마찬가지다. 투명하고 정직하게 사건과 만나야 한다. 텅 빈 마음으로 문제를 읽어 낼 수 있어야 한다는 거다. 그러려면 가까이서 눈으로만 읽는 것이 아니라 마음으로 거리를 두고 관찰해야 한다. 햇살이 비추는 것과 같은 따뜻한 기운으로! 그리고 그 빛을 모아 불꽃을 피워 내야 한다. 머릿속 생각들과 읽었던 책들을, 그리고 무엇보다 마음을 하나로 모아 꿰어 낼 수 있다. 그럴 때에야 불꽃이 피어오른다. 비로소 우리는 '글'을 쓸 수 있게 되는 것이다.

집중은, 불꽃을 피워 낼 수 있는 길이고, 따뜻함으로 강렬함을 만들어 낼 수 있는 길이다. 이런 강렬함으로 생겨난 글만이 힘을 가지고, 다른 이의 마음속에서도 또 다른 불꽃을 만들어 낼 수 있을 것이다. 글을 쓰고 있는 지금, 나에게 필요한 것은 바로 '집약시킬 수 있는 투명한 유리구슬'을 갖는 것, 바로 '집중하는 힘'이다.

의기(義氣)를 양양(揚揚)하게

원자연

작년, 아니 이제 해가 바뀌었으니 벌써(!) 재작년이다. 공부로 자립을 꿈꾸는 청년과 장년들이 만나 팀별로 한 권의 책을 1년 동안 읽었다. 이름하야 '청-장 크로스'! 그때 우리 팀은 『장자』를 만났다! 문탁샘이 풀어 읽으신 『낭송 장자』라는 책으로.

그렇게 우리는 1년 동안 선생님의 도움 없이 세미나를 했다. 이런 세미나는 처음이었는데, 좌충우돌 머리를 싸매며 즐거운(?) 여정을 떠났던 듯하다. 청년들은 연구실의 바쁜 일정으로, 장년샘들은 바쁜 업무와 집안일 등으로 한 달에 한 번 정도 겨우 만나긴 했지만, 아직도 몇 편에 어떤 내용이 있었는지 눈에 훤하다. 우리 모두에게 청-장 크로스는 늘 다른 일정보다 뒷전이었음에도, 1년 동안 한 권의 책을 읽어 간다는 것, 그것만으로도 충분히 강렬했었나 보다.

『장자』에는 유독 몸이 성치 못한 사람들이 많이 나온다. 재미난 것은 몸은 성치 못해도 인기가 있거나, 혹은 성치 못해서 군대에 안 가는 특혜를 누리는 그런 인물들이 계속 등장한다는 것이다. 아주 유쾌한, 조금은 의아한, 아니 정말 멋있는 사람들의 이야기가 넘쳐난다.

위나라에 못생긴 사내, '꼽추 애태타'가 있었다. 그는 아주 추한 몰골을 하고 있어, 사람들이 그를 처음 보면 식겁하며 놀랐다고 한다. 하지만 조금만 이야기를 나누다 보면, 이내 그의 매력에서 빠져나오지 못한다는 것이다. 그를 한 번 본 남자들은 그의 곁을 떠나지 못하고, 그를 한 번 본 여자들은 '다른 사람의 여자가 되느니, 애태타의 첩이 되겠다'고 할 정도다. 어떤 매력의 소유자이기에?!

『장자』에서는 그를 일러 '타고난 바탕을 잘 보전하여 변화하는 것에 완벽히 응하는 자', '평정심을 닦아 출렁이지 않는 자'라고 한다. 외모와 무관하게, 그가 가진 조건과 무관하게, 그를 찾게 하는 매력이 바로 '변화에 응하면서도 평정함을 지키는 모습'이라고. 이 말은 내게 '동적이지만 정적인'과 같이 상반되는 말이 함께 있는 느낌이었다. 변화에 자유자재로 응하면서도 평정심을 유지할 수 있다니! 이런 멋진 면모를 배우고 싶었지만, 너무도 어려웠다. 당시의 나로서는 상상되지 않는 경지였다. 『장자』를 읽는 1년 내내, 이 부분은 나에게 숙제로 남아 있었다.

『연암집』의 「광문자전」(廣文者傳)을 읽으며, 왠지 이 숙제를 풀 수 있을 것 같다는 생각이 들었다. 자, 이제 '거지 광문자'의 이야기에 귀를 기울여 보자.

거지 친구들이 밥을 빌러 나가던 어느 날이었다. 같이 따라나

서지 못하는 병든 아이 한 명이 있었는데, 흐느끼는 소리가 몹시 처량하여, 광문자는 그 친구 대신 밥을 빌러 나간다. 돌아와서 그 아이에게 밥을 먹이려 했는데, 그 친구는 이미 죽어 있었다. 마침 그때 들어온 거지 아이들이 광문이 그 아이를 죽였다고 의심하며, 두들겨 패서 쫓아낸다. 쫓겨난 광문자는 어떤 원망도 없이, 며칠 뒤에 거지 아이들이 다리 밑에 버린 그 아이의 시체를 거두어 묻어 준다.

광문자의 이런 모습을 보았던 어떤 이가 추천해 주어, 광문은 약국에서 일하게 된다. 어느 날, 약국 주인의 처조카가 말을 안 하고 돈을 가져갔었는데, 광문자가 오해를 받았다. 약국 주인은 광문을 의심하며, 자물쇠를 더 철저히 살핀다. 나중에 사건의 전말을 알게 된 약국 주인은 "나는 소인이다. 장자(長者)의 마음에 큰 상처를 주었으니 나는 앞으로 너를 볼 낯이 없다"「광문자전」,『연암집』(하), 178쪽고 사죄하였다. 그 후 약국 주인은 광문을 칭찬하며, 주변 사람들에게 그의 덕(德)에 대해 두루두루 알렸다. 광문자의 '덕'에 대한 이야기들이 널리 퍼져 훌륭한 사람이라는 칭송이 자자했다. 광문자가 빚보증을 서는 경우에는 담보도 보지 않고 돈을 내주었다고 할 정도다!

광문자는, 덕성으로 세상을 감복시키는 사람이었다. 사람들이 '거지'라는 이유로 오해하고, 의심해도, 원망하는 법이 없었다. 오해받는 일이 반복되면, 세상 사람들에 대한 원망이 쌓일 법도 하고, 자기 자신에 대한 의심이 들 법도 한데, 광문자는 그러지 않았다. 그는 어떻게 그럴 수 있었던 것일까?

운심은 유명한 기생이었다. 대청에서 술자리를 벌이고 가야금을 타면서 운심더러 춤을 추라고 재촉해도, 운심은 일부러 느리대며 선뜻 추지를 않았다. 광문이 밤에 그 집으로 가서 대청 아래에서 어슬렁거리다가, 마침내 자리에 들어가 스스로 상좌(上座)에 앉았다. 광문이 비록 해진 옷을 입었으나 행동에는 조금의 거리낌도 없이 의기가 양양하였다. 눈가는 짓무르고 눈곱이 끼었으며 취한 척 게욱질을 해대고, 곱슬머리로 북상투를 튼 채였다. (······) 광문이 더욱 앞으로 나아가 무릎을 치며 곡조에 맞춰 높으락낮으락 콧노래를 부르자, 운심이 곧바로 일어나 옷을 바꿔 입고 광문을 위하여 칼춤을 한바탕 추었다. 그리하여 온 좌상이 모두 즐겁게 놀았을 뿐 아니라, 또한 광문과 벗을 맺고 헤어졌다. 「광문자전」 180쪽

천하의 기생 운심과 만났을 때, 그는 쫄지도, 잘 보이려 하지도 않고, 유혹해 보려 하지도 않았다. 자신이 타고난 대로, 자신의 모습 그대로 의도 없이 타인을 맞닥뜨렸다. 있는 모습 그대로 노래 한 가락을 부르자, 운심이 곧바로 일어나 칼춤 한바탕을 추었다. 꾸밈없는 의기양양함이 꿈쩍 않던 천하의 기생을 움직이게 만든 것이다.

모임에 나가거나 사람들을 만나러 밖에 나갈 때, 우리는 보통 외모를 신경쓴다. 머리를 신경쓰고, 옷매무새를 다듬는다. 행여 꼬질꼬질해 보이지는 않을지, 초라해 보이지는 않을지, '어떻게 보이는가'를 고민한다.

그런데 광문은 "비록 해진 옷을 입었으나 행동에는 조금의 거리낌도 없이 의기가 양양"하였다. 해진 옷은 그에게 중요한 게 아니

었다. 광문에게는 '어떻게 보이는가'가 아니라 '어떻게 행하는가'가 훨씬 더 중요했다. 즉, 의롭게 행하며 사는 것! 그것이 광문에게 가장 중요한 것이었고, 그것이 광문을 천하 제일의 매력남으로 만들어 주었다.

추측해 보건대, 그가 수많은 오해를 받고도 원망의 마음을 품지 않을 수 있었던 것은 자신의 행동에 조금도 거리낄 것이 없었기 때문이다. 의로운 기운(義氣)이 자신 안에 더없이 충만했기 때문에 떳떳할 수 있었고, 또 그 기운은 흘러넘쳐 다른 사람에게까지 미쳤다. 꾸미려고 하지 않는 마음이, 의도를 갖지 않는 마음이 그에게 '거리낄 것 없는 떳떳함'을 만들어 준 것이다.

떳떳하지 못할 때, 거리끼는 일이 생기고 불편해진다. 이런 마음이 생길 때, 우리는 본성을 잃고 자유롭지 못한 상태가 된다. 거리끼는 일이 생기면, 그 일을 감추게 되고, 그러면 또 감추는 자신을 떳떳하게 여길 수 없다. 이것이 우리의 윤회다.

곧은 마음으로 정직하게 사건을 만날 때에야 우리는 떳떳해질 수 있고, 내 안의 의로움을 채워 나갈 수 있다. 그리고 우리는 이런 사람과 함께하고 싶어진다. 처음에는 다소 뻣뻣해 보일 수도 있겠지만, 결국 사람을 움직이는 것은 '정직한 의기'인 듯하다. 광문도 수많은 오해와 의심을 받았지만, 결국 많은 사람이 믿고 따르지 않았는가.

『장자』에서 말하던 '변화에 응하면서도 평정함을 지키는 모습', 풀리지 않던 숙제가 광문자를 만나면서 실마리를 찾았다. 광문은 타고난 모습으로 세상과 만나고, 외부의 평가나 시선에 흔들리지 않고, 변화에 자유자재로 응하며, 자신의 평정심으로 세상을 살아가던 사람이었다. 내면을 채우고 있는 의로운 기운이, 그로 인한 떳떳함이 광문자를 이런 멋진 인물로 만들어 준 것이다. 애태타처럼, 광문자처럼 살고 싶다면, 내 안의 의기(義氣)를 드높이자! 의기(義氣)를 양양(揚揚)하게!

작은 기예가 큰 도(道)와 맞닿을 수 있도록

원자연

어렸을 적부터 〈생활의 달인〉이라는 TV프로그램을 아주 좋아했었다. 봉제공장 30년 경력의 미싱 전문가, 시장의 어묵 달인, 옻독에 꿈쩍도 하지 않는 옻칠의 달인, 택배 박스 쌓기의 달인 등등. 크든 작든 한 분야에서 뚝심 있게 몇십 년을 일하고, 그렇게 자신들만의 노하우를 쌓아 가는 그들의 삶이 너무나 멋져 보였다. 그렇게 생긴 굳은살이 얼마나 내공 있어 보이던지! 이때부터 내 꿈은 오랜 시간을 통과하여, 자기 일에 능통한 '장인'이 되는 것이었다.

나는 이런 꿈을 안고 어엿한 사회인이 되었고, 나의 분야에서 이런 삶을 살아 내려 했다. 어떤 시련이 닥치든 이겨 낼 자신이 있었다. 나에겐 꿈이 있었으니까! 이 시간을 겪어 내어, '장인'이 되고 싶었으니까!

그런데 웬걸! 그렇게 열심히 일하던 어느 날, '이것만 하다가 죽으면 어떡하지?'라는 이상한 두려움이 찾아왔다. 평생 이거 하나

밖에 할 수 없을까 봐 겁이 나기도 하고, 한 번 사는 인생인데 이렇게 살다 가기엔 아깝다는 생각도 들었다. 이따금 이런 생각이 들다가도 '하나라도 잘하는 게 어디야? 이거 하나 잘하기도 힘든데…'라며 생각을 제자리로 돌려오곤 했다.

> 아무리 작은 기예라 할지라도 다른 것을 잊어버리고 매달려야만 이루어지는 법인데 하물며 큰 도(道)에 있어서랴.「형언도필첩서」(炯言桃筆帖序), 『연암집』(하), 81쪽

이 대목을 읽다가 내 안에 품고 있던 '장인'에 대한 로망이 떠올랐다. 맞다, 〈생활의 달인〉에 나왔던 장인들은 정말 이러했다. 자기 일을 제외한 다른 모든 것을 잊고 몰두했다. 그렇게 그들은 '달인'이라 불리는 경지에 오른 것이다. '생활의 달인'들이 근기(根氣)로 무언가를 이뤄 냈다면, 연암의 이야기 속에는 근기에 약간의 똘끼(?)가 더해진 인물들이 등장한다. 글씨장인 최흥효(崔興孝), 그림장인 이징(李澄), 소리장인 학산수(鶴山守). 이 세 사람이 바로 그런 인물이다.

글씨장인 최흥효는 과거시험을 보던 중 자신이 쓴 글자 중 한 글자가 왕희지의 필체와 비슷하여, 시험을 포기하고 그 종이를 품에 간직한 채 돌아왔다. 과거 급제보다 잘 써진 이 한 글자가 더 소중했던 거다.

그림장인 이징은 어릴 때, 다락에 숨어 몇 날 며칠 그림을 그리다가 마침내 발견된 일이 있었다. 부친이 크게 화가 나서 호되게 혼

을 냈는데, 이징은 회초리를 맞으며 흘린 눈물을 모아 또 그림을 그렸다고 한다. 정말 다른 것을 다 잊고 매달리긴 하는데, 이쯤 되니 살짝 무서워진다. 이 정도면 집착 수준 아닌가.

소리장인 학산수는 산속에서 수련을 했다. 한 가락을 부를 때마다 나막신에 모래를 던지고, 나막신에 모래가 가득 차야지만 산에서 내려왔다. 모래 한 알씩을 던져서, 나막신이 다 차야지 집에 돌아왔다고 하니, 엄청난 연습벌레였던 거다. 오로지 소리 수련에만 몰두한 것! 노래 연습을 하다가 도적을 만나 목숨을 잃었지만, 아마 후회는 없었을 것이다.

이 세 사람은 각각 자신의 이해득실, 영예와 치욕, 생사를 잊고, 자신이 좋아하는 일에 몰두한 사람들이다. 글씨를, 그림을, 소리를 매일매일 수련한다. 한순간도 놓치지 않고, 다른 것에 마음을 내어 주지 않으며! 연암은 말한다. "아! 이것이 바로 아침에 도(道)를 들으면 저녁에 죽어도 좋다는 것이로구나."『형언도필첩서』, 82쪽 비록 자신의 목숨과 맞바꿔야 할 일이 생기더라도, 이렇게 산다면 여한이 없다는 것이다.

그런데 한편으로 생각해 보면, 이런 삶은 너무 치우친 삶으로 보이기도 한다. 다른 것들을 모두 잊고 몰두해서 사는 삶이, 심지어 생사까지 뛰어넘을 정도로 어딘가에 집중하면서 사는 삶이, 정말 괜찮은 걸까? 집중이 아니라 집착이 아닐까? 이건 그냥 중독이 아닐까?

연암은 이에 답을 해준다. 몰두하는 삶의 중요한 전제 두 가지. 하나는 '내적인 면을 수양하는 데에 마음을 쓰는 것'이고, 또 다른 하나는 '육예(六藝)*속에서 노니는 것'이다. 내가 지금 몰두하고 있는 이것이 나의 내적 수양과 함께 가는지, 육예를 통해 배운 것에서 어긋나지는 않는지 점검하며 가야 한다는 것이다. 이 두 가지를 하지 않는다면, 가히 지나친 것이다. 내적 수양과 함께 가는 집중과 몰두는, 절대 집착과 중독이 될 수 없다. 이런 점에서 우리 시대의 목표를 향한 무한 질주와 '전문가들의 사회'는, 연암이 긍정하는 몰두하는 삶과 그 결을 달리한다. 여기에는 내적 수양도, 자기 점검도 없다.

군은살 내공이 두둑한 '장인'을 꿈꾸며 일을 하다가 문득, '이것만 하다가 죽으면 어떡하지?'라는 두려움이 나를 찾아왔을 때, 그때 내 무의식은 알았던 것일 수도 있다. 돌아봐야 할 때라고. 이 일이 내적 수양과 함께 가고 있는지, 내가 배운 것에 어긋나지는 않는지를 말이다.

그리고 연암은 마지막으로 이런 말을 덧붙인다. 모든 것을 잊고 몰입하는 삶을 살아 보려 한다면, 도(道)와 덕(德) 속에서 노닐라고. 다시 말해, 내가 몰두하는 것이 세상의 이치(道)와 어긋나지 않는 삶을 살라고. 그리고 물고기가 큰 바다에서 유영하듯, 큰 도의 세계에서 자유롭게 헤엄치라고. 자신을 닦고 또 닦아서, 자신이 그 세계 속에 있다는 것조차 잊고 자유롭게 노닐어 보라고 말이다.

작은 기예가 큰 도와 맞닿을 수 있도록, 내가 하는 일이 세상에

* 중국 주(周)나라 시대에 행해지던 교육과목. 예(禮)·악(樂)·사(射)·어(御)·서(書)·수(數) 등 6종류의 기예를 말한다. 예는 예용(禮容), 악은 음악, 사는 궁술(弓術), 어는 마술(馬術), 서는 서도(書道), 수는 수학(數學)을 뜻한다.

열리는 일이 될 수 있도록 방향을 설정해야 한다. 내가 몰두하고 있는 일이 세상의 이치에 어긋나지 않는지, 점검해 봐야 한다. 그렇게 방향 설정이 됐다면? 물고기가 바다에서 헤엄치고 있다는 것을 잊을 정도로, 수련이 필요하다. 나막신에 모래알을 던지며 연습했던 소리장인처럼, 끊임없는 수련을! 이것이 나에게 연암이 전해 준 '참(眞) 장인'의 길이다.

5부

당신, 연암 박지원

: 인간 연암 이야기

연암, 지극한 정(情)을 말하다

원자연

'연암'(燕巖) 하면 떠오르는 몇 가지 키워드가 있었다. 노론 엘리트 집안의 사대부, 명문장가, 유머 등. 연암은 18세기 조선을 대표하는 선비다. 공부하는 삶을 업으로 삼으며, 책을 읽고 글을 쓴다. 지금의 시선으로 보면, 돈은 안 벌고 놀기만 하고, 취미로 책 좀 읽는 사람으로 보일지도 모르겠다. 하지만 책을 읽고, 글을 쓰는 것은 사대부의 소명이었다. 연암은 사대부 중에서도 글 좀 쓴다고 하는 선비였고, 다른 선비들과 달리 유머와 역설까지 겸비한 명문장가였다.

『연암집』을 읽다 보니 내게 다가온 것은 사대부니 명문장가니 하는 연암을 수식하는 말들이 아니었다. 내게 다가온 건, '인간 연암'이었다. 그는 정(情)을 지극하게 쓰던 사람이었다.

먼 친척뻘인 사장(士章) 박상한(朴相漢)이 세상을 떠났을 때였다. 염을 마치고, 그의 방에 있는 물건들을 하나하나 정리하던 연암은 이내 통곡을 한다. 고인의 물건에 손이 끈적끈적하게 달라붙어,

울컥! 싫은 마음이 올라와 문을 닫고 나왔다고 한다. 사장이 보던 서책과 손때 묻은 그림을 보니, 보내기 싫은 마음이 훅 올라왔던 것이다.

> 나는 매양 모르겠네, 소리란 똑같이 입에서 나오는데, 즐거우면 어째서 웃음이 되고 슬프면 어째서 울음이 되는지. 어쩌면 웃고 우는 이 두 가지는 억지로는 되는 게 아니고 감정이 극에 달해야 우러나는 것이 아니겠는가?
> 나는 모르겠네, 이른바 정이란 것이 어떤 모양이관대 생각만 하면 내 코끝을 시리게 하는지. 또한 모르겠네, 눈물이란 무슨 물이관대 울기만 하면 눈에서 나오는지. 「사장 애사」(士章哀辭), 『연암집』(하), 340쪽

연암을 만나면서 가장 놀라웠던 건, 내가 생각했던 선비 혹은 사대부와 너무도 달랐다는 것이다. 내가 상상했던, 아니 드라마 속에서 보았던 선비들은 꼿꼿하고 근엄했다. 가문에 화가 닥쳐도 묵묵히 그 화를 당하고, 사모하는 사람이 있어도 먼발치에서 바라만 보는 그런 사람이었다. 내가 (과거에) 한창 빠져서 보았던 〈다모〉나 〈대장금〉 같은 드라마 속 선비들은 그랬다. 대쪽같고, 묵묵했다.

하지만 연암은 달랐다. 웃음도 많고, 눈물도 많고, 화도 많다. 내가 보았던 선비들과 다르게 다소 감정적이었다. '선비가 이래도 되나?' 싶었지만, 이런 연암이 좀… 멋있었다. 그는 '정'(情), 지금 우리가 흔히 말하는 감정에 대해 관심이 많았던 듯하다. 어째서 즐

거우면 웃음이 나는지, 슬프면 울음이 나는지, 정이란 무엇이기에 생각만 하면 코끝이 시린지를 궁금해했고, 이해해 보고 싶어했다.

연암은 감정이 극에 달해 터져 나오는 것, 그 상태를 '중정'(中正)함이라고 생각했던 것 같다. 이보다 더할 수도 없고, 이보다 덜 할 수도 없는, 딱 그 상태! 그래서 연암의 애사나 묘지명을 보면, 절절하면서도 담담함이 느껴지는 건 아닐까. 무작정 참거나 내지르는 것도 아니고, 억지로 웃고 우는 것도 아니다. 더할 수도 없고, 덜어 낼 수도 없는 그 마음으로 애사를 쓰고, 묘지명을 썼던 것이다. 그리고 더없이 지극한 정으로 친구들을 만나고, 가족들을 대했다.

연암이 가족과 친구들에게 보낸 편지를 모은 『연암선생 서간첩』(燕巖先生書簡帖, 이하 '서간첩')이라는 책이 있다. 『연암집』에는 실려 있지 않은 편지들로 『고추장 작은 단지를 보내니』박희병 옮김, 돌베개, 2005라는 제목으로 출간되어 있다. 이번 설 명절, 멀지 않은 본가에 가면서 이 책을 챙겼다. 작고 가벼워서. 그런데 가져가길 참 잘했다는 생각이 들었다. 명절에 딱 어울리는 책이었다(잔소리가 아주 가득했기 때문이다).

놀랍게도 편지 대부분은 '큰아이에게' 보낸 것이었다. 큰아들 종의(宗儀)는 연암의 곁에 있던 자식이 아니었다. 시집와 20여 년 동안 열 식구를 먹여 살리다가 세상을 떠난 큰형수. 그 형수가 세상을 떠나던 날, 연암은 자신의 큰아들을 후사가 없던 형수댁 양자로 입적시켜 상을 치른다. 형수에 대한 지극한 마음이 느껴지면서도, 동시에 큰아들에 대한 믿음도 느껴진다. 이 시대에는 제 자식을 양자로 보내거나 부모가 죽은 아이를 데려와 양자로 삼으며 대부를 자처하는 것은 매우 자연스러운 문화였던 것 같다.

　서간첩에는 그렇게 양자로 떠나보낸 큰아이와의 정이 고스란히 담겨 있다. 영락없는 아버지, 사실 어머니(?)에 더 가까운 연암의 모습을 볼 수 있다. 연암은 "나는 고을 일을 하는 틈틈이 한가로울 때면 수시로 글을 짓는데, 너희들은 해가 가도록 무슨 일을 하느냐?"는 잔소리를 하기도 한다. 또 손주가 태어났다는 소식에 기쁨을 감추지 못하며, 산후통에는 생강나무를 달여 먹어야 한다며, 며느리 산후조리를 걱정하기도 한다. 손수 담근 고추장 한 단지, 쇠고기 장볶이 한 상자, 곶감 등을 정성스레 보내고, 보낸 쇠고기 장볶이에 대해 '잘 먹었다, 맛있다' 등 왜 아무런 말이 없는지, 그런 것에 섭섭해하기도 한다.

　'선비'도 아니고, '안의현감'도 아닌 '인간 연암'이었다. 그 어디서도 보지 못했던 연암이었다. 우리네 아버지, 아니 어머니와 다르지 않은 모습이었다. 연암은 애정, 걱정, 서운함 등을 편지에서 마음껏 드러내었다. 연암의 말처럼 "즐거우면 어째서 웃음이 되고, 슬프면 어째서 울음이 되는지" 알 수 없지만, 감정이 극에 달해야 우러나는 것이 아니겠는가?

　그러다 문득 생각이 들었다. 나는 가족을 '지극하게', '온전히' 만날 수 없어서 책을 들고 집에 간 건 아닌지. 그 시간을 책이나 TV로 채우고 싶어서 이 책을 들고 갔던 것은 아닌지, 하는 그런 생각 말이다.

　연암은 벗도, 가족도, 지극한 정으로 만났던 사람이었다. 연암에게 중정함은 상황에 적절한 감정이 극에 달하여 저절로 우러난

상태인 것이다. 적당한 중간 정도의 마음도 아니고, 적중(適中)하려고 아껴 두는 마음도 아니다. 더할 수도 없고, 덜할 수도 없는 딱 그만큼. 그만큼이 연암에게는 '중정함'이고 곧, '지극함'이었다. 연암이 내게 보여 준 중정한 정, 지극한 정은 바로 이런 것이었다.

소소선생(笑笑先生)의 슬기로운 현감 생활

남다영

오십이 되어 연암은 한 고을의 현감이 된다. 세월이 가고 관직 생활을 하면서도, 연암과 그 친구들과의 편지는 계속되었다. 하루는 연암이 바쁜 고을 업무를 얼추 마무리하고 숨 돌릴 즈음, 마침 대구에서 판관으로 지내고 있는 친구 이후(李侯)에게서 편지가 온다. 반가운 마음에 편지를 뜯어 보니, 편지에는 그 밝고 활기찬 친구가 고을 일로 근심하는 사연이 가득하다. 친구 이후뿐만이 아니라 수령들과 편지를 주고받으면 매번 "근심과 번뇌가 너무 지나쳐서 이맛살을 찌푸리는 빛이 지면까지 드러나고 신음하는 소리가 붓 끝에 끊어지지 아니"「진정에 대해 대구 판관 이후에게 답함」(答大邱判官李侯端亨論賑政書) 『연암집』 (상), 191쪽 했다 하니 예나 지금이나 직장인 스트레스는 어마어마하게 큰가 보다.

그런데 이 근심과 번뇌는 단순히 수령들이 능력이 부족하거나 못나서가 아니었다. 조선에서는 아무리 지혜와 학식을 갖춘 인재라

하더라도, 조정에 나아가 뜻을 펼칠 기회가 거의 없었다. 대과 급제가 아니면 조정에 나아갈 수 없을 정도로 등용문이 좁았기 때문이다. 음직으로 겨우 말단직, 수령이 되어도 마음대로 할 수 있는 일이란 거의 없으며, 명 받들어 행하기 분주하고, 인사고과에서 꼴찌를 하지 않을까 두려워하는 게 수령의 현실이었다. 자신의 처지 건사하기도 바쁘니, 자연히 백성의 고통을 신경 쓸 겨를은 더더욱 없었다. 엎친 데 덮친 격으로, 흉년까지 겹쳐 기민 선발에, 양식 확보까지 해야 하니 수령들의 근심이 이만저만이 아니었다.

하지만 상황은 상황이고, 연암은 근심과 번뇌에 싸여 있는 이후를 향해 일침을 날린다. "정사에 마땅히 전력을 다하여 씀바귀도 냉이처럼 달게 여겨야 할 텐데, 어쩌자고 신세를 한탄하고 딱한 꼴을 스스로 짓는단 말이오?"「진정에 대해 대구 판관 이후에게 답함」 193쪽 헉, 무슨 열정페이도 아니고 힘든 건 정신승리법으로 이겨내야 한다는 건가 싶어 반발심이 들려는 찰나, 연암은 덧붙인다. 자신은 50년 동안 겨우 끼니를 때우며 살아왔는데, 임금의 은혜로 갑자기 "부자영감"이 돼서 굶주려 쓰러져 가는 1,400명의 동포들을 한 달에 세 번씩 먹이는 즐거움을 누리게 되었다고 말이다. 그렇다. 연암은 씀바귀를 정말 냉이처럼 달게 여기고(느끼고) 있었다! 모두가 고을 일로 울상인데, 연암은 '이보다 즐거운 일이 어디 있냐'고 싱글벙글이다. 기민을 구휼한다고 밥을 먹이는 건 다른 고을 수령들도 했을 일인데, 왜 유독 연암만 웃을 수 있었을까?

연암은 기민을 구휼하는 일만이 수령의 일 중에 '포부를 펴 볼 기회'라고 말한다. 뜬금없이 구휼 활동에 힘을 쓰는 것이 포부를 펼칠 수 있는 일이라니? 연암에게 포부란 '출세를 해서 이름을 드날리겠다'거나, '돈을 많이 벌겠다'와 같이 더 많이 가지겠다는 야망이 아니다. 어려운 사람이 있으면 도와주고 싶은 마음이 절로 일어나듯, 사람이라면 가지고 있는 마음이 펼쳐지도록 실현하는 것이다.

저 장공예가 구세동거(九世同居)할 때에 애써서 참았다는 것이 무슨 일이었겠소? (……) 그 백 번을 참을 때에 골머리가 아프고 이맛살이 찌푸려져서 온 얼굴에 주름살이 가로세로 곤두서고 모로 잡혔을 테니, 양미간에는 내 천(川) 자요, 이마 위에는 북방 임(壬) 자가 그려졌을 것이 뻔한 일이오. 눈으로 보고도 참으면 장님이 되고, 귀로 듣고도 참으면 귀머거리가 되고, 입으로 말하고 싶은 것을 참으면 벙어리가 되는 셈이지요. 어질지 못한 일이로다. 측은지심의 싹을 잘라 버리자면 마음 심(心) 위의 칼날 인(刃) 자 하나면 족하거늘, 무엇 때문에 이 글자를 백 번이나 거푸 썼단 말이오?
이제 나는 즐거울 락(樂) 한 자를 쓰니 무수한 웃음 소(笑) 자가 뒤따릅디다. 이것을 미루어 나갈 것 같으면, 백세(百世)라도 동거(同居)할 수 있을 것이오. 이 편지를 개봉해 보는 날에 그대도 반드시 입 안에 머금은 밥알을 내뿜을 정도로 웃음을 참지 못할 것이니, 나를 소소선생(笑笑先生)이라 불러 준대도 역시 마다하지 않겠소.「진정에 대해 대구 판관 이후에게 답함」 193~194쪽

옛날에 장공예라는 사람의 집안은 9세대가 한 집에서 함께 살

았는데, 당 고종이 어떻게 그 많은 집안 사람들이 화목하게 지낼 수 있냐고 묻자 장공예는 '참을 인(忍)' 자를 백 번 써서 답으로 올렸다고 한다. 겉으로 보기엔 화목해 보일지 몰라도, 그것은 자신의 마음을 억누른 결과였다는 것이다. 다른 수령들도 마찬가지였다. 겉으로는 백성을 다스린다 하지만, 그저 관리평가에서 꼴찌를 면하기 위해서, 죄 짓지 않을 정도로만 고을 일에 임하는 것은 그저 내 마음을 누르고 윗사람 비위 맞추는 것과 크게 다르지 않다. 비위를 맞추는데, 나의 자연스러운 모습이 어떻게 나올 수 있을까. 자신이 보고 듣고 말하고 싶은 것이 뒤로 밀리게 되는 것은 당연한 결과였다.

그래서 연암은 '참을 인(忍)' 100자 대신 '즐거울 락(樂)'을 한 자 쓰겠다고 말한다. 포부를 펴며 살아갈 수 있는 건 적어도 자신에게 찡그림과 주름 대신 웃음을 준다. 연암은 이후에게 이렇게 말한 게 아닐까? "뭐 때문에 그리 괴로워하오? 괴로운 건 일이 힘들어서가 아니라 내 마음을 외물에 맞춰 누르고 있어서가 아니오? 여기 시원히 웃으며 갈 수 있는 길도 있소. 소소선생은 현감 생활을 그리 한답디다."

마음이 그렇게 중요하네요!

남다영

연암의 집안은 대대로 청빈했고 재물에 욕심이 없었다. 연암의 할아버지는 당세에 이름난 고관이었지만, 관직 생활을 하면서 재산을 한 푼도 늘리지 않았다. 덕분에 할아버지가 돌아가시고 남은 재산이라곤 열 냥도 채 안 되었고, 이 청빈한 집안 내력은 연암까지 쭉 내려왔다. 당연히 집안 살림은 언제나 빠듯했다. 하지만 연암의 식구들 중 누구도 그 생활이 부족하다며 결핍을 느끼지는 않았을 것이다. 그 뼛속까지 청빈한 삶을 이어갈 수 있도록 지탱해 준, 연암의 맏형수가 있었기 때문이다.

연암의 맏형수, 공인 이씨는 열여섯에 시집왔다. 가난한 시댁 때문에 공인의 고생은 참 말도 못한다. 공인은 병이 떠날 새가 없을 정도로 본래 몸이 약했는데, 집안 식구들 먹여 살리느라, 없는 살림에 제사 챙기느라 애가 타고 뼛골이 빠졌다. 아들 셋을 낳았건만, 다 어려서 생을 마감했다. 그 마음 추스르기도 힘들 것 같은데, 공인은 연달아 이어지는 제사와 잔치, 열 식구 먹여 살리는 것까지 거뜬히 해낸다. 연암은 20년 가까이 집안 살림하느라 늘 마음을 바삐 쓰는 형수를 보며 "마음이 위축되고 기가 꺾이어 마음먹은 뜻을 한 번도 펴 본 적이 없었다"「맏형수 공인 이씨 묘지명」(伯嫂恭人李氏墓誌銘), 『연암집』(상), 334쪽 고 회상한다.

이상한 건, 이토록 고단한 인생이면 원망이나 푸념이 절로 나올 것 같은데 공인에게는 그런 기색이 하나도 안 보인다는 점이다. 오히려 명문가의 체면이 손실되는 것을 부끄러이 여길 정도로 집안에 대한 책임감이 엄청나다. 그저 사대부 며느리로서 당연한 일이었던 걸까. 만약 그런 의무감이 전부였다면, 지쳐서 그 약한 몸으로는 도저히 못 버텼을 것이다. 공인이 자신의 삶에 충실할 수 있었던 건 그 누구보다 자신의 마음을 헤아려 주는 주위 사람들이 있었기 때문은 아닐까.

연암의 아내는 공인이 결핵으로 기침을 하며 힘들어할 때마다 진정이 될 때까지 온화한 얼굴로 곁을 지켰다. 연암도 형수가 가난으로 우울함을 풀지 못할 땐, 온화한 얼굴과 좋은 말로 그 마음을 위로하고, "매양 무얼 얻으면 그것이 비록 아주 하찮은 것일지라도 당신 방으로 가져가지 않고 반드시 형수께 공손히 바쳤다"박종채, 『나의 아버지, 박지원』 31쪽고 한다. 거기다 형수가 병으로 몸져 누워 있을 때, 연암은 공인의 속을 시원히 내려 주는 공약 하나를 내건다.

일찍이 공인을 마주하여 말하기를,
"우리 형님이 이제 늙었으니 당연히 이 아우와 함께 은거해야 합니다. 담장에는 빙 둘러 뽕나무 천 그루를 심고, 집 뒤에는 밤나무 천 그루를 심고, 문 앞에는 배나무 천 그루를 접붙이고, 시내의 위와 아래로는 복숭아나무와 살구나무 천 그루를 심고, (……) 울타리 사이에는 세 마리의 소를 매어 놓고서, 아내는 길쌈하고 형수님은 다만 여종을 시켜 들기름을 짜게 재촉해서, 밤에 이 시동생이 옛사람의 글을 읽도록 도와주십시오."

했다. 공인은 이때 병이 심했으나, 자기도 모르게 벌떡 일어나 머리를 손으로 떠받치고 한 번 웃으며 말하기를,

"이는 바로 나의 오랜 뜻이었소!"

하였다.「맏형수 공인 이씨 묘지명」336쪽

뽕나무, 배나무 등등 과일 나무를 천 그루씩 심고, 냇가에는 치어를 풀고, 소를 세 마리나 키우자는 말로 연암은 형수가 더는 집안 살림으로 고생하지도 마음 졸이지도 않았으면 하는 마음을 전한다. 그 말을 들은 형수, 마음이 환해져 몸을 벌떡 일으킨다. 그 어떤 말보다 함께 살아가고 싶다는 마음이 느껴졌기 때문일 것이다.

하지만 연암은 형수의 그 오랜 뜻을 끝끝내 이루어 드리지 못한다. 연암이 연암골에 터를 잡기도 전에, 공인이 세상을 떠났기 때문이다. 다만, 고인이 된 형수를 집의 북쪽 동산 해좌의 묘역에서 장사지낼 뿐이다. 형님네와 같이 은거하려고 눈여겨보았던 연암골 쪽으로 말이다.

쌀 한톨, 돈 한푼 더 생기게 해주지도 못하는 위로의 말과 공약이 공인의 고달픈 삶을 물질적으로는 풍족하게 바꿔 주진 못했

다. 하지만 적어도 형수의 마음을 헤아리는 연암 부부 덕에 공인은 삶을 원망하는 지옥 속에서 살아가지 않았다. 그 사실이 물질적으로 풍족하면서도, 옆에 있는 사람 마음 하나 헤아리기 어려워 삶을 지옥으로 만드는 것보다는 훨씬 낫지 않을까.

연암의 술 경계법

남다영

연암은 술을 잘 마셨다. 더불어 술과 관련된 에피소드도 많다. 열하로 가는 길에 들른 주점에서 기선 제압한답시고 술통 한 사발을 통째로 마시고는 후다닥 나오는가 하면, 개성에 살 적에는 하룻밤에 술자리를 두 번이나 가졌는데도 취하기는커녕 50잔이나 마셔서 전설처럼 두고두고 마을에 회자가 된다. 게다가 둘째아들 박종채에 따르면 연암은 젊었을 적부터 벗들과 글 짓고 술 마시며 노는일이 꽤 있었다고 한다. 연암의 글 「취하여 운종교를 거닌 기록」(醉踏雲從橋記)만 봐도 그렇다. 어느 보름날 저녁 친구들이 연암의 집에 방문하여 함께 술을 마시고 산책을 나서는데 이들의 행동이 범상치 않다. 유득공은 어디서 났는지 한밤중에 거위 목을 잡아 돌리며 장난을 치고 술에 취한 이덕무는 자신의 처지와 비슷해 보이는 '오'(獒)라는 종류의 개를 '호백'(豪伯)이라 목 놓아 부르며 꽤 독특하게 논다.

세간 사람들은 이렇게 연암이 벗들과 술 마시고 노는 모습을 보고 번화함을 좋아하고 몸단속하기를 싫어한다고 평하기도 했다. 하지만 이는 하나만 알고 둘은 모르는 소리다. 술을 자주 즐긴 연암은 술에 대한 경계 또한 놓치지 않았다. 둘째아들의 또 다른 제보에 따르면 아버지 연암은 술자리에 어울려도 취하는 일이 없으셨다며, 평소에는 "한가롭게 지내며 고요히 앉아 이치를 궁구하고 관찰하기를 퍽 좋아하셨다"박종채, 『나의 아버지 박지원』 45쪽고 한다. 그런 관찰의 일부였던 것일까? 하루는 술잔에 대한 생각이 떠올라 함께 술을 마시곤 했던 유득공에게 편지 하나를 보낸다.

옛사람의 술에 대한 경계는 지극히 깊다 이를 만하구려. 주정꾼을 가리켜 후(酗)라 한 것은 그 흉덕(凶德)흉악한 행실을 경계함이요, 술그릇에 주(舟)가 있는 것은 배가 엎어지듯 술에 빠질 것을 경계함이지요. 술잔 뢰(罍)는 누(纍)오랏줄에 묶임와 관계되고 옥잔 가(斝)는 엄(嚴)계엄(戒嚴)의 가차(假借)요, 배(盃)잔는 풀이하면 불명(不皿)가득 채우지 말라이 되고 술잔 치(巵)는 위(危)위태하다자와 비슷하고, 뿔잔 굉(觥)은 그 저촉(抵觸)됨을 경계함이요, (……) 술 유(酉) 부에 졸(卒)죽다의 뜻을 취하면 취(醉) 자가 되고 생(生)살다 자가 붙으면 술 깰 성(醒) 자가 되지요. 『주관』(周官)『주례』에 "평씨(萍氏)가 기주(幾酒)를 맡았다" 했는데, 『본초』를 살펴보니 "평(萍)개구리밥은 능히 술기운을 제어한다" 했소.
우리들은 술 마시기를 좋아하는 것이 옛사람보다 더하면서, 옛사람이 경계로 남긴 뜻에는 깜깜하니 어찌 크게 두려운 일이 아니겠소. 원컨대 오늘부터 술을 보면 옛사람이 글자 지은 뜻을 생각하고, 다시 옛사람이 만든 술그릇의 이름을 돌아봄이 옳지 않을는지요. 「영재에게 답함 1」(泠齋), 「연암집」(중), 406~407쪽

연암은 옛사람들의 술에 대한 세심한 경계에 감탄한다. 술 쟁반 무늬 하나, 술잔 하나하나의 명칭, 심지어는 '취하다'와 '술에서 깨다'라는 글자 속에도 '술을 마셔 빠질 수 있는 위태로움을 조심 또 조심하라'는 옛사람의 메시지가 줄줄줄 보였던 것이다. 까딱하면 도를 지나치기 쉬운 술의 세계에 경계할 수 있도록 해주는 불빛들이 이토록 많다니, 연암은 옛사람들이 남겨 놓은 메시지를 발견하곤 든든한 마음도 들었을 것 같다.

어떤 이들은 '그냥 마시면 되지, 술잔 하나에까지 뭐 이리 의미 부여를 하나'라는 생각에 귀찮고 답답한 생각이 들 수도 있을 것 같다. 혹은 같은 글자라도 아예 반대로 해석하며 더 막무가내로 먹을 수도 있겠다. 술그릇에 '배 주(舟)'가 있는 것은, 배가 물 위에서 출렁거리듯 넘치도록 마시라는 뜻이라고 풀이하면서 말이다. 하지만 내 행동을 조절하고 싶을 때, 연암처럼 옛사람들의 해석을 벗 삼아보는 것도 꽤 재미있는 방법이 되지 않을까?

예를 들어, 식탐이 너무 강해서 '조금 먹어야지!' 하고 다짐을 하고 참다가 폭발하기를 반복하는 대신에 '점심'이라는 말에는 '마음에 점 하나를 찍는다'라는 옛사람의 뜻을 되새겨 보는 거다('그럼 아침과 저녁은?'이라는 질문이 생기지만, 일단 패스하겠다). 어쩌면 옛사람들도 살아가면서 우리가 부딪히는 문제를 고민했을 것이다. 밥을

먹을 때 탐욕을 부리거나, 술을 마시고 실수하는 것처럼. 그리고 그 고민이 이제는 우리의 일상 언어들 속에 녹아 있는 것이 아닐까? 같은 고민을 하는 후대 사람인 우리는 단어들 속에 생활을 경계해 줄 만한 메시지가 있다는 걸 알았으니, 이 단어들을 길잡이 삼을 수 있다면 덜 위태롭고 덜 흔들릴 수 있을 것 같다. 특히 술과 같이, 다 짐만 하고 까먹기 일쑤라서 오래도록 실천하기 어려운 일에는 특히나!

무기력으로부터 탈출하기

남다영

홍대용은 이역만리에 있는 천애의 지기(知己)들하고만 절절한 편지를 주고받은 게 아니었나 보다(자세한 내용은 '지기와의 이별'편에!). 조선 안에서도 홍대용의 편지를 애타게 기다리는 사람이 있었다. 바로 얼어붙은 비탈과 눈 쌓인 골짝에 계시는 연암 어른이시다. 아무리 멀어 봤자 조선인지라 청나라 사람들보다는 홍대용과 연암이 훨씬 가까운 거리에 있었지만, 서로 오고 가기 힘든 것은 마찬가지였다. 연암은 홍국영의 화를 피해 개성 연암골로 들어가고, 홍대용은 전라도 태인군수를 지내느라, 3년이 되도록 서로 만나지도 못했기 때문이다. 연암은 홍대용에게 얼굴도 어찌 변했을지 무척 궁금하지만 자신의 얼굴을 미루어 짐작한다며, 편지로 특이한 안부를 묻는다. '형은 스스로 점검하기에 정력과 기개가 어떠하신지요?'

　당시 연암의 나이는 마흔, 홍대용은 연암보다 여섯 살 위이니 건강 안부를 묻기라도 한 걸까? 아니다. 이 질문은 연암의 고민으로

부터 출발한다. 연암은 예부터 객기가 병통이었는데, 이 객기가, 근본적으로 다스린 것도 아닌데 어느 순간 사라졌다는 것이다. 연암이 문제라 여겼던 객기가 구체적으로 어떤 것을 말하는 것인지는 잘 모르겠다. 다만 객기를 이겨 낼 수단과 무기는 군자의 아홉 가지 자태인 '구용'(九容)*과 예가 아니면 보지도 듣지도 말하지도 행하지도 말라는 '사물'(四勿)이라는 점, 그리고 객기와 정기는 음과 양처럼 객기가 조금만 없어져도 정기가 저절로 선다는 점, 그리고 정기는 하늘과 땅을 봄에 스스로 부끄럼이 없는 경지에서 찾을 수 있다는 점을 미루어 보아 객기는 예에 어긋나고 삐뚤어지고 싶은 마음이 아닐까 싶다.

이 삐뚤어지고 싶은 마음이 객기이고 저절로 없어졌다니 좋아할 일이 아닌가 싶은데, 연암에게는 또 다른 고민이 생겼다. 객기가 뚜렷하게 보일 때는 고칠 게 눈에 훤히 보이니 '이렇게 살면 안 되겠다, 고쳐야겠다'라고 문제를 해결할 의욕도 동시에 있었다. 그런데 이제는 '닳고 닳아 버린 탓에 감정이 속에서 뜨거워지지 않고, 담담하게 맞부딪치기만 하고', 객기든 정기든 도무지 어떤 힘도 안 난다는 것이다. 그래서 어찌해야 할지 도무지 모르겠다고, 어떻게 정기를 함양하며, 어떻게 집의하며, 어떻게 스승으로 삼고 본받으며, 어떻게 예를 회복할 수 있을지 모르겠다고 토로한다. 갈 길을 잃은 연암. 우정과 배움의 달인인 연암이 이런 고민을 했다니 놀랍기

---

* 발은 무겁고 손은 공손하며, 눈은 단정하고 입은 다물며, 목소리는 조용하고 머리는 곧게 세우며, 기색은 엄숙하고 선 자세는 덕스러우며, 낯빛은 씩씩하여야 한다.

까지 하다. 연암은 홍대용이 자신의 편지에 답장을 보내서 자신을 깨우쳐 주기를 간절히 바란다. 그런데 연암은 자신의 상태를 주저리주저리 쓰다가 문득 홍대용이 무슨 말을 할지 알 것 같은 기분이 든다.

> 지금 격려해 주신 별지를 받고 보니, 저도 모르게 부끄러워 땀이 얼굴을 뒤덮었으므로 잠시 이와 같이 늘어놓습니다. 아마도 반드시 이 편지를 보시고는 한 번 웃으며
> "이는 필시 늙어 가고 곤궁함이 날로 심해진 것뿐일세. 만약 객기를 제거할 수 있다면 하늘을 떠받치고 땅 위에 우뚝 설 수 있을 텐데, 무엇 때문에 이렇게 나른하게 처져 있는 것인가? 나른하게 처지도록 만든 것이야말로 객기일세."
> 하실 테지요. 「홍덕보에게 답함 1」(答洪德保書), 『연암집』(중), 162쪽

연암은 자신의 객기가 없어진 것이 아니라, 무언가 할 의욕이 없다는 것도 객기라는 것을 깨닫는다. 객기를 제거하는 이유는 '예에 어긋나지만 않으면 돼'와 같은 수동적인 상태에서 머무는 것이 아니라, 스스로 우뚝 서서 부끄러움 없이 살아가고자 하는 데 있기 때문이다. 그걸 모르고 객기가 없어졌다고 이야기하다니, 연암은 부끄러움에 얼굴이 빨개진다.

자신의 상태를 알아차린 연암은 홍대용에게 더욱더 간절한 마음으로 묻는다. 형은 어떻게 자신을 점검하며 나아가고 있냐고 말이다. 때때로 지쳐 버리고 무기력해지는 객기에 눌리지 않고, 떳떳

하게 살아가고자 하는 그 마음을 잃지 않으려면 어떻게 해야 하냐
고 말이다. 이 간절한 물음으로 연암은 자신의 정기를 일으켜 세우
고 있었다.

무엇을 원할 것인가

남다영

정조는 똑똑한 왕이다. '호학군주'라 불릴 만큼 책과 배움을 좋아했고, '개혁군주'라 불릴 만큼 나라를 이롭게 하기 위해 공부한 것이 실현되도록 힘썼다. 하지만 왕의 재능이 아무리 출중한들, 나라를 혼자 힘으로 다스릴 순 없다. 왕을 지지해 주는 세력이 있어야 힘을 발휘할 수 있었고, 그래서 함께 도모하는 신하들이 중요했다.

그래서일까? 정조는 신하들에게 자주 책문(策問)하기를 즐겼다. 책문은 임금이 신하나 유생에게 질문을 던져, 이에 대한 자신의 생각을 글로 올리게 하는 것이다. 요즘으로 말하자면 '조선왕조'표 논술시험이랄까. 왕은 책문을 읽으며 신하와 유생들이 어떤 생각을 지니고 있는지도 알 수 있고, 자신이 생각지도 못한 지점들을 깨치고 견문을 넓힐 수 있는 기회도 얻을 수 있었다. 아마 글 읽기 좋아하는 정조에게는 홍대용, 박제가, 이덕무 등등 그 시대 내로라하는 선비들의 글을 보는 재미도 쏠쏠했을 것이다. 그리고 책문은 임금이 신하들의 다양한 의견을 알 수 있는 기회인 만큼, 임금과 신하의 의견이 충돌하는 빅매치의 장이 되기도 했다. 그리고 여기, 정조와 연암의 논리가 한판 부딪친 책문이 있다(아쉽게도 연암의 이 글은 정조에게 전해지지는 않았다).

정조의 질문을 추려 보자면 이렇다. 춘추전국시대 위나라 혜왕이 자신의 신하 공숙좌가 훌륭한 인재인 위앙을 추천했는데도 듣지 않았다. 위 혜왕이 공숙좌의 말을 듣지 않은 이유는, 공숙좌가 위앙을 추천해 놓고, 등용하지 않을 거면 죽이라며 앞뒤가 어긋나는 의심스러운 논리를 펼쳐서가 아닌가? 만약 공숙좌가 평소에 위 혜왕에게 조금 더 정성스럽게 충심을 다해 말했더라면 혹은 위앙에게 작은 일부터 맡겨 그의 능력을 증명해 보였다면, 위 혜왕은 진 효공처럼 위앙을 등용해서 부국강병을 이룰 수 있게 되지 않았겠는가?

정조의 질문 속에는 아쉬움이 절절히 맺혀 있다. '그때 상대가 조금만 더 적극적으로 나왔더라면!'이라고 말하며, 잘못된 원인만 고쳤다면 결과가 나아졌을 거라고 생각하는 게 느껴진다. 정조는 역사를 돌아보며 반면교사 삼아 나라를 잘 다스리는 방법을 찾고 싶었던 것이겠지만, 어쩐지 좀 치사하다는 생각이 든다. 잘못된 원인을 바로잡으려는 노력이라기보다는 신하 탓을 하는 핑계 같았기 때문이다. '왜 그러지 못했을까' 하는 후회와 안타까움만 가득한 채로.

연암은 정조의 '공숙좌에게 무엇이 부족했을까'라는 질문에 반대 의견을 제시한다. '아니요. 그때 공숙좌는 자신이 할 수 있는 것을 충분히 했습니다'라고. 연암이 보기에 공숙좌는 죽기 전 유언으로 위앙을 추천하며 자신의 진심을 가장 잘 드러내기 위해 최선을 다했다. 등용하지 않을 거라면 죽이라고 한 것은 그만큼 절박하다는 뜻을 보이는 동시에 나라의 후환을 없애려는 충심이었다. 평소에 위앙이 작은 실적부터 쌓아 위 혜왕의 신뢰가 생기도록 하지 않은 것은 안 한 게 아니라 못한 거였다. 작은 자리로는 위앙의 정치 능력을 볼 수 없기 때문이다. 그러므로 위 혜왕이 공숙좌의 말을 따르지 않은 것은 공숙좌가 어떻게 더 해볼 수 있는 것이 아니었다. 연암은 정조에게 다시 질문을 던진다. 그런데 공숙좌, 위 혜왕, 진 효공 중 진정 천하를 다스릴 만한 그릇이 있다고 생각하십니까?

그렇기는 하지만 공숙좌는 단지 혜왕의 일개 구신(具臣)^{수효만 채우는 쓸모없는 신하}이요 위앙의 하류(下流)에 불과한 자입니다. 맹자도 일찍이 위나라에 갔었는데 공숙좌가 그 임금에게 천거했다는 말은 듣지 못하였으니, 그렇다면 인의(仁義)의 설이 천하를 통치하기에 충분하다는 것을 알지 못했던 것입니다.
또 세상에서 진 효공을 논하는 자들은 그가 위앙을 등용했다 해서 현명하다 하고, 양 혜왕을 논하는 자들은 공숙좌의 말을 듣지 않았다 해서 어리석다고 여깁니다. 그러나 설령 맹자가 진나라에 갔다고 해도 효공은 반드시 그를 등용하지 못했을 것입니다. 무엇으로써 그럴 줄 아느냐 하면, 위앙이 먼저 제왕의 도로써 말하자 효공이 이따금 졸았으니, 맹자라면 한 자를 굽혀서 여덟 자를 펴는 따위는 반드시 하지 않았을 것입니

다. 「공손앙이 진나라에 들어가다」(公孫鞅入秦), 『연암집』(하), 317쪽

공숙좌, 진 효공, 위 혜왕은 셋 다 나라를 어떻게 물질적으로 강하게 만들 수 있는지에만 관심이 있었지 '인의'(仁義)에 따라 나라를 다스릴 수 있다고 생각하지는 않았다. 공숙좌는 맹자가 위나라에 와도 추천할 생각도 하지 않았다. 그의 정치 방향에서는 맹자가 쓸모없어 보였기 때문이다. 진 효공은 위앙의 여러 정치 이론 중에 무력으로 다스리는 패도에만 관심을 두었을 뿐이었다. 그러므로 위 혜왕은 진 효공처럼 위앙을 만나기만 했다면 등용했을 테지만 단지 타이밍이 안 좋았던 것이다.

자신이 원하는 것을 얻었느냐 얻지 못하였느냐는 단지 때와 운에 따를 일이지 자신이 어찌할 수 있는 영역이 아니다. 자신이 원하는 걸 못 얻었다 해도 그건 다른 누군가보다 못나서가 아니다. 그전에 살펴보아야 할 것은 내가 어떤 방향으로 나아갈지, 그리고 무엇을 추구하고 있는지를 보는 것이다. 연암은 이 책문에 답하며 정조는 무엇을 추구하고 있는지 되묻고 있다.

인연은 다 악연이다

남다영

연암의 나이 서른다섯, 절친한 친구 이사춘(李士春)이희천(李義天). 사춘은 자(字).이 참수형을 당한다. 온몸이 찢겨져 버린 친구의 시체, 노비가 되어 살아가야 하는 그의 처자식. 당시 가장 무거운 죄인 역모죄 취급을 받은 것이다. 하지만 역모라니! 이사춘이 한 일은 역모는커녕 항간에 떠돌고 있던 책 한 권을 빌려 보았던 것이 다였고, 이사춘의 죽음 전까지만 해도 누구도 그 책을 읽는 것이 감옥에 갈 정도로 불경한 일이라고 예상하지 못했다고 한다. 심지어 연암의 삼종형이자, 화평옹주의 남편인 박명원도 그 책을 가지고 있었다.

전혀 납득할 수도, 받아들일 수도 없는 친구의 죽음에 연암은 주위 사람들과의 관계를 모조리 끊어 버린다. 경조사에도 일절 발을 끊어 버리고, 최소한의 밥 지을 물과 불을 얻을 때 빼고는 집에서 나오지 않는다. 이러한 처사로 미친놈이라는 욕을 들어도 연암은 교제가 끊기는 것을 오히려 달갑게 여긴다. 연암은 왜 이렇게 극단적인 선택을 하게 된 것일까? 친구를 죽음으로 몬 사회에 대한 분노였을까? 여러 이유가 있겠지만, 더 이상의 아픔을 감당할 자신이 없어서일 것 같다. 심지어 연암은 그의 절친한 친구 유언호, 황승원이 유배되어 섬에서 거의 죽게 되었어도, 안부 한 글자 묻지 않는데, 자신의 소중한 사람들이 처참한 일을 겪는 것을 더 보다가는, 자신이 무너져 버릴 게 뻔히 보여서 일종의 방어본능처럼 인연을 끊어 버리는 쪽을 택한 게 아닐까.

　홀로 살아가길 택한 연암이었지만, 그를 찾는 친구들의 발길은 끊이지 않았다. 그 친구들 중 연암보다 열두 살 어린 제자이자 벗인 이몽직이 있었다. 몽직은 달 밝은 저녁과 함박눈이 내린 밤이면 술을 잔뜩 가지고 와 연암과 거문고를 퉁기고 그림을 평하며 이야기를 나누었다. 연암이 문득 달빛 아래에서 몽직이 생각나면, 몽직은 어김없이 문을 두드렸다고 할 만큼 둘은 서로 마음이 통하는 친구였다. 하지만 그런 이몽직마저 활쏘기 연습을 하다 빗나간 화살에 맞아 어처구니없게 죽는다. 젊은 나이 스물여섯에. 연암은 이 죽음 앞에서는 어떤 심경이었을까. 몽직을 향한 그의 애사문은 덤덤한 듯하면서도 슬픔이 뚝뚝 새어 나온다.

　대개 생각은 다 망상이요, 인연은 다 악연이다. 생각하는 데서 인연이 맺어지고, 인연이 맺어지면 사귀게 되고, 사귀면 친해지고, 친하면 정이 붙고, 정이 붙으면 마침내 이것이 원업(冤業)이 되는 것이다. 그 죽음이 사춘처럼 참혹하고 몽직처럼 공교로운 경우에는, 평생 서로 즐거워한 것은 얼마 되지 않는데

마침내 재앙과 사망으로 고통이 혹독하여 **뼈**를 찔러 대니, 이
것이 어찌 망상과 악연이 합쳐져서 원업이 된 게 아니겠는가.
만약에 몽직과 애당초 모르는 사이였다면, 아무리 그가 죽었다
는 소식을 들었더라도 마음이 아프고 참담한 것이 이처럼 심하
지는 않았을 것이다.「이몽직에 대한 애사」(李夢直哀辭),『연암집』(중), 252쪽

사람을 사귈 때 얼마나 마음을 다해야, 그의 죽음이 뼈를 찔러
댈 만큼 온몸으로 아플 수 있는 걸까. 얼마나 친해지고 정이 붙어야
그 인연 자체가 악연이라고 말할 만큼 괴로운 것일까. 나는 가까운
이의 죽음을 겪어 본 적이 없어 사별의 아픔에 대해서 얘기할 순 없
지만, 사실 누군가와의 이별에도 그리 괴롭다고 여겨 본 적이 없다.
그래서 그토록 아파하는 연암을 보며, 사람들과 그동안 적정
선을 치고 살아왔던 걸 더 이상 부인하기가 어려웠다. 좋은 게 있으
면 나쁜 점도 있다고, 관계도 변하기 마련이라며 적당히 선을 넘지
않기 위해 마음을 다하지 않아서 그동안 나는 이별의 아픔도 잘 알
지 못했던 게 아니었을까? 그냥 적당히 사람을 만나는 걸로는 인연
조차도 될 수 없다. 애당초 모르는 사이였다면 아프지도 않았을 거
라는 연암의 말처럼. 그런데 이상하다. 인연이 사귐이 되고, 친해지
고, 정이 붙어 그 찰나의 정 때문에 괴로워져도, 또다시 그런 인연을
맺고 싶다는 생각이 든다. 사촌의 죽음 이후 모든 인연을 끊으려 하
지만, 다시 몽직과 인연을 맺고 그의 죽음을 온몸으로 슬퍼하는 연
암처럼 말이다.
다행히 연암은 몽직의 죽음부터는 그 이별이 아무리 괴롭다

해도 그 고통을 더 이상 피하지는 않았던 것 같다. 그 후 연암이 또 관계를 모조리 끊었다는 말은 볼 수 없기 때문이다. 대신 연암에게 눈에 띄는 점이 하나 있다. 죽음을 다룬 글들이 유독 많다는 점이다. 연암은 업적이나 전형적인 모범행실을 적었던 기존에 유행하던 묘지명 형식 대신 일기장에 적지 않으면 그냥 지나쳤을 법한 그 사람만의 면모를 담으며 파격적인 묘지명을 짓는다. 죽은 이와 관련 없어 보이는 모르는 사람으로 남기를 거부한 것이다. 인연을 맺고 정을 붙인 사람으로서 지은 묘지명은 어쩌면 몽직의 죽음부터 시작된 것은 아닐까? 몽직은 헤어짐이 뼈가 시린 듯하게 아픈 것은 그만큼 정이 깊기 때문이라는 걸 연암에게 다시 한번 알려 준 벗이었다.

죽은 친구에게 보내는 편지

이윤하

얼굴 한 번 보지 않고도 친구가 될 수 있고, 둘 중 한 명이 죽고 나서야 친구가 될 수도 있다. 여기 그런, 기이하지만 여느 '우정담'만큼 아름답고 벅찬, 연암과 그 친구의 이야기가 있다.

조선 후기, 문장이 너무 뛰어나 펴 보기도 전에 그것을 쓴 종이에서 빛이 나고, 재주가 벽과 같아 누구도 넘볼 수 없는 이가 있었다. 이름은 우상(虞裳) 이언진(李彦瑱). 빛나는 시를 썼고, 중인이었고, 역관이었다. 천재였지만 출신에 따라 할 일이 나뉘어 있는 조선에서 중인으로 태어났다, 이것은 이미 '비운'을 예고하는 배치다. 인정받지 못한 천재, 읽히지 않는 불후의 작가! 그는 이런 일종의 형용모순을 만들어 냈다.

우상은 '일개 역관'에 불과했고, 조선에서 그의 이름은 마을 밖을 나오지 못했다. 그러다 역관 일로 일본에 갔다가 이름을 크게 떨치고 돌아온다. 그곳에서 우상은 일본인들이 시문을 지어 보라며 어떤 그림을 보여 주건, 어떤 주제를 내주건, 즉석에서 운을 맞춰 시를 지었는데, 외워 놓은 시를 읊듯이 막힘이 없었다. 사신단 중 누구보다 주목을 받았지만 조선으로 돌아왔을 때 그가 문장가로서 설 자리는 없었다.

이인(異人)끼리는 알아본다고 하던가. 우상은 동시대에 명문 사대부 집안에서 태어나, 역시 뛰어난 문장을 썼던 연암과 각별하고도 어긋난 인연이 있었다. 우상은 '이 사람만이 나를 알아볼 수 있을 것'이라며 사람을 보내 연암에게 자기 시를 보였다. 그러나 우상의 시를 본 연암은 '오나라 사람의 간드러진 문체라 미미하고 값나갈 게 없다'고 답했다. 한마디로, 별로라고 깐 것이다.

그 말을 전해 들은 우상은 처음엔 성을 냈다. 그러다 이내 눈물을 흘리며 낙담했다. 연암마저 읽어 주지 않는다면 '내가 세상에 오래갈 수 있겠는가?' 얼마 후 자신의 말처럼 그는 스물일곱이라는 젊은 나이에 병을 얻어 세상을 떠났다. 죽기 전 그는 누가 다시 알아주겠느냐며 썼던 시들을 모조리 불태웠다. 그 소식을 듣고 연암은 한 번도 만나 본 적 없는 그의 전기를 쓰기 시작한다.

아! 나는 일찍이 속으로 그 재주를 남달리 아꼈다. 그럼에도 유독 그의 기를 억누른 것은, 우상이 아직 나이 젊으니 머리를 숙이고 도(道)로 나아간다면, 글을 저술하여 세상에 남길 만하다고 여겼기 때문이다. 그런데 지금 와 생각하니 우상은 필시 나를 좋아할 만한 사람이 못 된다고 여겼을 것이다.「우상전」(虞裳傳),『연암집』(하), 214쪽

남에게 훔쳐 가라고 소리치듯 휘황하게 빛나는 재주, '세상'을 은근히 비꼬면서 뻗어 나가는 기개. 연암은 우상을 분명히 알아봤다. 젊은 청년의 삐죽삐죽 뻗치는 기운과 속부터 차오르는 당당함을. 어쩌면 연암은 우상에게서 자신의 어릴 적 모습을 보았는지도 모른다. 성균관 시험을 치러 가서 시험지에 돌과 나무나 그려 놓고 나오고, 「양반전」, 「마장전」 같은 글로 온갖 욕심 범벅 양반들의 실태를 풍자해 대던 자신의 모습 말이다(이렇게 쓰긴 했지만 둘은 겨우 세 살 차이가 난다).

그러면서도 그는 우상이 머리를 조금 숙이는 게 더 좋지 않을까 생각했다. 세상을 비꼬고 있는 자기 마음을 돌아보면 어떨까, 그 뛰어난 재주로 세상에 무엇을 말할지 더 생각해 보면 좋지 않을까. 연암은 『논어』를 빌려 와(공야장 5-3) 덕은 그릇이고, 재주는 그에 담기는 물건이라고 말한다. 덕만 있고 재주가 없으면 빈 그릇에 지나지 않고, 덕이 없고 재주만 있으면 밖으로 넘쳐 버린다. 그렇지만 이런 연암의 마음을 따라오기엔 우상의 병이 깊었다.

연암은 우상이 보내왔던, 재주가 넘쳐흐르는 글들을 상자 속에 넣어 깊이 간직하고 있었다. 이제 세상을 떠난 그의 글을 다시 꺼내 든 연암은 자신이 쓰는 전기에 그 시를 모두 기록한다. 우상이 써 낸 것들, 또 불태워 버린 것들에 비하면 몇 편 되지 않았지만 조금이라도 남겨 사람들에게 우상의 시를 읽게 하고 싶었던 것이다.

이렇게 연암이 쓴 글의 제목은 우상 '전'인데 이 글엔 실제로 우상이 어떻게 살았는지에 대한 이야기는 거의 없다. 우상의 드높은 재주를 기리는 내용과 그의 시, 연암 자신과 어긋난 인연에 대한 내용이 대부분이다. 그래서 이 글은 '전기'라기보다는 편지에 가깝게 느껴진다.

우상이 연암에게 글을 보이려 한 것은 그저 자신의 글을 같이 읽어 주고 이야기해 줄 친구가 필요해서였다는 것을 연암은 너무 늦게 알아 버렸던 것이다. 연암은, 이제야 당신의 마음을 알았다고, 그래서 이렇게 당신의 글을 읽고 다시 쓰고 있다고, 나는 이제 당신의 친구라고, 당신이 죽고서야 당신의 친구가 되어서 안타깝다고, 이 편지로 말하고 싶었을 것이다.

굳이 이 아름다운 이야기에 첨언하고 싶다. 친구는, '알아볼 수 있는' 사람이고, 그런 사람이 되고 싶다, 라고.

나는 세상에 뜻이 없다

이윤하

어느 여름밤, 연암의 벗이며 제자인 낙서(洛瑞)이서구가 연암의 거처를 방문했다. 어려운 살림 때문에 식구들을 모두 처가로 보내고, 연암 혼자 서울에 남아 여름을 나고 있을 때였다. 낙서가 온 날 연암은 밥을 굶은 지 사흘째, 행랑 사람이 일해 받은 품삯으로 지은 밥을 저녁에야 얻어먹을 수 있었다. 낙서가 막 들어올 때엔 망건도 버선도 갖추지 않은 채 다리를 창턱에 걸쳐 놓고 누워 행랑 사람과 잡담을 하는 중이었다.

그러다 낙서가 오자 연암은 옷을 갖추고 앉아 '고금(古今) 치란(治亂)'과 '당세의 문장, 명론(名論)의 파별 동이(同異)'에 대해 이야기하기 시작했다. 낙서가 들으니 몹시 새로웠다. 이야기를 하다 촛불이 꺼졌지만 담소는 그치지 않았다. 낙서는 넌지시 3년쯤 전, 한겨울 날 같이 떡을 구워 먹던 일을 이야기한다. '그때 몹시 즐거웠죠. 근데 몇 년 사이에 어르신은 벌써 머리가 하얗게 세었고, 저는 수염이 나네요.' 낙서는 그날 연암에게 다녀간 일을 글로 쓴다(「하야방우기」夏夜訪友記).

　사실 이 여름, 연암은 홀로 깊이 은거하고 있었다. 시골에 있는 가족들이 보내는 편지도 제대로 읽지 않았고, 가까운 친척이 아니면 경조사도 끊었다(사대부에게 경조사 출석은 중요한 의무다). 각별한 벗인 유언호, 황승원 같은 이들이 유배를 가게 되어 위태로운 상황임에도 안부 한 글자 묻지 않았다. 여러 날 세수하지 않고, 망건도 쓰지 않고 지냈다. 다만 이웃에 밥 지을 물이나 불을 얻으러 가거나, 땔나무 장수나 참외 장수가 지나가면 붙잡아 '효제충신', '예의염치'에 대해 이야기했다.

　자다가 깨면 책을 펴 읽고, 그러다 잠들어도 깨우는 이가 없으니 종일 자기도 했다. 글을 쓰기도 하고, 권태로우면 철현금을 두어 가락 타기도 하고, 친구가 술을 보내 주면 즐거워하며 마셨다. 사람들은 이렇게 홀로 지내는 연암을 비웃었다. 관계가 끊어져도 달갑게 여기는 연암을 원망하는 사람도 있었다. 하지만 연암은 낙서가 쓴 글에 답하며, 이젠 '세상에 아무런 뜻이 없다'고 쓸 따름이다.

　낙서는 또 눈 내리는 밤에 떡을 구워 먹던 때의 일을 그 글에 기록했다. 마침 나의 옛집이 낙서의 집과 대문을 마주하고 있었으므로, 동자 때부터 그는 나의 집에 손님들이 날마다 가득하고 나도 당세에 뜻이 있었음을 보았다. 그런데 지금 나이 40이 채 못 되어 이미 나의 머리가 허옇게 되었다며, 그는 자못 감개한 심정을 말했다. 그러나 나는 이미 병들고 지쳐서 기백이 꺾이고, 세상에 아무런 뜻이 없어 지난날의 모습을 다시는 찾아볼 수 없다.「소완정의 하야방우기에 화답하다」(酬素玩亭夏夜訪友記), 『연암집』(중), 59쪽

낙서는 연암보다 열일곱 살이나 어린, 젊은(열여덟) 선비다. 그는 사람들이 연암의 집에 왁자하게 왕래하던 때, 연암이 이렇게 가난하지 않았던 때를 떠올리며 '자못 감개한 심정'을 드러낸다. 나도 그 심정에 슬쩍 동의하는 바다. 세수도 제대로 하지 않고, 하릴없이 잠이나 자고, 행랑 사람과 수다나 떨고 있다니? 이게 내가 알던 연암이 맞는가….

그렇지만 정작 연암 본인은 우리의 '감개한 심정'에 동의하지 않는다. 무언가를 포기한 듯, 무력해 보이기는 하지만 과거를 떠올리며 아쉬워하지도 않는다. 생각이 없어 고요하다, 지금 생활이 만족스럽다, 라고 이야기할 정도다. 어째서? 그것은 연암의 이 여름이 그의 한 친구와 관련되어 있기 때문이다.

그의 자는 사춘, 이름은 희천. 이 여름뿐 아니라 연암의 삶을 이야기할 때 빼놓을 수 없는 사람이다. 젊은 날 연암은 희천의 아버지, 단릉(丹陵) 이윤영(李胤永)에게 『주역』을 배웠고, 단릉은 연암의 인물됨을 알아보고 맏아들 희천에게 연암을 좇아 놀게 했다. 둘은 깊은 벗이 되었다. 그리고 10년 뒤 영조 47년(1771)에 일이 일어났다.

청나라에서 건너온 『강감회찬』(綱鑑會纂)이라는 책이 문제였다. 이 책에 태조 이성계의 출신에 대한 모독(오기)이 있었기 때문

이다. 『강감회찬』은 중국에서 정사(正史)로 읽히는 역사책이 아니었는데도 조선의 조정에서는 갑자기 난리가 났다. 공로를 욕심 낸 박필순이 영조에게 강하게 문제 제기를 했기 때문이었다. 영조는 조선에 있는 『강감회찬』을 모두 불태우게 하고, 책을 가지고 있거나 읽은 사람들, 책을 판 책장수들까지 모두 색출하게 했다. 많은 이들이 유배되고, 벌을 받았다.

희천도 같은 내용의 오기를 하고 있는 『명기집략』(明紀輯略)을 가지고 있었다. 희천은 읽은 적이 없다고 했지만 유독 그와 그에게 책을 판 책쾌에게 가혹한 형벌이 내려졌다. 사형, 그 중에서도 참수였다. 참수는 신체를 훼손하는 형벌이다. 머리털 한 올까지 부모님이 주신 것으로 소중히 해야 하는 양반에게 신체를 훼손하는 형벌은 그와 연결된 모든 존재를 모독하는 일이다. 그의 머리는 책쾌의 머리와 함께 3일을 강변에 걸려 있었고 그의 처자식은 관노비가 되었다.

그의 집안이 노론 명문가였다는 것을 생각하면 이것은 자연스러운 일이 아니다. 영조가 이렇게까지 한 이유가 오히려 희천의 집안을 정치적으로 견제한 것이라는 의견도 있다. 하지만 당시 그 이유를 물을 수 있는 사람은 없었고, 우리도 영조가 분노한 기록 말고는, 그 이유를 설명하고 있는 어떤 기록도 읽을 수 없다.

희천이 그렇게 죽고 연암의 삶은 완전히 달라졌다. 십여 년을 가장 가까이했던 친구가 갑자기 얼토당토않은 이유로 죽임을 당했다. 그런데 왕이 한 일이라 '이거 잘못된 거 아니냐'고 항의할 수도 없었다. 묘지명도 한 편 써 주지 못했다. 3년 후에야 다른 이의 묘지명을 쓰면서 붙인 글에 몇 마디 쓸 수 있었다. 그는 이때 모든 인연이 허무한 것이라고 느꼈다. 감히 '세상'에 뜻을 품겠다고 생각할 수도 없어졌다.

사실 연암은 어렸을 때부터 세상이라는 것 앞에서 방황해 왔다. 길 위에서 양반이 아닌 이들의 이야기를 쓰던 십대, 과거 공부를 하면서도 시험장에서는 그림을 그려 놓고 나오던 이십대, 문장으로 임금의 눈에까지 들었지만 자기를 합격시켜 득을 보려는 시험관들 때문에 시험지를 내지 않았던 삼십대 초반. 그리고 이제 그의 나이 서른다섯.

희천의 죽음을 통해 연암은 자신이 본능적으로 미워한 그것의 실체를 보게 된다. 이제 이 '세상'이 말하는 길을 더 갈 수 없다는 것을 알게 된다. 그 길은 옆 사람이 죽어 나가더라도 나의 목숨을 위해서라면 무슨 짓이든 해야 하는 길, 그곳은 힘을 얻기 위해서라면 서로를 밀쳐 내야 하기에 친구로는 존재할 수 없는 곳. 연암은 이후 과거를 아주 그만둔다. 세월이 많이 흐른 뒤, 정조가 연암을 특별히 아끼려 했을 때에도 그는 응하지 않았다.

그 여름날, 연암은 덥고 습한 시간을 견디며 엎드려 있었다. 희천을 이렇게 죽일 수 있는 세상이라면, 차라리 아무 할 일 없는 것이 더 낫다. 조정에서 '효제충신', '예의염치'를 이야기할 수 없다면, 오히려 땔나무 장수, 참외 장수, 행랑 사람과 이야기하겠다. 겉으로는 한량 같아 보이는 이 일상은 사실, 적극적인 투쟁의 나날들, 벗 희천을 잊지 않고 애도하는 고귀한 나날들이었던 것이다.

선비는 배운 대로 산다

이윤하

어느 날 사함(土涵)이란 사람이 자기 호를 짓기를 죽원옹(竹園翁)이
라 하고, 머무는 당(堂)의 이름은 불이(不移)라 했다. 그러고는 연암
에게 기문을 부탁했다. 직역하자면 죽원옹은 '대나무 정원 노인', 불
이당은 '옮기지 않는(흔들리지 않는) 집'인데, '불이당'을 직접 둘러
보던 연암은 어디에도 대나무가 보이지 않으니 장난스레 물었다.
뭐가 있어야 이름을 붙일 텐데, 자네의 흔들리지 않는 대나무는 어
디 있는 겐가?

　호를 짓는다는 것은 '이 이름대로 살겠다'라는 선언, 발심이라
고 할 수 있다. 사함도 호를 지으며 사철이 푸른 대나무와 같이 변
치 않겠다는 다짐을 했을 것이다. 그런 사함에게 연암은 그 이름에
실질을 만들어 주겠다며 자신의 변치 않는 스승, 처삼촌 이양천 이
야기를 기문에 써 준다.

　이양천이 지난날, 화가 원령(元靈) 이인상(李麟祥)과 교유할 때

측백나무를 그려 달라고 청한 적이 있었다. 그런데 원령은 측백나무는 그려 주지 않고 송나라 문장가 사혜련(謝惠連)의 「설부」(雪賦)* 를 써서 보냈다. 이에 의아했던 양천은 왜 측백나무 그림은 보내 주지 않냐고 물었는데, 원령은 되레 그 글의 눈(雪) 속에 측백나무가 있다며 찾아보라고 답한다.

이후 양천은 영조에게 상소문을 올렸다가 화를 입어 흑산도에 위리안치된다. 말을 타고 하루 낮밤을 종일 달리는데, 유독 춥고 눈이 많이 내렸다. 도착해 보니 섬 공기는 습하고 독했고, 집 안에서는 독사와 지네가 튀어나왔다. 하루는 태풍이 심하게 불었는데, 이양천은 담담히 노래 하나를 지었다.

> "남쪽 바다 산호가 꺾어진들 어쩌리오
> 오늘 밤 옥루가 추울까 그것만 걱정일레."
>
> 「불이당기」(不移堂記), 『연암집』(중), 64쪽

작은 섬에 있어 파도 앞에 위태로운 자신의 안위보다, 혹 센 바람에 추울지도 모를 영조가 걱정된다는 것이다. 놀랍다. 물론 왕의 속을 긁어 유배를 당한 처지니 비위를 거스르는 소리를 할 수야 없겠지만 어떻게 이런 노래가 나오는 것일까? 왕을 원망하는 마음이나 간언한 것을 후회하는 마음이 조금이라도 있었다면 이런 노래

---

* 전한 양효왕(梁孝王)이 당대 문인들과 함께 정원에서 설경을 감상하며 시를 주고받는 장면을 묘사한 글.

를 지을 수는 없었을 것이다.

그로부터 3년 뒤, 이양천은 세상을 떠났고, 그가 생전에 썼던 글을 정리하던 연암은 이양천이 유배지에서 형(연암의 장인 이보천)에게 보낸 편지를 발견하곤 탄식했다. 그를 흑산도에서 빼내기 위해 벗들이 뒤로 힘을 써 보려 한다는 것을 전해 듣고, 그런 짓일랑 하지 말라고, 그건 자기를 얕잡아 대하는 것이라며 벗들을 단념시키려는 내용이었던 것이다.

나는 그 편지를 쥐고 슬피 탄식하며,
"이 학사(李學士)이양천야말로 진짜 눈 속에 서 있는 측백나무이다. 선비란 곤궁해진 뒤라야 평소의 지조가 드러난다. 재난을 염려하면서도 그 지조를 변치 않고, 고고하게 굳건히 서서 그 뜻을 굽히지 않으신 것은, 어찌 추운 계절이 되어야 볼 수 있는 것이 아니겠는가" 하였다네.
그런데 지금 우리 사람은 성품이 대나무를 사랑한다. 아아, 사람은 참으로 대나무를 아는 사람인가? 추운 계절이 닥친 뒤에 내 장차 자네의 마루에 오르고 자네의 정원을 거닌다면, 눈 속에서 대나무를 볼 수 있겠는가? 「불이당기」 66쪽

아무리 상황이 어렵더라도 이양천은 자기 위치를 떳떳하지 못한 방식으로 이용할 수 없었던 것이다. 연암은 이양천이야말로 지조가 변치 않는 측백나무라 감탄한다. 태풍이 치는 날 양천이 지은 노래, 「산호곡」을 전해 들은 원령도 연암과 같은 생각을 했다. 말에

원망과 후회가 없는 것을 보니 이양천 자네, 환난에 잘 대처할 수 있겠네. 전에 내게 측백나무를 그려 달라 했었는데, 그대 또한 그림을 잘 그리시는군. 그대가 그리는 행적이 설경 속 한 그루 측백나무와 같네.

이렇게 이 시대 선비들에게 종종 놀라게 되는 지점은, 그들이 익히는 학문이 곧바로 그들의 감정과 태도로 드러난다는 점이다. 그들은 읽는 대로=아는 대로=느끼는 대로=쓰는 대로=살았다. 그런 태도는 그들이 험난함에 부딪혔을 때 더 도드라져 보인다. 여름엔 모든 나무가 푸르지만, 겨울이 오면 하얀 눈 속에서 대나무와 측백나무만이 푸르게 드러나기 때문이다. 환난에도 그들은 '불이'(不移)한다.

너무 꼿꼿하고, 융통성 없고, 비장하다…고 생각할 수도 있겠다. 요즘은 진지하고 고지식하거나 금욕적인(?) 사람을 보면 '선비'라며 비웃곤 하니까(그런 느낌을 풍기더라도 그것이 그들의 의도나 목적은 아니다). 하지만 나는 선비로 살아가는 것이 쉽지 않음을 알겠다. 몸이 편할 때나 별일 없이 살고 있을 때에는 여기저기서 듣고 읽은 대로 말 한마디, 생각 하나 하는 게 어렵지 않다. 이렇게 하는 게 좋지, 이렇게 생각해야지 등등. 그렇지만 막상 문제가 나타나면 습관처럼 늘 하던 것과 똑같이 행동하고 있는 나를 보게 된다. 귀양을 갈 것도 없다! 감정이 조금만 상해도 내가 '다르게 해보자!'고 했던 것들은 도루묵이 되어 있다.

이 선비들에게는 일신의 평안이나 명리(名利)보다 지조가 더 중요했다. 그들은 자신의 배움을 몸의 편안함이나 이익, 명예에 대한 욕심에 팔아넘기지 않았다. 선비로 산다는 것, 학문을 존재의 중심에 둔다는 것은 그런 일이다.

연암은 열여섯, 장가를 들어 만난 처삼촌 이양천을 스승으로 삼았다. 연암은 그에게 문장을 배우면서 동시에 선비로 살아가는 것에 대해 배웠을 것이다. 이제 연암은 세상을 떠난 스승 대신 사람과 우리에게 말한다. 당신은 학문을 하는 사람이오? 장차 추워지면 다시 와 보겠소. 그때 당신에게서 대나무가 보일는지 말이오.

연암의 '청렴'한 공무 수행

이윤하

연암은 나이 오십이 되었을 때 벗 유언호의 천거를 통해 음관(蔭官)으로 관직에 나갔다. 생계를 위해서였다. 관직에 있던 어릴 적 벗들 몇이 연암을 '이끌어' 주려 했을 때엔 못 알아듣는 척 일관하는 것이 여전했다.

생계를 위한 벼슬이었지만 연암은 그의 직무에, 정확히는 백성들에게 정말 성심성의를 다한다(연암이 진작 관직에 나왔으면 백성들이 얼마나 좋았을까 싶을 정도다). 잘못을 저지른 백성을 그냥 처벌하는 대신 그 마음을 헤아려 줌으로써 스스로 행동을 고치게 해주기도 하고, 일 하나를 진행시킬 때에도 백성들에게 가장 좋은 방식을 고민하며 조금의 사사로움도 얹지 않았다. 그래서 연암의 '공무 수행'은 일절 번잡함 없이 투명하고 깔끔하다.

그에 관한 일화는 차고 넘친다. 관직 생활 2년차, 무신년(戊申年, 1788) 12월에는 이런 일도 있었다. 조선에서는 매해 6월과 12월에 관리들의 근무성적을 보고 승진(혹은 면직)을 시켰는데, 당시 연암은 선공감 감역이라는 관직의 임기를 6일 정도 남겨 놓고 있었다. 연암은 임기가 남았기 때문에 정확히 따지면 무신년 12월 승진 평가 대상이 아니었다. 그렇지만 며칠 정도는 융통성을 발휘할 수 있다며, 이조관리 성적을 조사하는 관아에서는 그달에 연암을 승진시켜 주려고 했다. 그러나 연암은 단칼에 거절한다. "내가 평소에 한 번도 구차한 짓을 한 적이 없다"박종채, 『나의 아버지 박지원』 69쪽며! 그리고 다음 해 6월이 되어서야 승진했다. 하루가 모자랐어도 연암은 그렇게 했을 것이다. 마음에 조금의 아쉬움도 남기지 않고 말이다.

그의 관직 생활 일화를 보면 감탄과 감동의 연속이다. 그가 젊었을 때 닦은 학문과 문장이 이렇게 쓰일 수 있구나 싶다. 어찌 그렇게 지혜롭고 사심이 없을 수 있는지. 그런 연암이 안의현감으로 재직한 지 약 3년쯤 되었을 때, 절친한 친구 김이도(金履度)자는 계근 (季謹), 호는 송원(松園)에게 이런 편지를 보낸다.

하루는 저의 아들더러 이르기를 "너는 예서를 읽었느냐? 한 조각 고기가 비뚤게 잘린 것을 먹는다고 입과 배에 무엇이 해로우며, 잠시 쉴 때 한쪽으로 기댄다고 엉덩이와 다리에 무엇이 나쁘겠느냐마는, 성인은 임신했을 때에 대해 간곡히 훈계하시기를 '자른 것이 바르지 못하면 먹지 말고, 자리가 바르지 못하면 앉지 말라'고 하셨으니, 이는 뱃속에 있을 때부터 양생하는 데 바르지 않음이 없는 것이다."
했지요. 이로써 미루어 보면 (……) 지금의 이른바 양반이란 옛날의 이른바 대부와 사(士)요, 지금 이른바 '좋은 태수^{지방관}'란 옛날의 이른바 도신(盜臣)이니, 그가 먹고 입는 것에 명색이 부정하지 않은 것이 있을 수 있겠소이까? 백이(伯夷)와 오릉중자(於陵仲子)로 하여금 태수로서 처신하게 한다면, 어찌 다만 더러운 진흙탕과 잿더미에 앉아 있는 것과 같이 여길 뿐이겠소. 반드시 밖으로 뛰쳐나가 먹은 것을 토해 내고 말 것이외다.「김

계근에게 답함」(答金季謹書), 『연암집』(중), 202~203쪽

연암이 편지를 보낸 것은 계근이 막 벼슬길에 나서려고 할 때였다. 아마 계근이 '좋은 태수'가 되려 한다고 말을 한 모양이다. 그런데 그때 수령을 하던 자들이 말하는 '좋은 태수' 자리란 판공비를 많이 걷을 수 있는 지역의 관리였고, 연암은 계근에게도 '좋은 태수'가 되려는 건 결국 '장차 먹을 것이 많'기 때문이 아니냐고 묻는다. 그럴 바에는 자신의 안의현감 임기가 다할 때까지 기다렸다가 먹을 것은 없어도 경치 좋고, 작아서 예악(禮樂)으로 다스려 볼 수 있는 안의현으로 오는 게 어떻겠냐고 넌지시 적어 보낸다.

연암에 따르면 '좋은 태수'란 '도신'(盜臣)이라 할 수 있다. 지방관들이 먹는 밥은 백성들이 짓는 농사에서 나오고, 그들이 입는 옷은 백성들이 지은 옷감에서 나온다. 그들이 받는 녹봉도 백성들이 바친 세금에서 나온다. 한마디로 지방관은 백성들의 노고로 먹고사는 것이다. 그러니 연암의 질문은 진지하다. 내가 먹는 밥 한술, 옷 한 벌 중 훔치지 않은, 부정하지 않은 것이 있을 수 있을까? 물론 그것을 먹고 입는다고 "입과 배에 무엇이 해로"울까. 하지만 백이와

오릉중자 같은 성현에게 수령 일을 맡긴다면 그들은 반드시 "먹은 것을 토해 내고 말 것"이다.

그렇다고 이러한 연암의 인식이 아무것도 먹지 않고, 입지 않는 결벽 비슷한 것으로 나아간 것은 아니었다. 이 인식은 (앞에서 이야기한 것처럼) 연암에게, 조금의 사사로움도 얹지 않는 관리 되기와 같은, 철저한 자기 윤리의 기반이 된다. 그렇기에 계근에게 보낸 편지는 단순히 '청렴하게 사는 게 좋지', '욕심 부리지 말아야지' 따위의 타이름이 아니다. 그것은 우리가 무엇으로 '먹고 입는지' 아는 것에서 우러나오는 마음이다.

내가 먹고 입는 것이 어디에서 나온 것인지를 안다면 감히 어떻게 조금이라도 더 가지려 할 수 있을까. 그것이 나를 살아갈 수 있게 한다는 것을 안다면 여기에, 이 사람들에게 어떻게 마음을 쓰지 않을 수 있을까. 사사로운 마음이 든다면 조금만 더 생각해 보자, 혹은 알려고 해보자. 무엇이 나를 살게 해주는지, 또 내가 살아가는 것에 '명색이 부정하지 않'으려면 어떻게 해야 하는지.

비주류의 길에 우정이!

이윤하

연암이 출셋길에서 완전히 손 턴 것은 삼십 대 중반. 그 길을 가지 않기 위해서 방황하기 시작한 것은 이십 대 중반. 십여 년 만에 연암은 학문과 글쓰기의 길이 출셋길(=조정에서의 정치 참여) 말고 다른 길일 수도 있다는 것을 보여 준다. 다른 삶의 방식, 다른 존재 방식이 가능하다. 그리고 그곳엔 '친구'가 있다!

'친구'가 무엇인지는 사람마다, 상황마다 정의하기 나름이겠지만 연암의 삶과 학문을 이야기할 때 친구와의 관계를 빼놓을 수 없는 것은 확실하다. 또 연암과 출세에 대한 글을 몇 번 써 보니 '친구'와 '주류'를 향한 욕망은 같이 갈 수 없다는 것도 확실해 보였다. 즉 비주류의 길에 우정은 필연적인 것이다.

이른바 이익과 권세라는 것도 일찍이 이 길에 발을 들여놓아 보았으나, 대개 사람들이 모두 남의 것을 가져다 제 것으로 만

들 생각만 하지 제 것을 덜어 내서 남에게 보태 주는 일은 본
적이 없었습니다. (……) 내가 명성·이익·권세를 좇는 이 세 가
지 벗을 버리고 나서, 비로소 눈을 밝게 뜨고 이른바 참다운 벗
을 찾아보니 대개 한 사람도 없습디다. 벗 사귀는 도리를 다하
고자 할진댄, 벗을 사귀기란 확실히 어려운가 봅니다.「홍덕보에게

답함2」(答洪德保書·之二), 『연암집』(중), 164쪽

연암이 평생 지기(知己)이자 사형으로 여겼던 홍대용에게 보
낸 편지다. 나이, 신분을 불문하고 많은 벗과 사귀었던 연암이 '참다
운 벗이 없다'는 편지를 보내다니 의외다. 이 편지를 쓸 당시 연암
은 그를 해치려고 하는 권세가 홍국영을 피해 황해도 연암협으로
들어가 있었다. 그래서 그는 서울의 벗들과 멀어지게 되었을 것이
고, 벗이 없다는 말은 아마 그들과 만나기 전 지난날을 돌아보며 느
끼는 감회가 아닐까 싶다.

젊은 시절, 연암이 아직 '이익과 권세'의 길에 어정쩡하게 발을
걸치고 있을 때 연암의 거처엔 오가는 이들이 무척 많았다. 특히 그
들은 눈 오는 아침이나 비 오는 저녁, 삼삼오오 술을 들고 찾아왔다.
처음에 연암은 그들이 벗 사귐과 글짓기를 즐거워하는 줄 알았다.
그런데 차차 하는 말을 들어 보니 연암을 각자 자기네들 당파로 끌
어들이려는 목적을 갖고 찾아온 것이었다. 그것을 연암은 무척 불
쾌하게 여겼다. 그건 '명예와 권세와 잇속' 때문에 '처세'한 것이지
'벗 사귐'이 아니다! 이때 연암은 '세상에서 초연히 벗어나려는 뜻'
을 품었다고 한다.

처세적 벗 사귐에 정이 확 떨어진 연암은 어정쩡한 발을 빼서 다른 길에 턱 없는다. 바로 본격적인 우정의 길! 그 시기가 바로 종로의 달밤을 주름잡던(?) '백탑청연' 시기다. 연암과 열 살 안팎 터울인 박제가, 이덕무, 이서구, 유득공, 화가이자 감식가인 서상수, 무사 백동수, 처사 홍대용 등등이 같이 술을 마시며 시를 짓기도 하고, 서로의 글을 읽고 평하기도 하고, 끊이지 않는 세상 이야기로 밤을 지새우기도 했다. 또, 달밤에 몰려다니며 산책하고, 한 명이 거문고를 뜯으면 한 명은 가야금으로 화답하고, 누군가는 노래를 하고, 누군가는 가사를 짓고, 같이 금강산 유람도 가고, 꽃구경도 가고….

생각해 보자. 연암과 사귀어서 이익을 얻겠다는 생각이 머릿속에 있다면 저렇게 신나게 놀 수 있을까? 술을 마시다가도 '언제까지 여기 있어야 하나?' 하는 생각이 문득 들 것이고, 연암이 자신에게 이익이 될 만한 이야기를 하지 않으면 초조해질 것이고, 그럼에도 억지로 웃고 있다가 이내 그 자리가 지겨워질 것이다.

이건 우리에게도 적용되는 이야기다. 내 잇속을 챙기고자 하는 마음이 그득하다면 친구를 만들기는 어렵다. 내가 '뭐가 되는 것'이 더 중요해지면 다른 사람은 잘 보이지 않는다. 우리의 관계를 막는 것은 '주류를 향한 욕망', 즉 (능력의 면에서나 돈, 명예, 권세의 면에서나) 더 커지고, 더 잘나고, 더 가지고 있는 '나'를 만들고 싶은 욕망이다. 연암의 말대로 그 욕망의 장 위에선 남의 것을 가져다 내 것으로 만들려 하지, 내 것을 덜어 주려고 하진 않는다. 그런데 친구가 생길 리가.

연암은 일찍이 이런 존재 방식보다 더 즐거운 존재 방식을 발견해 낸 것이다. 출세하지 않아도, 돈이 많지 않아도, 잘나지 않아도, 서로의 친구로 존재할 수 있다면 그것으로 삶은 충만해진다! 연암이 연경의 유리창에서, 이 세상에서 한 사람의 지기만 만나도 아쉬움이 없으리라고 탄식한 것은 빈말이 아니다.

그 시기에 연암과 그의 벗들은 정말 마이너한 글을 썼다. 그들의 문장은 옛 문장들을 잠자코 따르거나 베끼지 않아 새롭기도 하고 기이하기도 하여 비방을 많이 받았다. 그럼에도 그들은 서로를 알아봤고, 그렇기에 각자 자기다운 글을 계속 쓸 수 있었다(그리고 그들의 글은 지금까지 고전으로 읽힌다).

비주류의 길에서 우정이 가능하고, 또 그렇게 비주류로 살 수 있는 것은 친구가 있기 때문이다. 비주류로, '친구'로 산다는 것은 아주 다른 존재 방식이다. 나는 욕심 때문에 종종 이 길을 저버리게 된다. 그럴 때마다 연암의 삶을 떠올리려 한다. 그를 보면 누구 것을 빼앗지 않아도 되고, 누가 시키는 대로 가지 않아도 되는 그 길이 즐거운 길이라는 것은 의심할 여지가 없기 때문에.

부록 _ 연암 박지원 약전(燕巖 朴趾源 略傳)

1737년 서울 서소문 밖 야동에서 노론 명문가 박사유의 막내로 태어났다. 열여섯, 이팔청춘에 전주 이씨와 결혼한 후, 장인어른(이보천)과 처삼촌(이양천)의 지도하에 학업에 정진했다. 처가 역시 노론 학통을 계승한 명문가. 하지만 양쪽 집안 모두 '청렴'을 가문의 영광으로 내거는 바람에 평생 가난이 떠날 날이 없었다.

　젊은 날의 특이한 사건이라면 우울증에 걸렸다는 것. 어느 날 우울증이 그의 청춘을 덮쳤고, 그때부터 그는 먹지도 자지도 못하는, 그야말로 '꿀꿀한' 시간을 보내야 했다. 병을 치유하기 위해 연암은 거리로 나섰다. 거기서 분뇨 장수, 이야기꾼, 도사, 건달 등 온갖 부류의 사람들을 만났다. 그는 그들의 기이한 인생 역정에 귀를 기울였고, 그러면서 그들 모두와 친구가 되었다. 그 과정을 기록한 것이 바로 『방경각외전』(放璚閣外傳)이다. 이후 연암은 과거를 통한 입신양명이라는 코스에서 탈주해 버렸다. 물론 그가 과거를 포기한 데는 여러 가지 요인들이 개입했을 터이다. 당쟁으로 얼룩진 정국, 아수라장으로 변한 과거 시험장, 절친한 친구들의 정치적 희생 등등.

부도 명예도 없었건만 그래도 30대는 그의 생애에서 가장 빛나는 시절이었다. 함께 웃고 함께 울어 주는 벗들이 있었기 때문이다. 이름하여, '백탑에서의 청연'! 북학파의 핵심 멤버인 박제가와 이덕무, 천재 과학자이자 음악가인 홍대용, 괴짜 발명꾼 정철조, 조선 최고의 창검술을 자랑한 백동수 등이 그의 자랑스러운 친구들이었다.

하지만 백탑에서의 빛나는 시절은 그리 오래가지 않았다. 1776년, 우여곡절 끝에 정조 임금이 즉위하게 되자, 그때부터 본격적으로 홍국영의 세도가 시작되었다. 그 불똥이 급기야 연암에게까지 튀게 된 것이다. 그 즈음 그의 스승이자 정신적 지주이기도 했던 장인어른이 세상을 떠나고 그간 가족의 생계를 떠맡아 왔던 형수님마저 돌아가시는 바람에 먹고살기가 막막해졌다. 이래저래 연암은 도주하듯 개성 부근에 있는 '연암골'로 들어가야 했다.

홍국영의 실각과 더불어 연암은 다시 서울로 돌아왔다. 옛 친구들은 이런저런 사정으로 뿔뿔이 흩어지고 말았다. 1780년 울울한 심정에 어디론가 멀리 떠나기를 염원하던 차, 삼종형 박명원이 건륭 황제의 만수절 축하 사절로 중국으로 가게 되면서 연암을 동반하기로 한다. 그의 생애 가장 큰 행운이자 18세기 지성사의 한 획을 긋는 사건인 중국 여행은 이렇게 해서 시작되었다. 장장 6개월에 걸친 대장정의 기록이 바로 그를 불후의 문장가로 만들어 준 『열하일기』(熱河日記)다.

　나이 쉰이 넘어서야 비로소 벼슬길에 올랐다. 순전히 호구지책이었다. 면천군수, 안의현감 같은 것이 그가 노년에 쓴 감투들이다. 하지만 그것도 강원도 양양부사를 끝으로 마감하고, 다시 서울 가회동으로 돌아와 말년을 보냈다. 1805년 풍증이 찾아오자 연암은 죽음이 임박했음을 직감했다. 약을 물리친 다음, 친구들을 불러 조촐한 술상을 차려 서로 이야기를 나누게 하였다. 생의 마지막 순간까지 친구들과 함께하고 싶었던 것이다. 유언은 "깨끗이 목욕시켜 달라"는 것뿐. 그때 그의 나이 69세였다. _ 고미숙, 「연암 박지원 약전」『세계 최고의 여행기 열하일기』(상), 북드라망, 2013, 30~33쪽에서 발췌